Sonya

Perdiendo la inocencia

Ivonne Vivier

Serie
Mujeres
fuertes
1

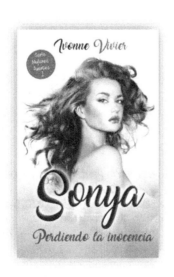

Ivonne Vivier

Serie
Naciones
Desiertas

Sonya

Perdiendo la inocencia

Título: *SONYA. PERDIENDO LA INOCENCIA.*
© 2020, Ivonne Vivier
De la edición y maquetación: 2020, Ivonne Vivier
Del diseño de la cubierta: 2020, Roma García
Primera edición: Septiembre, 2020
ISBN: 9798675111671
Sello: Independently published

Agradecimientos

Mi agradecimiento siempre comienza con mi familia, porque son quienes aguantan el proceso y mis estados de ánimo, incluso las ausencias tanto emocionales como físicas.

Mi marido tiene renglón aparte porque me da energía, me apoya y me empuja siempre.

Mis lectoras cero tienen su párrafo, son criticonas y aduladoras a veces, pero siempre objetivas: Laura Hernandez (fiel, genia y poco objetiva (jaja) lectora), Yolanda Bordoy Ariza, Marisa Citeroni, Nani Mesa, Laura Duque Jaenes y Flavia Farías. Me encantan sus mensajes de texto donde me cuentan sus sensaciones al leer, los comentarios constructivos, las quejas por lo que nos les gusta y los "debería haber..." Son una ayuda invaluable. También les agradezco los mimos recibidos y las palabras de aliento.

Begoña Medina y R.M. Madera, a esta altura más que compañeras son amigas, consejeras y motivadoras, además de críticas de esas que no se callan. Con ustedes es todo más fácil.

Y por último, pero no por eso menos importantes, ustedes, mis lectoras, las nuevas y las de siempre.

Gracias por acompañarme y por elegirme.

Índice

Prólogo

Sonya inspiró profundamente y cerró los ojos arrastrando con sus párpados un par de lágrimas; esta vez de alegría, de satisfacción y de orgullo.

Miró a su esposo y encontró la misma mirada sincera que una vez la enamoró. Se dejó abrazar y besar la frente después de escuchar un «te amo». Era reconfortante saberlo a su lado, sin él no hubiese podido curarse como lo había hecho.

Los aplausos eran ensordecedores, los vítores, la algarabía... Nunca había extrañado nada de eso y tampoco lo había disfrutado como lo estaba haciendo en ese instante.

Desnudar el alma y hacerlo ante tanto desconocido era algo impensable para Sonya Pérez, pero para Sonya Paz era el punto y final de una vida miserable, aunque su pragmatismo le gritaba que gracias a esa vida había conocido el amor de un hombre real. No se detenía a pensar que si otra hubiese sido su historia, tal vez, hubiese tenido el coraje de convertirse en madre. ¿Quién querría hijos habiendo conocido la vida como ella la había conocido? De todas formas, no se arrepentía.

Se puso de pie, caminó hasta el atril que habían colocado para dar la conferencia de prensa prometida y tomó el micrófono. Enfrentó a la multitud que la ovacionaba y en un sexi ronroneo dijo:

—¡Gracias! No puedo decir que tuve una juventud hermosa, pero sí puedo afirmar que hoy soy feliz.

Parte 1:

La niña

Sonya, de pequeña, no había sido bonita ni agraciada la pobrecita. Tan blanca, tan rubia, tan... sosa, decía su padre. Era aburrida, casi no sonreía y, para colmo, era enfermiza: si no tenía cólicos, tenía moco y si no, fiebre o lo que fuese, por eso lloraba mucho y molestaba, tanto que, más de una vez había recibido algún golpe para que callase. Su padre siempre lo contaba en cualquier sobremesa y se mofaba con ganas, avergonzándola delante de cualquiera.

«No le hagas caso, le gusta molestarte», decía su madre.

Sin embargo, a Sonya le dolía mucho no tener la aprobación de su papá. Nunca la tenía. No, al menos, como la tenía su hermano mayor, al que ella también admiraba y perseguía con dificultad, porque hábilmente él se le escabullía. Y era lo lógico, un niño de cinco años no quería cargar con una llorona de solo dos, pero, y también era lógico, la niña insistía una y otra vez hasta lograrlo.

A los siete años, Sonya ya había podido entender que los varones jugaban a lo bruto, insultaban, se ensuciaban, pateaban todo lo que se les cruzaba por los pies y si podían, escupían; hasta los había espiado una vez y había descubierto que hacían pis de pie. Ella quería hacer todo eso, lo intentaba, demasiado empeño le ponía, pe-

11

ro su naturaleza femenina y en extremo delicada se imponía a pesar de todo. No servían ni los pantalones viejos y rotos que heredaba de su hermano o las camisetas raídas, tampoco las zapatillas agujereadas. Por eso ella misma había cortado su cabello como Rolo, su hermano, y por tener poco y demasiado claro, hasta parecía pelada. A su madre no le había gustado mucho lo que había hecho, pero no la había visto hacerlo (casi siempre estaba trabajando), y a su padre nada le había importado.

Su desesperado, aunque inconsciente llamada de atención no había servido de nada.

Poco a poco, y con mucho dolor, tuvo el primer revés de su vida: se dio cuenta de que no contentaría nunca a sus dos varones más admirados. Rolo era odioso con ella y su padre, cuando no le estaba gritando o pegando, estaba borracho (o casi) jugando a las cartas con sus amigotes. No le quedaba otra cosa que entretenerse con las niñas.

Entonces tuvo que enfrentar el segundo gran problema, a su corta edad era un drama que la angustiaba: las niñas no jugaban con marimachos, por más rubiecitas que estas fueran.

A los nueve años ya casi era tan alta como Rolo y por eso los pantalones les llegaban a los tobillos, además le quedaban grandes de cintura y los lazos con los que los ajustaba los fruncían demasiado, formando bultos espantosos por todos lados; su cuerpo, delgadísimo en aquel momento, quedaba amorfo; y si a eso se le sumaban las feas camisetas... todo empeoraba. Al menos su cabello había crecido y lo llevaba largo, para entonces era de un hermoso color miel y muy sedoso, convirtiéndolo en la envidia de todas las niñas, sin excepción.

Era una realidad que en su hogar el dinero no sobraba y hasta faltaba. Su madre limpiaba casas ajenas para poder mantener a la familia y se daba maña con la cocina, preparando alguna que otra comida para vender en un puestito que organizaba con un par de tablas de madera, en la esquina más transitada del barrio. Esos pesitos extras eran los que intentaba ahorrar, para cualquier cosa imprevista que surgiera, dentro de la lata de galletas vacía que escondía detrás de la caja de arroz, en el estante más alto e incómodo de la pequeña alacena.

Sonya era consciente de que, por ser sumamente pobres, a ella no se le compraba ropa. Ella heredaba la de Rolo o la de cualquiera que le quisiera regalar lo que ya no le quedaba o gustaba. Pese a eso, estaba entusiasmada porque su madre había comentado, así como de pasada, que la nena, o sea ella, necesitaba ropa. Supuso que en esa lata de ahorros estaría la respuesta a sus silenciosas súplicas: una camiseta con dibujos de corazones y un pantalón de su talla. Aunque no fue así. La lata se quedaba sin monedas; y ella, sin ropa nueva.

Una tarde cualquiera, la señora Lina, abuela de su vecina Noel, le había dicho que le estaba preparando una sorpresa como regalo para su cumpleaños número diez. Solo por eso, Sonya ya consideraba que aquel día sería el mejor de toda su vida y, con esa ilusión, olvidó cualquier otra que ya empezaba a parecerle imposible.

Noel era la única amiga que Sonya tenía, al menos, la única que no la criticaba ni juzgaba. La quería mucho, más que nada porque le daba lástima que no tuviese una mamá o un papá y viviera con la abuela; aunque eso no era del todo cierto, porque más que lástima le tenía un poquito de envidia, ya que esa abuela era dulce y cariñosa. Ni siquiera le importaba que la señora le babosease las mejillas al besarla o tuviera esa terrible voz chillona y temblorosa, si cada vez que la veía le sonreía con los ojitos brillosos y le saludaba feliz de recibirla.

—Hola, Sonya, cada día estás más bonita —le decía.

Lina había sido la primera persona que había visto belleza en ella. Nadie nunca le había dicho semejante cosa, por eso, la respuesta de la pequeña siempre era un sonrojo tímido e incrédulo, y con un poquito de alegría, eso no podía negarlo.

El esperado día en particular, el de su cumpleaños, había amanecido lluvioso. Por supuesto, Rolo no estaba en casa y su madre tampoco. Al único que escuchaba pulular por ahí era a su padre, como siempre gruñendo por todo y golpeando cada cosa que agarraba o apoyaba. Sonya se levantó adormilada, pero emocionada. No esperaba un regalo, jamás lo hacía porque nunca lo había recibido, aunque sí, un pastel o un paquete de alguna galletita dulce de las que le gustaban tanto… sin embargo, no había ocurrido nada de eso. No quiso llorar y no lo hizo, era dura de doblegar y la tristeza no la vencía nunca, tal vez lo que no la doblegaba era su miedo a recibir otra paliza si lo hacía. Ella desafiaba a la angustia y casi siempre salía victoriosa.

—¡Por fin te levantas! Tu madre dejó la lista de las compras. Yo no puedo ir porque me duele la espalda, además viene Osvaldo a tomar unas cervezas. Debes lavar la sábana de tu hermano, el muy tarado la vomitó toda... No sé qué mierda tomó y lo lanzó sobre la cama.

—Hola, papá. Es que yo... —lo saludó con la sonrisa dibujada.

—Vamos, no seas vaga. Ayuda un poco a tu madre —la interrumpió él, sin mirarla siquiera.

—Lo haré, papá, es que pri...

¡Zas! No la vio venir. La mejilla le quedó ardiendo, más que de costumbre. La palma de la mano de su padre era robusta y fuerte, y si había tomado alguna cerveza o algunos vasos de vino barato, los golpes eran más dolorosos.

—¿Cuántas veces tengo que decirte que no debes desobedecerme?

—Yo no te des...

—¡Sonya! —gritó su padre, enardecido y levantando la mano nuevamente. Ella se encogió aterrada y alzó el antebrazo para atajar el golpe. Por supuesto, ya no sonreía—. Vete o te doy con el cinturón. Dile al tonto ese que le pago la semana que viene —vociferó con burla, refiriéndose al almacenero; a quien le debía más de lo que pensaba—. Y trae cerveza... de la más barata.

—Sí, papá.

Entonces supo que, además de sin regalos, sus cumpleaños pasarían sin felicitaciones, al menos de su familia... Y sin pastel.

Lina la vio salir apresurada y lagrimosa de su casa. La niña todavía tenía el cabello sin peinar y los cordones de las zapatillas desatados. Negó con la cabeza, ya no podía ver todos los días lo mismo; le dolía la mala vida de esa chiquilla tan linda y tan dulce. No era la pobreza, claro que no, si en ese barrio todos eran más o menos pobres; era la indiferencia, el desamor y la desidia con la que la trataban. Sonrió enternecida al verla caminar hacia ella con esa inmensa expresión de alegría sincera, a pesar de todo. Vio como con la pequeña mano secó la única lágrima rebelde (que había salido por la misma impotencia de no poder retenerla) y luego se limpió la nariz.

Una de las mejillas estaba roja, Lina supuso que por otro golpe del *buenoparanada* de Oscar. Nunca había visto a un hombre tan inútil ni tan holgazán.

—Hola, señora Lina.

—Feliz cumpleaños, preciosa. ¿Cómo has amanecido hoy?

—Como siempre. Por suerte es sábado y no tengo que ir a la escuela —dijo, intentando parecer feliz. La verdad era que en la escuela alguien recordaría la fecha y le cantarían a viva voz la canción del feliz cumpleaños. Hasta prefería que hubiese sido un día entre semana.

—Tengo un regalo para ti.

—Es que papá me pidió que le hiciera unas compras y si no llego rápido, enfurecerá.

—Y te golpeará otra vez —dijo la anciana, demasiado seria y dolida, acariciando la mejilla de la niña quien asentía sin ser consciente de que eso no estaba bien. Era su realidad, una que había visto desde siempre. ¿Por qué debería de pensar que no estaba bien?—. Bueno, ve. No te demores, y cuando puedas pasas a verme.

—Lo prometo, señora Lina.

Sonya se liberó de las tareas de la casa por la tarde. Había tenido que cocinar para su padre y hermano, y para el tío Osvaldo. No era su tío en realidad, sino un viejo amigo de su padre, viudo y aburrido, que pasaba más tiempo en casa de ellos que en la propia. Mientras ella lavaba los platos los hombres se disponían a jugar a las cartas y Rolo se marchaba otra vez a patear la pelota y a tomar vino mezclado con refresco. «Así sabe mejor», había dicho una vez y a su padre le había causado tanta risa que, entre carcajada y carcajada, había roto un plato. Por eso ahora ella debía comer en uno de los de plástico, porque ya casi no quedaban de los otros, y dinero para esas cosas no había.

—¡Si aspiras otra vez esa porquería, te muelo a palos, Rolo! – gritó Oscar

—Sí, papá —refunfuñó el niño desde la puerta, escondiendo el cigarrillo de marihuana en su ropa interior. Sonya lo miró con los ojos bien abiertos y Rolo le palmeó la cabeza—. Si hablas, te mato.

Caminó en silencio a casa de su vecina Lina, no podía creer que su hermano fumase esa porquería. Así lo llamaba su maestra:

porquería, y decía que era algo peligroso. Ella le creía. Su maestra nunca mentía, no tenía por qué hacerlo, además, si Rolo lo escondía era por algo.

—¡Qué alegría que hayas podido venir! Entra, vamos, ven. ¡Noel! —chilló la anciana, moviéndose con rapidez entre los muebles, cosa que llamó la atención de Sonya, pero no dijo nada porque imaginó que sería por la sorpresa prometida.

—¡Que los cumplas feliz, que los cumplas feliz...! —cantó su amiga, mientras salía de la cocina con un pastel iluminado por diez velas de colores.

Sonya tembló de emoción. Su pecho se hinchó de júbilo y su boca se estiró tanto que su mejilla comenzó a dolerle. Como no lloraba, porque le habían enseñado a golpes que no se hacía, no lo hizo. Pero una enorme pelota de... algo, no supo descubrir de qué, se instaló en su garganta y apenas si podía respirar sin dolor. Sin embargo, estaba contenta, tan contenta que no podía desdibujar su sonrisa.

—¿Para mí?

—Claro, tonta, ¿para quién si no?

—¡Noel!

—Es en broma, abuela. Sopla —pidió Noel con determinación, y Sonya se preparó para hacerlo, no sabía si lograría apagarlas todas. Nunca había soplado más de una vela—. ¿Qué haces?

—Soplar.

—No sin antes pedir tres deseos —la reprendió su amiga.

¿Tres deseos? ¿Y eso qué era?

—No sé qué pedir. Déjame pensar... —Y lo hizo, pero la infeliz y esperanzada niña pidió deseos imposibles: Que Rolo no fume más, que mamá deje de trabajar para verla más tiempo y que papá no tome tanto así no me duele mucho cuando me golpea. Levantó un dedito por cada deseo y al tercero sopló con mucha fuerza apagando todas las velas.

—Ahora, abre tus regalos.

Y entonces sí, lloró. Sus ojos se cubrieron de lágrimas y dentro de su nariz algo se aflojó. Aspiró con fuerza y se secó con el dorso de la mano para no dejarse vencer.

La caja era muy grande, enorme, ¿cómo hacer para no emocionarse?

—Te va a encantar, te ayudo. Mira, ven —dijo Noel, muy entusiasmada, había trabajado mucho para lograr terminar a tiempo.

Los dedos de su abuela Lina no eran los de antes, la artrosis no colaboraba y mucho menos su espalda, y ni qué decir de la poca vista. Lo bueno de todo era que había aprendido un montón de cosas para ayudar con los arreglos que les pedían. Noel adoraba coser y colaborar con su abuela para ganar esos pesos tan necesarios para las dos.

Las tres horas, tal vez menos, que Sonya estuvo en casa de su amiga, pasaron volando y, entre emoción y emoción, apenas si había podido disfrutar el momento. No estaba acostumbrada. Al volver a casa, con la caja y la alegría a cuestas, quiso mostrarle a su madre los regalos. Los desparramó en la pequeña cama, deformada por el uso, y volvió a admirar la belleza de las prendas.

Nunca había visto nada tan lindo: dos camisetas con dibujos de corazones y flores (como a ella le gustaban) que habían sido de Noel y ya le quedaban chicas; una falda rosa y dos vestidos que confeccionaron solo para ella, uno era azul y el otro con lunares de colores. Volvió a sonreír mientras se los apoyaba en el cuerpo y giraba con ellos. Eran preciosos, nunca había tenido algo tan bonito como eso. Ahora sí, por fin, parecería una niña.

—¡Sonya! —La voz de su padre no era suave y casi nunca hablaba, siempre gritaba, ordenaba o imponía—. Tu madre llega tarde, la gente esa donde trabaja hace una cena y ella tiene que atender en la cocina. Vamos, ven a preparar algo que vienen los muchachos a hacerme compañía.

Los muchachos eran su tío Osvaldo y un par de borrachones más con los que jugaba cartas y hacían apuestas. El muy caradura se jugaba los ahorros de la caja de galletas que su madre escondía.

Tuvo que relegar su alegría para otro momento y apañarse en la cocina. Con sus escasos diez años poco sabía cocinar, aunque poner un puñado de fideos en una olla de agua hirviendo no era complicado. Lo complicado era saber cuándo sacarlos y, al hacerlo, no quemarse. Pero en eso colaboraba el mayor de esos señores, uno al que le decían Tito. Era el único que le sonreía y cada tanto le acariciaba el cabello con cariño. Osvaldo le daba besos babosos y un golpe en su trasero cada vez que la saludaba y el otro ni la miraba, apenas si ponía la mejilla para que ella le diera el beso que su padre le obligaba a dar a cada uno de sus amigos.

Sonya había cambiado y ya todos lo notaban. Los vestidos le quedaban bonitos, resaltaban toda esa femineidad que no se podía disimular y las camisetas ajustaban un torso delgado y bien formado que finalizaba en una pequeña cintura y dejaban apreciar un par de montículos en crecimiento que a ella le incomodaban. Ya llenaba los pantalones con un trasero redondito y firme de niña en desarrollo, además, sus rasgos se hacían más bellos con el correr de los días. Nada quedaba de esa pequeña niña sosa. El cabello ya no era tan claro, pero tenía un precioso color caramelo oscuro brillante que llamaba la atención por su largo y volumen.

Los doce años le habían sentado de maravilla, pensaba Lina, frente a sus ojos la había visto florecer. Sonya se había convertido en una belleza. No había defectos en esos rasgos perfectos de niña bonita.

—Vamos, pequeñas, si terminaron la tarea ya deben despedirse. Sonya, mi amor, ve a casa así tu padre no se enoja —dijo Lina, no soportaba verla lastimada o con moretones.

—Nos vemos mañana en la escuela, Noel. Buenas noches, señora Lina —saludó la chiquilla, moviéndose con lentitud y garbo, uno que le era propio y natural. Tanto como su simpatía.

Al llegar a casa se encontró con su hermano Rolo recostado sobre la puerta de entrada. Tenía un ojo morado y sangre en su labio inferior, además se tocaba el abdomen como si le doliese, eso la alarmó.

—¿Qué pasó, Rolo?

Con quince años, el joven ya era robusto, llevaba el cabello largo y un poco despeinado, se había puesto un arete en la nariz y, con un poco de tinta y un objeto ardiente, se había tatuado el antebrazo con un símbolo espantoso. Como si todo eso no fuese poco, en una pelea callejera había perdido un diente. Tenía un aspecto algo temerario y sus actividades dejaban mucho que desear. Había abandonado la escuela así tendría tiempo para trabajar, pero tampoco lo había hecho. Su madre le conseguía cada tanto algo de pocas horas y con eso más o menos tiraba, aunque dinero nunca le faltaba.

—Si piensan que me pueden robar mis cigarros van muertos —gruñó las palabras como respuesta, entre jadeos de dolor.

—Vamos que te limpio y te curo. ¿Estás borracho?

—Un poco, por eso creyeron que no los obligaría a pagar, pero si quieren merca… la pagan.

Sonya no supo lo que quería decir con la palabra merca, tampoco se pondría a averiguar. Su hermano hablaba demasiado mal como producto de la mala compañía y el abandono escolar. Ella ya casi no le entendía lo que decía.

Rolo se negó a entrar, todavía tenía que calmarse antes de que su padre le pidiese explicaciones y detalles. Por más de que su viejo se enorgulleciera de que supiera pelear, le parecía estúpido tener que contar cómo y dónde atinaba los golpes. Solo esperaba no tener que encontrarse otra vez con ese tonto que no había querido pagarle por la droga que estaba vendiendo. Lo veían como un chiquillo inexperto, pero aprender no le costaba nada y ya había acobardado a más de uno con sus puños, porque con él nadie jugaba. A él nadie lo timaba.

—Ya llegó la nena, ahora sí la partida se va a poner interesante —vociferó Osvaldo al verla entrar.

La belleza de Sonya asomaba de forma tan despiadada que algunos hombres no eran conscientes de sus cortos doce años. Uno de ellos era Osvaldo, quien no podía razonar que esa preciosidad de labios carnosos y curvas nuevas, todavía era una niña. Una chiquilla dorada, casi perfecta, sonriente y obediente… Sí, sobre todo eso… obediente…. Pero una niña, al fin y al cabo. Aunque intentase recapacitar, su mente libidinosa, algo degenerada, intoxicada y demasiado sucia, se lo impedía. La imagen de Sonya lo excitaba tanto que no podía pensar en otra cosa y hacía a un lado toda esa, para él innecesaria, realidad.

—Hola, papá. Hola, tío Osvaldo.

Sonya intentó alejarse hacia su dormitorio, ya no le gustaban los besos babosos de su tío ni las palmadas en su trasero que apretaban con fuerza y manoseaban más de lo necesario. No tenía idea de los motivos ni de cuándo habían cambiado, simplemente ya no le gustaban y hasta la incomodaban. Como si pensase que, por algún motivo que se le escapaba, no estaba bien.

—Saluda —gruñó su padre, y tuvo que hacerlo.

Otra vez el beso, otra vez el apretón y otra vez el asco. Odiaba llevar vestidos o faldas cuando Osvaldo la saludaba porque a veces, sin querer, la mano también le rozaba la pierna desnuda, como había sido el caso.

—Hoy serás mi amuleto de la suerte —dijo su tío, y la sentó sobre sus piernas, acariciando las de ella a la altura de la rodilla. Sonya intentó alejarse, incluso argumentó que debía hacer tarea escolar, pero no pudo lograr nada. Su padre la había mirado de esa forma que determinaba que se hacía lo que él decía.

Lo vio dirigirse hasta el refrigerador para sacar un par de cervezas y luego hasta el dormitorio a buscar las cartas. Osvaldo la miró a los ojos y besó su sien, mientras subía la mano por la infantil pierna desnuda, y con la otra le acariciaba las nalgas.

Sonya quiso levantarse, huir, de verdad lo quiso, sin embargo, no consiguió reunir las fuerzas. Tal vez no estaba bien que lo hiciera y ¿si a su tío no le gustaba?, ¿o a su padre? ¿Qué le diría si la veía salir corriendo? Y después de todo, ¿por qué lo haría? ¿Qué tan malo era lo que su tío hacía?

Su mente de niña poco comprendía. Su instinto gritaba, la atemorizaba, intentaba avisarle, no obstante, su infantil ignorancia anulaba toda señal. Muy a su pesar se quedó inmóvil sintiendo como los gordos y asquerosos dedos de Osvaldo acariciaban su entrepierna por fuera de su ropa interior y le producían un efecto raro, no tan desagradable después de todo, aunque algo incómodo, y la dejaba confusa. Le daba cierta culpa, hasta vergüenza; no podía descubrir por qué, no sabía... Tenía miedo, dudas..., pero esas cosquillitas... eran una inquietante sensación.

Escuchó como su padre taloneaba cerca de la cocina y entonces el aliento caliente y la respiración agitada de Osvaldo se hicieron notar.

—Será nuestro secreto, pequeña. Nadie puede saberlo, tu padre te castigará, ya lo sabes.

Ella asintió, muda y asustada. Intentó dibujar una sonrisa para responder a la de él, pero no pudo. Recibió un cachete en el trasero y su tío la dejó que apoyase los pies en el suelo. Casi se cae al incorporarse, apenas podía coordinar.

—Mejor ve a hacer esos deberes de la escuela.

Osvaldo estaba en llamas. Nunca imaginó hacer lo que había hecho ni pensó que ella se dejaría. Sus pantalones evidenciaban cuánto le había gustado acariciarla y sentir la tibieza que asomaba del algodón de esa prenda, que hasta imaginaba con florecitas y bordes de algún color. Ya pensaría en ello en soledad. Debía analizar consecuencias.

A partir de ese día, Sonya intentaba no llegar o estar en casa cuando su tío los visitaba, aunque parecía que él lo hacía a propósito e iba más seguido aún. Era imposible no cruzarlo o evitar sus besos y las caricias en el trasero. Ya no sabía qué hacer o qué pensar. ¡Si la consolaba cuando su padre la golpeaba! No era malo, la quería, le acariciaba el cabello y la mejilla, y hasta había empezado a ayudarle a cocinar cuando Tito no estaba. Además, su madre también ponía cara de asco al sentir esos besos babosos, aun así, no se negaba a recibirlos. Entonces ella concluyó que no era algo que estuviese mal.

Alejó todas las malas ideas de su inocente cabecita y se relajó. Muy astutamente, se apartaba de él; tal vez de forma inconsciente.

Aquella noche, Sonya, no pudo escabullirse. Su madre, Ana, no se sentía bien. Estaba con fiebre y mucha tos, y se había caído golpeándose el costado derecho del cuerpo. Una gran mancha morada asomaba en la blanca piel del torso y le dolía hasta para caminar; mucho más que el pómulo que hasta había sangrado un poco, golpeando aparentemente contra algo durante la misma caída. Sonya le había contado a la señora Lina, quien le había recomendado que no la dejase sola y que tratase de quedarse a su lado asistiéndola en lo que necesitase.

Su niñez no le dejaba ver qué tan crueles podían ser las manos de su padre ante la enfermedad de la esposa y la imposibilidad de traer dinero a casa para sus cervezas y apuestas.

A Osvaldo no le importaba nada de malestares y dolores, ahí estaba sentado, fumando y tomando, mientras gritaban y reían sonoramente en cada turno del juego de cartas. Él era viudo, estaba solo, nunca había sido un esposo amoroso y considerado tampoco. Por lo que si a Oscar no le importaba la salud de su esposa, poco le podía importar a él.

—¡Sonya! —gritó su padre, y ella sabía que debía atenderlos.

Una vez servidos los sándwiches y las cervezas, quiso alejarse, sin embargo, su padre se lo impidió argumentando que tal vez la necesitaba para levantar la mesa y entonces se sentó con ellos a comer.

La imaginación de Osvaldo comenzó a despertar, la falda de la niña dejaba ver más allá de sus rodillas y el recuerdo de aquella vez golpeó duro en su entrepierna. Le gustaban las adolescentes, las piernas largas y flacas, la piel tersa, los pechos pequeños que se asomaban sin sostén a través de la ropa y las miradas de desconcierto cuando se acercaba con intenciones no muy santas. Ya no pensaba con claridad, sino con necesidad. La vio caminar hasta la cocina y le miró el culito, duro y firme, con un deseo pervertido. Apenas podía controlar la saliva y sus manos le picaban de ansiedad.

—Oscar, ve a buscar algo de dinero para las apuestas y me traes otra cerveza —pidió, al ver que Sonya se acercaba otra vez a su silla. Cuando la tuvo a mano la tomó de la muñeca y la sentó sobre sus piernas. Oscar no dijo nada, se levantó a cumplir el reclamo de su amigo. —Serás mi suerte hoy, pequeña.

El susurro de esas palabras, a Sonya le produjo una arcada que supo controlar al sentir la entrepierna del hombre que la aprisionaba contra su pecho, el susto la había obligado. Algo duro se acomodó contra su trasero, pero no se movió, estaba sorprendida y aterrada.

Esta vez Osvaldo no tenía dudas, ella era silenciosa y dócil, por eso no lo dudó demasiado. Llevó la mano hasta ese lugar que le originaba los sueños más húmedos que jamás había tenido, pero esta vez deslizó la prenda hacia un costado. No quería asustarla, por lo que lo hizo con lentitud. Jadeó sobre el cabello perfumado con colonia infantil barata al sentir la tibieza tan anhelada.

El joven corazoncito de Sonya comenzó a alocarse, un poco por miedo, otro por desconocimiento y otro poco por el despertar de una sensación extraña. Su cuerpo se rebelaba ante el instinto, otra vez. Apenas podía controlar la respiración. Y su todavía dormida sexualidad desconocía la perversa imaginación del inmundo ser que solo pensaba en tocarla con sus mugrosas manos.

Osvaldo se sentía ardiente, exultante. La humedad en sus dedos hablaba de un deseo desconocido por la criatura, sabía o adivinaba que la niña estaba experimentando nuevas sensaciones y él las alimentaba. Intuía que el placer estaba ahí, en sus toques, y se lo quería dar. Le estaba enseñando cómo y qué sentir a la virgen jovencita, a la más bonita de todas. Algún día sería un infierno de mujer y ahí estaría él para volver a enseñarle y para escuchar su primer gemido. Esperaría con ansias ese momento.

Sonya se removió aterrorizada. Ya no quería eso, ya no le gustaba. Tenía ganas de correr, de gritar, de llorar. Lo que temblaba en su trasero la lastimaba, el dedo presionaba demasiado y ya casi dolía. El aliento caliente de él en su nuca le quemaba y lo jadeos bajitos le asqueaban. No entendía nada, aun así, no le agradaba.

Su padre volvió y se sentó delante de ella, solo los separaba la mesa. Seguramente no veía nada de lo que pasaba entre sus piernas, pero no la miraba a los ojos y ella necesitaba que descubriera en sus pupilas la petición de auxilio. Nunca lo logró. Tuvo que armarse de coraje, las lágrimas que nunca lloraba estaban retenidas por el enojo y la impotencia. El nudo en su garganta dolía y la vergüenza era mucha, demasiada. Inspiró profundo al sentir el nuevo roce, más rápido, más decidido, más urgente... y carraspeó.

—Voy a ver a mi mamá.

—¿Seguro quieres dejarme así? —preguntó la voz ronca, y por un instante desconocida, de Osvaldo.

Él quería obligar a la niña, estaba a punto de correrse en los pantalones, y hasta estaba por animarse a hundirse un poco más en ella, primero lo haría con el dedo más pequeño... Le encantaba la sensación de poder que experimentaba. El idiota de Oscar no podía ser tan ciego, estaba seguro de que se había dado cuenta, aunque no diría nada. Él le guardaba más de un secreto sucio como para que lo desafiase, empezando por la primera infidelidad con la tetona de la otra calle.

—Voy a perder si te vas —agregó él, en un último intento de hacerla desistir.

—Lo siento —murmuró Sonya, y sintió como la mano masculina abandonaba su cuerpo, liberándola.

Trastabilló hasta el baño y se encerró a llorar, olvidándose por primera vez de que ella tenía prohibido hacerlo.

Lloraba porque no entendía, lloraba porque estaba avergonzada, lloraba porque no le había disgustado del todo la primera sensación, lloraba porque su instinto le decía que todo eso que había sentido estaba mal y se culpaba por no haberlo evitado; aunque no tenía la más mínima idea de cómo podría haberlo hecho. Cuando dejó de gimotear, enojada consigo misma por hacerlo, se metió a la ducha y se prometió que nunca más lo dejaría tocarla de esa manera.

Los años pasaban brutales para Oscar y se aburría cada vez más. Se hacía viejo e inservible, ya ni simulaba buscar trabajo porque nadie se lo daría de todos modos. Además, su hija estaba grande y pronto se pondría a trabajar en algo. Lástima que su esposa se estaba volviendo lenta y rezongona; no lo obedecía como antes y tenía miedo de que la despidieran de un día para otro. Por eso ya no le pegaba como siempre; la muy estúpida ya no aguantaba los golpes con dignidad y caía en cama adolorida. Si Sonya dejase de ser tan estudiosa como era ya podría haber conseguido algo para ganar unos pesos, pensaba. ¡Cómo aborrecía a esa mocosa!

Odiaba todo lo que significaba tenerla como hija. Los dieciséis años la habían convertido en una preciosidad. Era una mujer a simple vista y sus amigos la miraban con ojos de hombres, no era estúpido. Era el hazmerreír de todos. Eso creía, más por impotencia y cobardía, que por conocimiento. La veía caminar con todas esas curvas, el cabello brillante y el rostro angelical... Le daba asco... Y hablaba con esa melodiosa voz susurrante. ¡Ahhh! ¡Era odioso sentirse tan impotente! No quería que todos la mirasen con deseo, susurrasen a su espalda, se diesen vuelta para admirarla... Era molesto. ¿Y qué podía hacer él? Nada.

Necesitaba a sus amigos tanto como las cervezas que traían y el vino barato. La compañía que le hacían y las partidas de cartas eran su única diversión. No podía perderlos por culpa de la chiquilla desubicada que crecía sin su permiso. Prefería obviar aquel asunto, mantenerse al margen de todo y seguir enseñándole educación a la malnacida esa. ¡Nunca había querido tener una niña, nunca!

Sonya entró feliz a casa, por fin la nota de historia había subido y estaba segura de que salvaba la asignatura. Lo vio, de espaldas, y una arcada la obligó a taparse la boca. Odiaba a Osvaldo con todas sus fuerzas. Ahora ya sabía que lo que hacía no estaba bien. Claro que no por haberlo hablado con nadie, sino por instinto, porque su mente se lo gritaba. Nadie hablaba de sexo en su casa, tampoco lo hacía con sus compañeras y mucho menos con Noel, que estaba criada por una anciana demasiado religiosa y pudorosa; y como no tenía amigos varones, nada sabía.

No le agradaban los varones porque solo le miraban el culo, le decían groserías y querían tocarle los senos. Eran repugnantes refiriéndose a su cuerpo, siempre estaban molestándola y aborrecía que le dijeran todas esas asquerosidades.

—Hola, pequeña. Por fin me alegran el día —dijo Osvaldo, repitiéndose, cada día era igual.

Oscar bajó la cabeza para dirigirse al baño. No le gustaba ver lo que estaba por pasar. Su amigo se ponía baboso y su hija antipática. Últimamente se había puesto maleducada y engreída con sus amigos. ¡Mocosa impertinente!

Por supuesto que eso no era una realidad y la nefasta apreciación de Oscar, ante el inexperto mecanismo de defensa de la temerosa adolescente, lo ponía en una situación que lo enojaba. Nunca había actuado como padre protector, y no sabía hacerlo, tampoco quería.

—Saluda al tío —pidió Osvaldo con la voz melosa.

—No eres mi tío —dijo ella.

Oscar encontró la excusa perfecta para volverse y levantar la mano. El cachetazo estaba justificado. Sonya se encogió y alzó los brazos para atajar el golpe. No le dolió demasiado, pudo amortiguar el impacto con los antebrazos.

—Tranquilo, vamos amigo, tiene razón. No soy su tío. Déjala en paz —dijo Osvaldo, abrazándola y acariciándole la espalda.

Le daba un poco de pena que recibiera golpes, él la quería. ¿Cómo no hacerlo? si la había visto crecer hasta convertirse en semejante belleza. La misma mano con la que le acariciaba la espalda bajó hasta sus firmes glúteos y apretó, bajó un poco más y levantó el vestido para tocar la suave piel. ¡Era exquisita!

Sonya se sentía impotente y humillada, no lograba reunir las fuerzas necesarias para cumplir su promesa. Le temía, alguna vez él la había amenazado con contarle a su padre y moriría de vergüenza si no lo hacía antes por los golpes que recibiría.

Osvaldo sintió como su erección se apretaba en los viejos jeans. Esa mujercita lo rejuvenecía con el deseo que le originaba y la adrenalina que le corría por la sangre se volvía un delicioso elixir de poder. Quería volver a tocarla y conquistar ese lugarcito de muchas maneras, de todas las posibles. Ya no tenía demasiado tiempo, la chiquilla crecía y se hacía mujer, se le estaba rebelando. Hundió su mano más abajo del cuerpo de Sonya y rozó su sexo. Ella se sobresaltó y se apartó, desafiándolo con la mirada, justo para ver a Oscar observando la escena.

Sonya odiaba tanto a ese pervertido como a su padre por dejarla abandonada en sus manos. También a su madre por inepta y dejarse golpear, sí, ahora lo sabía. A su hermano lo aborrecía por drogadicto y estúpido. También sumaba odio por su adolescencia que la dejaba en inferioridad de condiciones ante una vida que ya no creía justa. Pero, sobre todo, aborrecía su belleza, porque ella la había expuesto a demasiados sucesos ingobernables, a miradas libidinosas, a palabras horrendas, a manos que no deseaba que la tocasen, a un llanto que no quería derramar, a una debilidad que no debía permitir que creciera en su interior... Tenía un grito furioso atorado en la garganta: ¡No vuelvas a tocarme, asqueroso hijo de puta!, chillaba desde lo más profundo de su ser y seguiría con un: ¡No quiero seguir viviendo así!

Se encerró en su cuarto y, tendida en la cama, amortiguó los impotentes gritos contra la almohada. Estaba asustada y ya demasiado cansada de no poder hacer nada para defenderse, no obstante, no podía flaquear; definitivamente, eso era algo que no podía permitirse. Inspiró profundo y no se dejó vencer por las estériles quejas. Nada podían solucionar un par de gritos histéricos, era el momento de hacer algo más.

Nunca en su vida había odiado tanto. Jamás se había sentido tan poca cosa ni tan inútil. Se puso de pie y se enfrentó al espejo, ¡cómo no odiarse! Su cuerpo era hermoso, perfecto... Se apretó con furia los pechos, no los quería. No quería lucirlos ni tenerlos; tampoco su trasero, tal vez así no escucharía tantas groserías a su paso. Bajó la mirada a sus piernas y maldijo su falda, aunque era preciosa, tal vez una de las más lindas que tenía. Se levantó la camiseta y se pellizcó el abdomen plano, con piel de seda, blanca y perfecta, y gruñó... Si al menos tuviera un poco de grasita, algún granito o mancha, tal vez alguna verruga espantosa y peluda. Reparó en su rostro, en sus labios gruesos, tan bellos y rosados, tentadores como una fresa madura. Ella no lo decía, se lo gritaban los hombres, entre otras cosas que no entendía. Sonrió apenas al verse la nariz, esa sí le gustaba; era tan pequeña y tan bonita como la de una muñeca. Se soltó el cabello que le llegaba a la cintura y suspiró. Era linda, si miraba objetivamente hasta ella reconocía que era una belleza y que parecía mayor de lo que en realidad era, y más alta si se comparaba con sus amigas.

Tomó la tijera y se cortó el cabello. Sí, otra vez. No se animaba a nada más por más que lo pensase, le hubiese gustado tener valor para clavársela y sentir otro dolor diferente al que sentía, algo más físico y entendible.

Hizo un desastre en su cabeza, uno que, por cobardía, no se atrevió a hacer en su rostro o en su cuerpo.

Su madre logró reparar el daño recortándolo un poco y emparejándolo, ahora lucía una corta melena que apenas le llegaba a los hombros. Y, aunque ella no lo notase, la hacía lucir más adulta y más bella aún.

Su arrebato había tenido una dolorosa respuesta de su padre, los nudillos le habían quedado marcados aquí y allá y un pómulo había permanecido un poco morado por días, llamando la atención de sus compañeros. No le gustaban las preguntas que no se animaba a responder. Ahora sabía que esas golpizas no las daban los padres que querían a sus hijos, sino los otros..., los que no sabían querer. No obstante, no tenía el valor de hablar con libertad del asunto y, para qué negarlo, le tenía miedo al golpeador que llevaba su padre dentro.

Desde aquel día, el del corte de cabello, había vuelto a lucir pantalones de su hermano y camisetas holgadas, porque la ocultaban bien de miradas y palabras no deseadas. Casi todas sus compañeras eran morenas, delgadas o rellenitas, más bien bajitas; nada extraordinario, nada llamativo, todo común; así como ella lo quería y, a veces, lo soñaba. Aborrecía llamar la atención, tal vez con esa ropa y una gorra con visera podía disimular algo de su atractivo.

Esa niña bonita que jugaba a ser fea y no pasaba desapercibida, cumplió diecisiete años. Ya sabía más cosas, tenía ideas más claras y una personalidad adquirida. Ya no se dejaba avasallar ni amedrentar, o eso creía, y lo único que todavía no podía asumir ni perdonar, era su belleza. No, a esa jamás la perdonaría por existir. Solo presumía de ella cuando sus amigas la obligaban a vestir decentemente para ir a bailar o salir de juerga alguna que otra noche. Sonya colaboraba porque esas niñas buscaban gustar, querían un chico que las mirase y, por lo general, la vestimenta que ella usaba a diario solía espantarlos.

Los años también le habían traído conocimiento, ahora sabía todo lo referente al sexo… Esa cosa dura que palpitaba entre sus glúteos, cuando el inmundo de Osvaldo la había tocado, se llamaba pene; y con sus dedos gordos y asquerosos le había tocado… bueno, esa palabra le daba pudor, por eso ni la nombraba. En realidad, todo lo referente al cuerpo femenino le daba pudor. El sexo, le daba vergüenza… y un poco de temor. Los recuerdos no eran los mejores, a decir verdad.

Ya Osvaldo no la tocaba, solo la comía con la mirada y le sonreía de una forma que a ella le daba asco, pero disimuladamente desviaba los ojos y evitaba el saludo cada vez que podía. El viejo era zorro, sabía que la niña había crecido y hablaría de más si la volvía a tocar, por eso había desistido de todo empeño ya hacía un tiempo.

Sonya había aceptado salir, esa noche de sábado, con Noel y un grupo de chicas. La habían obligado a vestirse de mujer, así se lo pedían, con esas palabras: «Vístete de mujer, Sonya». Y eso hizo.

Salió de su casa, endiosada, preciosa, jamás nadie podría lucir tan bella con un simple vestido negro prestado, que ni ajustado era. Osvaldo babeó al verla pasar tan indiferente. Su padre hizo caso omiso y solo rumió un «saluda» que Sonya ignoró. Su madre apenas si se dio la vuelta, estaba trajinando en la cocina.

Sonya ya había entendido que su padre y todos esos amigotes (de los que podía separar a Tito), eran una pandilla de perdedores, patéticos y asquerosos personajes, porque no eran hombres, claro que no. Esos no catalogaban para esa palabra. Sonrió con altanería al pensar en eso y siguió caminando, estaba orgullosa de haberles dedicado esos adjetivos a semejantes idiotas.

Como cada vez que se ponía ropa bonita, los piropos (de los agradables y de los que no le gustaban), amenazaban con hacerla desistir de su salida. Aunque era cada vez menos débil y vulnerable ante las groserías todavía tenía un poquito de temor de que, alguno de todos esos desconocidos, decidiese hacerle lo mismo que su tío. Por eso los mantenía bien lejos, cuanto más, mejor.

Durante la noche ya le habían tocado el trasero unas seis veces, sí, las contaba. No era a la única, por supuesto, a todas las chicas del grupo le manoseaban alguna parte del cuerpo. Muchos de los muchachos del barrio eran así, les gustaba decidir por ellas, no era algo que se desconociera entre las mujeres, por eso, las mejores ubicaciones para evitar el toqueteo dentro de esos lugares estaban lejos de la muchedumbre y contra una pared o columna. Eso daba un resguardo extra contra los atrevidos.

—Hola. ¿Quieres bailar? —dijo la voz muy varonil y dubitativa del delgado moreno.

Sonya se sorprendió, eran pocos los que pedían las cosas así, al menos, en su corta experiencia eso había aprendido. Era más común que le tomasen una mano y la moviesen, a la fuerza, al ritmo de la música; por lo general, apoyándole la osamenta y refregándose contra ella.

Le sonrió en respuesta sin darse cuenta de que lo hacía, estaba en su naturaleza ser simpática; además de sus movimientos lentos de elegancia sublime y una delicada sensualidad tan inexperta como inexplorada. Nada de eso podía controlarlo, tampoco reconocerlo.

—Gracias, pero no quiero dejar sola a mi amiga.

—Mi amigo puede bailar con ella. Puedo preguntarle —aseguró él, señalando a un muchacho que a Sonya le parecía amable e inofensivo. Como le parecía que también lo era el flacucho sonriente que la miraba a los ojos.

—Noel ¿quieres que bailemos con ellos? —susurró al oído de su compañera, y esta movió afirmativamente la cabeza para darle una respuesta.

Una vez en la pista de baile, las dos parejitas se separaron un poco una de la otra, así tenían algo de privacidad. Algo.

—Eres Sonya, ¿cierto?

—Sí. ¿Y tú?

—Me llamo Lorenzo. Siempre te veo desde la verdulería de mi padre por la que pasas al salir de la escuela.

—Bueno, yo no te he visto nunca —dijo ella, sonriente.

Le caía bien, todavía no se le había acercado más que para que lo escuchase a través de la estridente música. Lo miró con disimulo. No era lindo y tal vez le faltaban unos kilos, a pesar de eso, tenía un «algo» que le gustaba. Sería su enorme sonrisa que parecía sincera o la mirada franca que nunca había quitado de sus ojos.

—Yo, sin embargo, te veo todos los días. Eres muy bonita, perdón por decir lo obvio, pero… tenía que hacerlo.

A Sonya le gustaban las palabras agradables y, «bonita» en particular, era una que muy pocas veces le habían dicho.

—¿Sí? —preguntó tontamente, estaba algo aturdida. No podía quitar la vista de esos ojazos marrones que la perforaban con simpatía, y por primera vez se sintió segura ante un varón.

—Muy linda. Yo nunca tuve una novia tan linda.

—No entiendo.

—Digo que nunca tuve una novia tan linda como tú —repitió Lorenzo, muy seguro de sí mismo.

¿Qué otra cosa podía hacer ante semejante belleza? Si no actuaba con decisión, no actuaba. Sus rodillas estaban temblando debajo del jean. Por fin había tomado coraje y le había hablado a la niña de sus sueños. Eso era Sonya para él, porque sí, la soñaba cada noche.

—Gracias. Eso significa que la tienes, entonces.

—No, no. No la tengo. ¿Quieres serlo tú? ¿Quieres ser mi novia? —le preguntó con un coraje que desconoció como propio, y le tomó un mechón de cabello para colocárselo detrás de la oreja.

Sonya sonrió y se sorprendió por no tener ganas de alejarse de ese dulce contacto. Y ese «algo» que le había gustado se transformó en un «todo» maravilloso. Ya le gustaban hasta sus labios carnosos y la prominente nariz, tan masculina como la mandíbula y barbilla.

—No lo sé..., no te conozco. Creo que no.

—Por eso te lo propongo, para que me conozcas y conocerte.

—¿Lo haríamos directamente como novios?

—¿Por qué no?

Sonya enmudeció de repente. Lorenzo nunca dejó de sonreír. El silencio no molestaba, era sustituido por la música ensordecedora y el baile de sus cuerpos que se mecían por instinto.

Ella pensaba y pensaba. Nunca había tenido novio, jamás pensó en tenerlo siquiera. Se había propuesto mantener a todos los especímenes de sexo masculino lejos, bien lejos.

Él pedía en silencio a todos los dioses que existiesen, y tuviesen a bien escucharlo, que la ayudasen a decir que sí. Nunca le había gustado tanto una chica como le gustaba «el marimacho», como le decían sus amigos. Un marimacho que, en vestido, lucía como una dulce sirena encantadora.

—Está bien —susurró casi decidida, solo porque, cuando ella misma se preguntó ¿por qué no?, no obtuvo respuesta.

La sonrisa de Lorenzo fue enorme. Jamás pensó que ella diría que sí. No había pensado nada en realidad, únicamente se había acercado porque ya se sentía idiota al no animarse a hacerlo.

—Ven, vamos —dijo tomándola de la mano y sacándola de la pista donde estaban siendo empujados y pisoteados a cada rato.

Encontró una columna bastante alejada y ahí apoyó el cuerpo de ella parándose delante. No podía dejar de mirarla, era la primera vez que podía hacerlo tan de cerca. ¡Era tan linda! y estaba sonriéndole a él. Le acarició la mejilla con suavidad y entrelazó los dedos de la mano libre con los de ella. Se acercó muy lentamente, no quería asustarla ni que pensase mal de él, y cuando sintió el aliento tibio de esa perfecta y rosada boca, apoyó los labios.

Sonya se estremeció y cerró los ojos, nunca había sido besada. Era su primera vez. Solo en sueños lo había hecho con tantísimos artistas y... no era lo mismo; las sensaciones eran incomparables. Luchó con sus párpados para levantarlos, quería ver qué tan cerca estaba de Lorenzo. Sonrieron juntos al mirarse, pero no separaron sus labios, por el contrario, los unieron más y esta vez los ojos cerrados les hicieron imaginar estrellas a su alrededor.

La mano que él mantenía en la mejilla de ella se mezcló con las hebras del cabello femenino, habiendo dibujado un camino lento por el cuello y la nuca. Sonya percibió cada roce con un poco de temor y algo de aturdimiento. La boca de Lorenzo se entreabrió y ella copió el movimiento girando la cabeza, solo un poco, para que sus narices no se aplastasen. Profundizó el beso por un instante, apenas si rozó la punta de la lengua con la de ella y, para terminar, succionó el labio inferior y lo soltó muy despacio.

La boca de su novia era más suave, más dulce y más tibia de lo que Lorenzo había imaginado.

—¿Cuántos años tienes, Sonya?

—Diecisiete, ¿y tú?

—Yo tengo diecinueve recién cumplidos. Voy a la universidad por la mañana y, como te conté, trabajo con mi padre por la tarde.

—Yo todavía no terminé la escuela —dijo ella.

Estaba un poco mareada, el aliento tibio de su chico golpeaba en sus ganas de volver a besarlo. Le gustaba mucho más conocerlo y escucharlo, también mirarlo. Quería recordar cada rasgo, conocer cada gesto... ¡Tenía tantas ganas de acariciarle la mejilla y recorrerle los labios con el dedo! Estaba tan cerca.

—Lo sé, ya te dije que te veo pasar todos los días.

—Lo había olvidado. —Sonrió ante una nueva caricia de él. Se sentía tan torpe e incapaz, no sabía qué hacer o cómo actuar—. ¿Qué estudias?

—Publicidad.

—Yo quiero estudiar arquitectura o psicología, todavía no lo sé.

—Me parecen interesantes las dos opciones.

Sonya asintió orgullosa, pero se tensó al instante. Él volvía a arremeter contra su boca y tenía que concentrarse para no morderlo o cerrar los labios antes de tiempo... Quería adivinar los movimientos de él para no cometer errores.

Lorenzo no resistió la tentación, su nueva novia tenía una boca perfecta, grande, suculenta, tan *besable*... No era un muchacho alocado ni de muchas mujeres. Había besado a varias, claro que sí, y había hecho el amor con una, solo con una. Su anterior novia.

La prostituta que le había enseñado, no contaba. Ella era una vieja amiga de su padre que, cada tanto, le hacía compañía, ya que una vez que hubo enviudado él no había vuelto a buscar una mujer para enamorarse. Cuando Lorenzo cumplió los diecisiete su padre le había dicho que era la mejor manera de aprender y que no estaba mal pagar por sexo, siempre que esa mujer fuera limpia, sana y amable. Como lo era Perla, así se llamaba. Además de amable, Perla había sido paciente con él y con su pene flácido que no quería despertar por estar asustado y tímido, como el dueño. La vergüenza lo había hecho vivir un mal rato. Ahora sonreía al recordarlo, pero no lo había pasado bien.

Sus pensamientos se silenciaron al sentir las manos de Sonya en su cintura y apretando la camiseta en su espalda. Sonrió sobre sus labios, le gustaba que ella tomase alguna iniciativa, porque hablaba de que confiaba en él.

—No te pongas nerviosa —le susurró besando su mejilla después.

—No estoy nerviosa —mintió ella.

—Sí, lo estás. ¿Tuviste novio? —Ella negó en silencio, solo con un movimiento de su cabeza—. No importa. Yo solo tuve una novia.

—¿La querías?

—Sí, mucho. Pero nos peleábamos todo el tiempo, ella era muy celosa y yo también, un poco. Ya no nos vemos.

—Me alegro de eso.

—¿Eres celosa? —le preguntó sonriente ante la mirada asustada que le dio. Era muy tímida o miedosa, no podía deducirlo todavía. Pero sí entendía que debía ir con cuidado con ella.

—No lo sé. Te dije que no tuve novio —respondió riendo sonoramente, un poco por nervios y otro poco por la alegría que le inundaba el pecho.

—Espero que no.

La risa de ambos los acercó más. La confianza ganaba terreno. Él también.

Un nuevo beso, más firme y valiente, los motivó para abrazarse. Lorenzo pegó su cuerpo al de ella. Quería sentirla cerca. Ella pudo notar cada parte que hacía contacto, incluso esa que crecía entre sus pantalones, pero en Lorenzo no le producía asco sino intriga, además de un poco de pudor por ser ella quien lo hiciera endurecer de esa manera.

Era demasiado para el muchacho, quien la deseaba con una locura poco domable, como sus hormonas. Por fin la tenía contra su cuerpo, entre sus manos, besándola. Presionó los párpados y rogó porque ella respondiera como hasta ese instante, abrió la boca y hundió su lengua en la de ella. No le dio respiro, la enredó, la acarició, la atosigó... Suspiró sin despegarse. No estaba soñando, era real, ese beso era real. Le tomó el rostro entre las manos y se acomodó mejor.

Otro beso intenso y demoledor... y por fin la calma.

Sonya inspiró profundo y abrió los ojos para verlo. Los labios de él estaban inflamados ¿o le parecía? Los suyos, al menos, estaban dormidos y húmedos. Podía sentirlos así y sí, tal vez se viesen inflamados como los de él.

—Me gusta besarte —dijo apenada, pero quería ser sincera—. Nunca había besado así.

—Sigamos entonces —susurró Lorenzo y, entre risas, se comieron a besos. Las hormonas juveniles no perdonaban ni sabían de inexperiencia.

—Perdón, Sonya, ya creo que deberíamos irnos a casa —indicó Noel, muy incómoda por interrumpir.

—Sí, ya es hora. Tengo un permiso limitado —dijo ante la pregunta silenciosa de Lorenzo.

—¿Puedo acompañarlas?

Sonya miró a su amiga y esta le confirmó con la cabeza que aceptaba. De más estaba decir que el amigo también vendría, esa parte a Noel no le convencía mucho, pero daba igual. Ya había aclarado las cosas con él. No solo no le gustaba, sino que tampoco le agradaba eso de que la quisiera besar solo porque sí, para hacer tiempo mientras esperaban a los tortolitos.

Caminaron por las calles oscuras, en silencio al principio. No había mucho que decirse, apenas se conocían. Lorenzo le tomó la mano, enredó sus dedos con los de ella y, al hacerlo, se ganó una hermosa sonrisa que lo hizo consciente de la buena idea que había tenido. Por fin esa mujercita lo miraba como tantas veces había soñado que lo mirase.

—¿Y esto? —preguntó su amigo, en voz baja y solo para que él lo escuchase. La respuesta que obtuvo fue una elevación de hombros y una sonrisa tonta—. ¿Quién es?

—¿No la reconoces? El marimacho —respondió Lorenzo.

Él siempre se había negado a ese apodo. Intuía más hermosura en esa mujer que la que a simple vista se apreciaba. Era poco lo que rebelaba, a decir verdad, no más que una altura impresionante, tal vez la forma de un trasero respingón bajo esos jeans espantosos y sin forma, y un buen par de pechos sobresalían por entre las prendas de algodón raídas. El cabello tupido, largo y brillante era algo indiscutiblemente precioso y llamativo, y lo mejor de todo y lo más visible, era el rostro…, uno incomparable. La misma palabra belleza era poca cosa ante tal perfección. No había posibilidad que alguien discutiera que esa cara era digna de plasmar en yeso, en mármol, en fotos…; inmortalizarla de cualquier manera. La boca carnosa y terriblemente sensual, era una provocación que ella todavía no había aprendido a utilizar para enloquecer a los hombres y, sin embargo, lo hacía. Los ojos color chocolate, eran pura chispa, las cejas finas y las pestañas largas hacían de marco ideal para resaltar la franqueza con la que miraba todo. Su nariz era una preciosidad, parecía la de una muñeca… Definitivamente, nadie podría negar la hermosura de ese rostro de ángel.

Lorenzo volvió a mirarla y no se animó a reparar, otra vez, en el cuerpo de sirena recientemente descubierto gracias a ese vestido tan femenino que la transformaba en una de esas modelos de las revistas que a veces miraba, para matar el tiempo, en la verdulería, entre cliente y cliente.

—Caray… el marim… ¡Está buenísima!

—Ya, tranquilo, con respeto que es mi novia.

Desde esa noche, Sonya vivía soñando despierta. Lorenzo era un novio correcto, muy educado y cariñoso. Se veían cada tarde en la verdulería y a veces, cuando él cerraba el negocio, pasaba por su casa para sentarse contra la pared de la fachada y conversar por horas, reírse y hasta proyectar un futuro que les parecía difícil, pero no imposible. Sonya nunca había imaginado uno, nunca se había permitido pensar en algo que no fuese el día a día.

—Yo me quiero ir ya de aquí, de este barrio —dijo ella, una tarde, hablando sin meditar lo que iba a decir, como últimamente hacía cuando era presa de la ansiedad. Algo también desconocido.

—¿Por qué el apuro?

—Porque quiero hacer algo con mi vida, no quiero morirme como lo hará mi madre: enferma por trabajar tanto y sin lograr tener dinero para poder pagar un médico, casada con un inservible y rodeada de gente inútil. Si no fuera por ti...

Sonya había descubierto una nueva realidad. Una que le era ajena y lejana hasta que había conocido a Lorenzo. Existía otro tipo de gente, había comenzado a pensar que había algo más por descubrir, «seguro que sí», gritaba una voz que aturdía su ingenua cabecita.

El padre de su novio era un hombre agradable y amable. Nunca había bajado la mirada para reparar en su escote o se había dado vuelta para mirarle el trasero y eso era para agradecer. Sonya no conocía otra respuesta de los hombres que la rodeaban, era su debut con la cordialidad y con la empatía hacia uno que no fuese Lorenzo, claro estaba. Además, trataba con amor a su hijo y nunca le había levantado la mano. Era trabajador y digno de respeto, eso se lo había dicho el mismo Lorenzo. Y esa mujer, Perla, era dulce y muy conversadora, además de divertida.

Ese nuevo entorno le hacía creer que podía aspirar a más, a algo diferente, que había una posibilidad de cambiar su futuro, es más, había soñado por primera vez que tenía uno. Pero lejos, sin su padre golpeador, sin su madre enfermiza y ausente, sin su hermano problemático, sin Osvaldo y la manga de degenerados que lo secundaban en sus comentarios. Eso era algo nuevo y molesto, porque se sentía intimidada y vulnerada por ellos y hasta temerosa, otra vez volvía a tener miedo. Seguramente esos mamarrachos hacían lo que hacían porque había vuelto a ponerse ropa de mujer, pensaba ella. No era nada extravagante ni mostraba de más, aun así, su cuerpo llenaba cualquier prenda de una forma demasiado llamativa.

Sí, ese era el motivo por el que Osvaldo renegaba con la antipatía e indiferencia de la niña que se había convertido en esa maravilla que imaginaba años atrás. Odiaba al flacuchento ese, el verdulero, como le gustaba llamarle. Poca cosa para una mujer como ella, tenía envidia de esas manos delgadas y de los besos que le daba. Hasta los imaginaba toqueteándose en la oscuridad del callejón. Esos hombres del barrio que andaban aburridos por falta de alguna changa para conseguir dinero lo secundaban a la perfección. ¿Quién podía obviar el contoneo de esa cadera, la voluptuosidad de esos labios y el sube y baja de esos pechos redondos que le originaban las más perversas fantasías nocturnas?

—No todo es como lo dices, Sonya —dijo su novio, no le había gustado escucharla hablar así de su propia gente y del lugar en el que vivía.

—Sí, lo es. No sabes nada de mi familia, Lorenzo. Ni de los que me rodean.

—Porque no me cuentas.

—Ni lo haré, me avergüenza —susurró ella bajando la mirada. Nunca había dicho una verdad más dolorosa.

Lorenzo no podía conocer sus secretos más sucios. No le importaba lo que los vecinos murmurasen, ella no confirmaría nada.

—¡Adentro! —gritó Oscar, con la voz ronca y pastosa por tanto vino que había tomado.

—Me tengo que ir —le dijo a Lorenzo—, mañana nos vemos.

Como despedida él enredó sus dedos en el cabello sedoso de ella y la atrajo para tenerla más cerca. El beso fue intenso, húmedo y atrevido. Hasta incluyó una mano curiosa sobre las nalgas femeninas y un jadeo disimulado. La deseaba con locura. No podía aguantar más, no quería dilatar más el momento, ella tenía que entenderlo. Sonya se negaba a dar el paso, por miedo y por vergüenza, aunque él sabía que lo que a ella la frenaba era creer que desaparecería después.

—Te quiero, Sonya.

—Y yo a ti.

Cinco meses de noviazgo debían ser suficientes para que ella entendiera que él la quería bien, en realidad ya eran casi seis. Lorenzo se estaba enamorando. La de ellos era una relación seria a pesar de sus cortas edades, y ella era dulce como un caramelo, ¿cómo no iba a conquistar el corazón de un romántico como él? Reconocía que era algo inexperta en un montón de cosas y hasta tímida en otras, pero todo eso hacía que le gustase más aún. Sus amigos todavía no podían creer que esa novia suya, tan bella y tan femenina, fuese el marimacho que ellos tanto criticaban. Y mucho menos podían creer que todo ese monumento de mujer estuviese escondido entre prendas espantosas y demasiado masculinas.

Lorenzo todavía no había podido encontrar los motivos de ese estilo tan opuesto a la mismísima esencia de ella. Nadie podía. A pesar de hacer conjeturas y preguntas, incluso, no había logrado nada. Sonya era un maldito cofre cerrado con varias cerraduras, sabía que ella tenía muchísimos secretos, sentimientos que compartir y miedos que enfrentar. Intentaba ser razonable, crear momentos de intimidad y ser sincero. Había confiado en ella para mostrarle con el ejemplo que podía hacer lo mismo, y tampoco lo conseguía.

El mismo día que cumplían ocho meses de relación y después de que Lorenzo se hubiese presentado ante sus suegros, muy en contra de la voluntad de Sonya, hicieron el amor por primera vez. A él le había costado discusiones, y hasta alguna pelea de varios días, convencerla de que necesitaba hacerlo. Su juventud no razonaba sin la intervención hormonal y el deseo se transformaba en una necesidad indiscutible, y hasta en una demostración de compromiso por parte de ella que él comenzaba a exigir. Una prueba de cariño y confianza, eso había dicho entre besos y caricias indiscretas debajo de la falda corta que ella llevaba una tarde. Ya era una costumbre acariciarle el trasero y ella lo disfrutaba, claro que sin tela de por medio, las sensaciones eran otras.

Ese inquieto descaro había acelerado la respiración de ella y hasta su corazoncito enamorado había comenzado a bombear con prisa. Las caricias eran suaves y cariñosas, un poco ansiosas también, pero disfrutables. Sonya sintió la yema de los dedos de su novio demasiado cerca de su sexo. No le había molestado que acariciara sus pechos aquella otra vez, tampoco que los besara o los mordiera suavemente mientras los apretaba con ambas manos, unos días después... sin embargo, en ese momento, esos dedos no estaban teniendo el mismo efecto placentero que producían en otras partes de su cuerpo. Un amenazador recuerdo la obligó a alejarse y cerrar las piernas protegiendo su integridad, emocional, más que física. No quería revivir nada de lo que Osvaldo le había hecho, no con las manos de Lorenzo en su cuerpo, porque él no se lo merecía. No podía ni quería compararlo con el inmundo de su tío.

—Así no, por favor —pidió.

Las circunstancias se parecían un poco y eso la mareaba, la confundía. Prefería exponer su desnudez, dejarse ver, probar de qué se trataba eso de hacer el amor como Lorenzo pedía o acostarse como decían sus amigas o tener sexo, como había escuchado también entre alguna que otra grosería que no le gustaba pronunciar.

—Sonya, me gustas, somos novios y nos queremos. Tengo ganas y tú también. ¿Qué tenemos que esperar?

—Nada, no tenemos que esperar nada. El sábado, ¿quieres?

Lorenzo le tomó la cara entre las manos y le dio decenas de besos, entre sonrisas y carcajadas.

—¿Que si quiero? ¡Por todos los santos!, me muero de ganas. No quiero que te arrepientas, mi amor. No quiero que te arrepientas. Faltan dos días y todo puede pasar.

—No me voy a arrepentir, Lorenzo. Yo también te quiero y me gustas... y todo eso que dices.

Rieron juntos al escuchar un nuevo grito de Oscar pidiéndole que entrase a casa. Se despidieron y se dedicaron a pasar los dos días más largos de sus vidas, desesperados por la ansiedad que la promesa desataba en ellos.

Ese sábado, el novio llegó diez minutos antes y emperifollado con su mejor jean, las zapatillas menos sucias que tenía, la camiseta más nueva y perfumado con la colonia de su padre. Se había afeitado los pocos pelos que tenía su barba y hasta se había cortado el cabello. La idea era presentarse con sus suegros, no para pedir ningún tipo de compromiso, sino para que lo conociesen y dejasen de molestarlos con el poco tiempo que les daban para estar juntos. ¡Si apenas podían salir un par de horas! El padre de Sonya no colaboraba en el asunto, apenas si les permitía verse, y parecía que la madre mucho no aportaba en la decisión.

Lorenzo casi se espanta al conocer a Oscar aquella noche, no le había caído nada bien y tampoco lo había tratado con cordialidad. Ana, aparentemente y a pesar de la hora, estaba trabajando y no tuvo el gusto de conocerla, ya lo haría más adelante.

Oscar gruñó un saludo y no le dirigió ni una mirada al muchachito. No tenía celos, poco le importaba lo que hacían esos dos, lo que le molestaba era la escasa predisposición de su hija a ayudar en el hogar. Si no estaba en la escuela, estaba estudiando en casa de la vieja metiche y su nieta Noel, y si no, con el verdulero. Ya estaba cansado de que el dinero faltase cada vez más, necesitaba que la mocosa se pusiera a trabajar. Demasiado inútil le había salido el machito, pensaba, y cada vez estaba peor con sus asuntos de droga. Le había jurado echarlo de casa la próxima vez que tuviera problemas con la policía y lo cumpliría a pesar del llanto de la madre que lo protegía en todo. Su familia se estaba desmoronando, ya nada quedaba de la tranquilidad de hacía unos años, y no le gustaban los cambios.

—¿Supongo que preparaste la cena para mí y para tu hermano, por si vuelve? —preguntó de forma retórica, y esperando que dijera que no para prohibirle la salida. Porque no tenía más motivos que el de mostrar su poderío paterno.

—Sí, papá. Está en el horno y hay para mamá también por si llega hambrienta. Nos vemos luego.

—Si te embarazas, te casas, que quede claro. Yo no alimento hijos ajenos.

—Papá, por favor —dijo Sonya, poniéndose roja de vergüenza y furia. No era la primera vez que le decía algo como eso, pero sí que lo hacía frente a su novio.

Lorenzo le acarició el hombro con disimulo y le sonrió para tranquilizarla. Era un maleducado ese hombre y no entendía cómo de ese orangután, podía haber salido una flor tan bella y frágil como su novia. Ahora comprendía un poquito más la necesidad de ella de irse lejos y pronto. No quería pensar en eso, nada podría estropear su noche. Perla le había dejado vacío su departamento. Era una pocilga, pero limpia; y tenía una cama, eso era suficiente.

—Trátala con cariño. No la apures, dale besos, acaríciala… —Todos los consejos de esa mujer buena y amable se repetían en su cabeza.

No sería la primera vez que estaría con una chica que amaba, pero sería la primera vez con una que nunca había tenido novio y por eso había recurrido a Perla, para consultarle cosas que desconocía. Tenía pánico de lastimarla, de que le doliera demasiado, de que estuviese más asustada que excitada y, sobre todo, de no poder hacerlo bien. Tenía pavor de no estar a la altura, de no ser lo suficientemente hombre para ella. Sentía una responsabilidad extra, ya no se trataba solo de hacerlo, sino de hacerlo bien, cuidándola a ella y logrando que le gustase tanto como para repetir otro día.

Ya en casa de Perla, y después de haber tomado un poco de agua solo para hacer tiempo, volvió a observar a Sonya. Estaba silenciosa, perturbada y avergonzada. Lo veía todo en esa mirada franca y esa sonrisa tensa que le hacía temblar el mentón.

—Mi amor, si no quieres…

—Sí, sí, quiero, pero no me pidas que no esté nerviosa.

—No te lo pediré. Además, yo también lo estoy. Quiero que confíes en mí.

—Lo hago. Confío —susurró ella abrazándolo por los hombros.

Lorenzo le sonrió y le besó la nariz, la sintió fría en sus labios, suponía que por los nervios. Le daba demasiada ternura verla temblando y no de frío. Le quitó la camiseta con parsimonia, mirándola a los ojos, aunque muriera de ganas de mirarle los pechos blancos y grandes que le encantaban, con los que soñaba cada noche entre sus manos. Pronto, se dijo en silencio y siguió mirándola fijo. En un hábil y rápido movimiento se quitó su propia camiseta y el cinturón. Con la punta de los pies se quitó las zapatillas y ella se rio al ver como perdía el equilibrio por un instante.

—Quiero que me digas si algo no te gusta.

Ella afirmó con la cabeza y miró el lampiño pecho de su delgado novio. Tenía los brazos más bronceados que el torso, se le marcaba la camiseta. Pero no le disgustó. Era muy blanco, incluso más que ella, que de niña había sido más bien rubia. Ya no lo era, su cabello se había oscurecido mucho; ahora era de un común castaño, sin embargo, para nadie era así de común esa maravillosa cabellera.

—Puedes tocarme por donde quieras. Me gustará que lo hagas —confesó él.

Lorenzo le tomó las manos y se las apoyó en el pecho. Ella sonrió y él suspiró ante el roce, estaba al límite. Los nervios favorecían un poco para no arremeter contra ella sin darle tiempo a nada. En dos segundos se deshizo del pantalón. Le daba un poco de pudor, no podía negarlo, pero si quería lograr que ella no estuviera mal, era lo mínimo que podía hacer.

—¿Te quieres quitar el tuyo? —Ella lo hizo en silencio, después de afirmar con la cabeza y no se animó a mirarlo mientras lo hacía.

Él, en cambio, no se privó de hacerlo. Su novia tenía un cuerpo bello, con todas las curvas del tamaño ideal. Llevaba un sencillo conjunto de ropa interior de algodón blanco, nada delicado ni sexi, aun así, le quedaba precioso, pensó Lorenzo. Estaba absolutamente embelesado con ella.

—Eres increíblemente hermosa, Sonya.

—Gracias. Tú también me gustas mucho. Me tranquilizaría que me besases y no que me mirases tanto —murmuró cohibida, después de un par de espiraciones.

El primer beso fue casto, tan insulso que ella se asustó y pensó que algo no estaba bien. El segundo fue acompañado por un abrazo que unió las pieles y todo explotó. El suspiro de ella originó un jadeo en él y su entrepierna actuó como un imán pegándose en la de ella. Las manos abiertas querían abarcarlo todo: la espalda, el trasero, las piernas, los hombros... Las de ella estaban bastante quietas en el pecho masculino, Lorenzo podía sentirlas, aunque apenas si movía los dedos. Aunque ese sutil roce lo ponía loco de ansiedad.

—Tócame los hombros y baja por mi espalda —le pidió besándole el cuello y oliéndola. Ella lo hizo y él lo disfrutó. Tanto que la apretó más contra sí y le desprendió el sostén. —Voy a sacarte esto.

Déjame mirarte un poquito. Solo unos segundos. Sí. Eres muy, muy linda.

Sonya se hubiese puesto a bailar de alegría, claro, si se hubiese animado. Su novio la miraba con cariño, no con ese gesto asqueroso y babeante con el que la miraban los demás. En él había una sonrisa bonita, los ojitos le brillaban y la boca entreabierta dejaba notar la necesidad de besos; sus manos la acariciaban con ternura, suavemente y estremeciéndola. Sonya nunca sintió su cuerpo tan blando ni su mente tan vacía de todo lo que en ella daba vueltas y vueltas cada día. No tenía problemas en ese momento, no había mundo ahí afuera. Solo eran ella y él, los besos y las caricias, sus cuerpos calientes y sus miradas compenetradas.

—Te quiero, Lorenzo.

—Y yo a ti.

No hubo muchas más palabras. Se recostaron en la cama y, con un poco de torpeza, se amaron. Sonya creyó que el dolor sería más insoportable, la vergüenza más grande y el placer más fulminante. Sin embargo, no había sido así. En los dos primeros casos sintió alivio, no obstante, en cuánto al placer... frustración, miedo, decepción, inquietud, bronca... Todo eso sintió, y miles de dudas se agruparon en su mente, antes vacía de problemas; todas ellas hacían fila para obtener una respuesta. Adormilada en los brazos de su novio no lograba pensar con claridad.

Ese abrazo y los momentos previos habían sido hermosos, más que todo lo demás. Más, incluso, que ese instante que había amenazado en romperla a la mitad por el éxtasis que nunca había llegado.

Y es que no tenía experiencia, y sin ella no sabía que le habían faltado escasos segundos para lograrlo. Lorenzo, dominado por el deseo que lo venía consumiendo desde hacía meses, no había podido parar ni notar que ella no había disfrutado tanto como él.

Eran unos niños jugando al amor o aprendiendo a hacerlo, solo el tiempo les enseñaría.

—Creo que debemos irnos para no enojar a tu padre —susurró Lorenzo, mientras le besaba el cuello a su novia.

Ahora más que nunca se sentía enamorado y deslumbrado, como hechizado por ella. Hacer el amor con la chica más linda que vio en su vida lo tenía trastornado. Se quedaría en esa cama así, desnudos, por días, aunque sabía que eso era imposible. Si no quería volver a tentarse debía ponerse de pie y alejarse de ella.

—Vamos, mi amor. Otro día volvemos.

Sonya sonrió y le dio las manos que le tendía para que se levantara. Entre arrumacos y besos se vistieron. Ella sentía algo raro en su cuerpo, un cosquilleo, una tensión muscular, una incomodidad... algo diferente que no sabía explicar. O tal vez fuese solo su idea.

Esa noche, ya en la cama y mientras el sueño la esquivaba, Sonya intentó responderse las preguntas tan complicadas que se había hecho antes. No obtuvo muchas respuestas y hasta se le sumaron más dudas. ¿Y si ella no lo quería como creía? Tal vez estaba enferma o tenía algún problema. Seguramente algo mal había hecho, porque Lorenzo lo había pasado bien y hasta había logrado su cometido: gozar. ¿Y si la culpa era de Osvaldo? Negó con la cabeza y cerró los ojos con fuerza, tenía miedo, mucho miedo de que eso fuese realidad y que ese asqueroso hubiese truncado su vida sexual antes de haberla comenzado. En ese instante se juró no volver a pensar en ello y para corroborar que así sería desde ese momento en adelante, metió la mano debajo de su ropa interior y se acarició.

La sensación era agradable y le gustaba tanto que no podía parar de hacerlo, sentía que a algún lado la llevaría eso de insistir. Jugó y probó. Había puntos que reaccionaban más que otros, sus piernas se tensaban, su boca se secaba, sus pechos se endurecían y hasta se animó a pellizcarlos como lo hacía Lorenzo. Su cuerpo respondía y lo que le hacía sentir la alborotaba y el placer aumentaba, aun así, ella intuía que había más que eso. Lorenzo había gritado al final, su cuerpo entero se había agitado sobre el de ella, suponía que las mujeres deberían tener ese estallido final también. El orgasmo existía, se lo habían contado, pero ¿cómo llegar a él?, ¿cómo reconocerlo?

Con los dedos acalambrados y sin explosión alguna, abandonó la tarea. No la de olvidar los gordos y apestosos dedos de Osvaldo entre sus piernas, no, de eso no desistiría jamás. Olvidaría, costase lo que costase.

44

Los meses pasaron y las experiencias se sumaron. Sonya descubrió algo más de su cuerpo y fue gracias a Lorenzo y su deseo de tocarla a cada rato. Por fin los largos y delgados dedos de él pudieron con sus recuerdos y los dejó aventurarse a ese lugar que ella protegía, por miedo a que la obligase a recordar una experiencia que había abandonado y enterrado muy profundo en su mente. Ahora sabía lo que era retorcerse de placer, hasta reconocía el dolorcito en las pantorrillas del día después, porque no lograba llegar muy fácilmente al dulce éxtasis, la verdad era que le costaba su tiempo y concentración, sin embargo, no se quejaba.

Terminando la escuela, el final de una etapa había llegado y, con ella, el comienzo de otra. Debía elegir la carrera a estudiar si quería inscribirse en la universidad. Nada le gustaba lo suficiente, no podía verse toda la vida haciendo lo mismo. Todavía le faltaba madurar la idea. Lo que sí tenía más que claro era que no sería una inútil como su padre y mucho menos trabajaría hasta desfallecer por casi nada de paga, como su madre. Claro que tampoco quería el dinero fácil y peligroso de su hermano. No tenía muchos más ejemplos para seguir. Alguna vez se había imaginado como arquitecta, y por eso se inclinaba, aún con dudas. Esa misma mañana había hecho la inscripción en la facultad.

Noel estudiaría cualquier cosa relacionada con las matemáticas, algo para lo que era buena de verdad. En lo que ambas coincidían era en que debían buscar trabajo mientras estudiaban, de esa forma podrían ayudar en sus casas y poder darse algunos gustos también. El padre de Lorenzo le había propuesto trabajar unas pocas horas en la verdulería, ya que su novio estaba con exámenes y casi no tenía tiempo de hacerlo. Tampoco de verla a ella, lo que originaba alguna que otra discusión innecesaria y, poco conveniente, en los pocos días y momentos que compartían.

—Ya no hablamos, solo nos besamos…, me tocas y quieres que nos acostemos cada vez que nos vemos. No quiero eso, Lorenzo —le había recriminado Sonya una vez.

Había conversado con su mejor amiga y habían llegado juntas a la conclusión de que era el momento de ella de pedir la prueba de amor: estar sin sexo durante un tiempo. Después de todo ya dudaba si él la quería como para compartir algo más que una cama, incluso ella titubeaba al respecto si se lo preguntaban. Ya no estaba muy segura de si realmente quería algo más que... esa cama.

Sus necesidades estaban cambiando y sus tiempos también se estaban acortando. Trabajar, estudiar y lidiar con la casa y la comida no le dejaba mucho espacio. Llegaba a la noche agotada y de mal humor. Para colmo, las discusiones ya eran más frecuentes.

Para asistir a clases debía ponerse ropa adecuada, nada despampanante, pero acorde a su edad y género. Nada de pantalones rotos ni vestimentas masculinas, y hasta se había animado nuevamente a los vestidos.

Lorenzo tomó a mal el cambio, llegó a pensar que lo hacía para interesarle a algún compañero. Nada más alejado de la realidad, pero Sonya no sentía la necesidad de convencerlo, pensaba que si dudaba de ella, bien podía alejarse; y al pensar en esa posibilidad se dio cuenta de qué poco le importaría cortar la relación.

Las peleas ya eran molestas y acababan con la paciencia de los dos. Lorenzo estaba más o menos con la misma postura. Los fastidiosos celos, más originados por el orgullo que por el amor, estaban poniéndolo en un lugar que no quería ocupar. Además, si su novia no quería tener intimidad con él era solo por un motivo: no lo quería, eso había llegado a pensar. Ya nada tenía que hacer intentando mantener una relación que no iba a ningún lado. Le gustaba su novia, mucho, muchísimo, pero no alcanzaba. Ya no.

Así fue como Sonya y Lorenzo cerraron su historia. Una bella y dulce historia que siempre recordarían, porque el primer amor nunca se olvida.

Por evitar encontrarse con él, día sí y día también, Sonya renunció a su trabajo en la verdulería. Le parecía que era lo mejor.

Sin novio y sin dinero, con una carrera universitaria que no le gustaba y con el asedio de su padre (y algún que otro golpe), Sonya había entrado en un estado de tristeza que casi rozaba la depresión. Poco sabía ella de eso o su madre, mucho menos su padre; pero cada día le costaba más despertar de buen humor o sin esa carga de melancolía y tristeza que no la abandonaba ni de noche ni de día.

Su vida era una rutina espantosa de obligaciones que no le daban ni un solo motivo para levantarse contenta por la mañana. Si lo hacía, era porque los gritos de Oscar le daban desconfianza y ya no quería tener que dar explicaciones sobre sus machucones en las mejillas o sus dolores en los brazos, además, la última vez casi le había fisurado una costilla. Prefería evitar contradecirlo.

Como cada mañana puso un pie al lado del otro y se irguió cuán alta era, se puso algo de ropa y, después de pasar por el baño, se encerró en la cocina para preparar el desayuno. Tenía solo media hora para hacerlo si no quería llegar tarde a la universidad. Todavía no se decidía a abandonarla de una vez y por eso se mantenía responsable con los horarios y las clases. Sirvió el café y las tostadas, las dejó en la mesa y salió.

No pudo evitar el choque de frente con esa prominente barriga.

—Caramba, pequeña. ¡Qué apuro llevas!

—Buenos días, Osvaldo. Permiso, necesito salir —dijo mientras intentaba alejarse un poco. Cosa imposible si él no se movía de la puerta.

—Ya veo. Estás muy linda tú. Esto de la soltería te queda bien —le susurró el asqueroso cerdo, acercándose hasta su cuello.

Sonya contuvo las náuseas y lo empujó, con más fuerza de la que creyó tener, cuando sintió la mano gorda y sudada sobre su brazo.

Ya no se dejaría. Ya no.

Casi corrió por las calles, como si estuviera escapando. Y eso estaba haciendo después de todo. Estaba cansada, hastiada de la porquería en la que vivía. No había día que no tuviese ganas de llorar. A pesar de saber que no se hacía, ella igual tenía ganas, no obstante, tantos años de reprimir el llanto habían hecho mella en ella y ni una lágrima brotaba de sus ojos. Su garganta ardía y ese nudo que se formaba ahí se volvía intragable.

Si tuviera el valor necesario.... Ya no quería seguir con su vida.

Al llegar a la universidad se encontró con un tumulto de gente poco común, un alboroto que la intrigó, tanto como olvidar sus pesares momentáneamente, y hacia ellos caminó. Una mujer preciosa de cabellos dorados como el sol, y un muchacho demasiado perfecto para ser real, sonreían mientras entregaban folletos

47

publicitarios. Recibió uno al pasar y lo leyó para saber de qué se trataba.

—Deberías intentarlo —dijo con voz gruesa el muchacho, y le sonrió mostrando una dentadura blanca envidiable.

—¿Qué cosa? ¿Lo de ser modelo? No, no lo creo —aseguró levantando el papel de la publicidad de una escuela de modelaje.

—Tienes lo que hay que tener.

—No me interesa.

Y era cierto, jamás aceptaría que le pagasen por explotar lo que más odiaba de sí misma: su belleza. Nada bueno le había traído, aborrecía no pasar desapercibida, llamar la atención de los hombres y de las mujeres que cuchicheaban a su paso.

Ella no era la responsable de su hermosura, en absoluto, y lo sabía. Era producto de una mágica combinación de genes; una herencia que para muchos sería una bendición y que, para ella, era un castigo.

—Y actriz, ¿te gustaría? Conozco gente...

—No lo creo —lo interrumpió, pero parecía que el chico estaba dispuesto a decir lo que quería.

—Piénsalo. Llama si te interesa, están buscando actores ahora mismo —le dijo, entregándole una tarjeta con un nombre y un número telefónico—. Es una productora seria, yo he trabajado con ellos.

—¿Qué producen? —preguntó un poco más interesada. Eso de actuar ya era otra cosa... Aunque no tenía ni idea de qué se trataba, jamás había visto cómo se hacía una película. ¿Qué tan difícil podía ser?

—Muchas cosas. Ahora están buscando gente para una novela que ya está en el aire.

—¿En el aire? —El muchacho volvió a mostrarle la hermosa sonrisa que hizo palidecer a Sonya, no podía dejar de admirar ese rostro maravilloso.

—Quiere decir que ya se puede ver en televisión. ¿Vas a ir?

—No lo sé aún, pero lo pensaré.

Parte 2:

La novata

Sonya esperaba sentada en el despacho de la empresa en la que tenía la cita con el productor.

—El señor Romero la atenderá en unos minutos —le avisó la señorita que, suponía, sería su secretaria.

Sonya afirmó con un movimiento de cabeza. No podía hacer nada más, solo eso y mantenerse respirando. Los nervios la habían paralizado. Nunca había estado en un lugar así tan... tan distinto a cualquiera conocido, tan lujoso, tan lejos de casa y rodeada de tanta gente entrando y saliendo. Casi se estaba arrepintiendo de haberse dejado convencer.

«Noel tiene la culpa», se decía en silencio; y con esa idea se mantenía sentada y con la espalda recta en esa silla mullida y muy cómoda. ¡Ya quisiera ella tener una parecida en su casa! Hasta las patas estaban niveladas y no se tambaleaba al sentarse. Negó con la cabeza para ahuyentar sus tontos pensamientos y ensayó, otra vez, las palabras que diría al presentarse.

Después de varias semanas de discutir con su amiga había decidido ponerse su mejor vestido y acudir a la reunión que había acordado telefónicamente con esa gente. La tarjeta que le había dado aquel modelo siempre había estado entre sus cuadernos de la universidad como augurio de un futuro desconocido y prometedor, como le decía Noel.

—Puedes tener éxito y convertirte en estrella de cine —había asegurado una tarde.

—¿Y si no?

—Lo intentaste —respondió elevando los hombros—. No seas cobarde. Imagina el dinero que podrías aportar en tu casa. Tal vez tu madre podría dejar de trabajar, tu padre de tomar y tu hermano de vender esa basura.

Esas palabras habían quedado grabadas en su interior, porque todo eso que podía cambiar si traía dinero a casa era lo que alejaba a su familia de ella y del cariño que necesitaba. Ese que había necesitado toda su vida.

Como siempre, ante lo desconocido, Sonya se inventaba una teoría y esta vez era que la falta de dinero era el motivo de las miserias amorosas y la infelicidad de la familia. Tal vez lo era, ¿quién podría asegurarlo? Nadie, por supuesto, pero tampoco nadie podría asegurarle que si el dinero llegaba, cambiaría algo. Detalle que su mente dejaba de lado, porque la esperanza de su inocente ilusión no le permitía pensar en negativo.

Como era costumbre, su madre no había escuchado la conversación sobre la oportunidad que se le había presentado. Se había quedado dormida en plena charla y entre ronquido y ronquido se había quejado de sus dolores. Ana estaba cambiando, ya no era la fuerte mujer trabajadora, sino una escuálida señora que parecía ser diez años mayor de lo que en realidad era. Tenía la piel arrugada, áspera y manchada; los dientes que le quedaban no estaban sanos, pero no tenía dinero ni tiempo para ir al dentista; esos kilos de más que siempre habían formado una redondez graciosa en su cintura brillaban por su ausencia; ahora tenía de menos, se le notaban los huesos y las mejillas ya estaban hundidas.

A su padre no le contaría nada, poco le importaba ya algo de ese señor que le pegaba, le gritaba y hasta hacía la vista gorda a lo que el repulsivo del amigo hacía con ella. No tenía muy claro cuándo había pasado del amor al odio con su padre, pero no se ponía a pensar en ello porque se sentía mal, se suponía que los hijos querían a sus padres... sin embargo, ella era una hija desamorada, y le dolía que así fuese.

Y a su hermano... ¿Qué hermano? Casi no lo veía.

Resolvió que estaba sola para todo. Como siempre, lidiaría así de sola también con la decisión entonces, además de con las dudas y los miedos. Noel ya había dejado clara su postura y la abuela Lina no podía saber nada porque se lo contaría a las vecinas y su padre se podría enterar. El último golpe de su cinturón le había cortado la piel y todavía estaba curando la herida para que no se volviera a infectar, prefería evitar, por el momento, que su padre se enojase. Claro que ella no tenía idea por lo que podía enojarse, no había un patrón, no había un motivo o, mejor dicho, todos lo eran.

—Ya puedes pasar —dijo la señorita, con una sonrisa enorme dibujada en sus labios pintados.

Se puso de pie y abrió la puerta que la secretaria le señalaba. Dio un paso hacia dentro y escuchó como la voz masculina, algo susurrante y despreocupada le decía que pasase.

—Ya estoy contigo, dame un segundo que acabo de escribir este...

El señor Romero no terminó la frase ni levantó la cabeza siquiera, Sonya todavía no había mirado más allá de sus zapatos hasta que ese silencio abrupto la desconcertó. Entonces sí, lo miró, después de sentarse en otra mullida y cómoda silla.

—Ahora sí, soy... —Daniel, Dany para todo el mundo, se interrumpió para no vociferar una palabrota. ¿Acaso una mujer así podía existir? Se preguntó fijando la mirada en los impresionantes labios carnosos de la joven que lo miraba con carita de perro mojado—. Soy Dany Romero, es un gusto conocerte.

Sonya sonrió copiando la sonrisa de él. En realidad, no copiando sino respondiendo. Decir que la copiaba sería mentir, esa sonrisa era irreproducible y perfecta. Los dientes demasiado blancos y parejos, los hoyuelos muy simpáticos y el resto... el resto también era perfecto, pensó.

—Yo soy Sonya Pérez.

—Sí, sí, lo sé, Sonya Pérez. Eres preciosa —susurró, le fue imposible guardarse el comentario.

Dany era un adulador profesional, sabía qué decir, cuándo y a quién, y también sabía cuándo callar. Aunque no esa vez. Sonya Pérez era belleza en estado puro, salvaje y arrebatador. Nadie podría decir otra cosa sobre semejante mujer.

Sus pómulos, sus ojos, sus labios, su cabello y hasta su actitud... Eran perfección. Repasó el rostro de la jovencita y se tragó un suspiro. No sabía qué veía primero si hermosura o sensualidad. ¿O tenía ambas en la misma medida? Daba igual, porque de las dos poseía mucho... o más que mucho. Sonrió para sí mismo, lo que tenía enfrente era una mina de oro, un diamante en bruto. Hacía demasiado tiempo que no veía semejante derroche de... todo eso. Era imposible enumerar todo lo que veía. ¡Hasta frescura y simpatía tenía la mocosa!

—Vamos a comenzar con la entrevista —dijo, poniéndose de pie y caminando hasta ella.

Apoyó la cadera en el borde de su mesa de trabajo y cruzó las piernas a la altura de los tobillos. Le gustaba esa posición, le daba una perspectiva diferente de las piernas y los escotes femeninos, como era el caso.

«Tiene muy buen cuerpo, además de todo lo visto», pensó. Adivinaba una cintura diminuta, tal vez unos kilos de más, un sostén de mala calidad y ni hablar del espantoso vestido. «Puede mejorar un trescientos por ciento», se dijo y sonrió. La primera impresión había sido deliciosa.

—Me parece bien, a eso vine —susurró Sonya.

Estaba impresionada. Ya no podía mirarlo a la cara. Era alto y no colaboraba para nada que ella estuviese sentada, aunque ver el largo de las piernas enfundadas en un pantalón tan elegante y con esos zapatos tan lindos... Pudo notar las manos de dedos largos y uñas cuidadas, sin tierra, sin manchas, sin mugre. Suspiró y se enamoró del perfume: suave, varonil. Ese hombre olía a limpio. Ese olor debía ser el de todos los hombres del mundo, se dijo, y casi se le escapa la sonrisa que solita se provocó con la idea. El señor Romero tenía una presencia imponente, se le había secado la boca, le sudaban las manos y el corazón le galopaba tan fuerte que hasta lo sentía en su cabeza. El nudo que tenía en sus entrañas era demasiado doloroso. Sonya nunca había visto un hombre de aspecto tan formidable ni un rostro tan varonil ni un traje tan refinado.

El poderío que emanaba ese individuo la dejaba fuera de juego; el muy ladino lo sabía y por eso se aprovechaba.

Después de casi una hora de conversación, la reunión finalizó. Algunas de las preguntas habían sido demasiado personales e incómodas y Sonya no las había podido evadir, porque la voz imperiosa de Dany no daba lugar a dudas, no se había atrevido siquiera a pensar en no contestar. De todas maneras, ella no era tonta, jamás habría dicho que tenía un hermano vago que vendía droga y la consumía, prefirió decir que Rolo trabajaba como peón de construcción. Un poco de vergüenza le había dado decir que su padre no lo hacía. El señor Romero la había mirado raro, entonces, la excusa que se le había ocurrido en defensa de su progenitor fue la que daba el mismo Oscar: que tenía problemas de espalda.

—Sonya, eres una mujercita muy bonita —dijo Dany, tomándola de la mano para que se pusiera de pie. La verdad era que quería verla al completo, saber cuán alta era, ver las curvas que ocultaba, imaginar la gracia que podía tener al caminar—. Camina un poco hacia allí y sírvete un vaso de agua.

Sonya lo miró sin entender y, con esa sonrisa perfecta de dientes blancos, él le indicó el bar del otro lado de la oficina y hacia allí caminó ella sin decir nada.

Dany se mordió el labio inferior imaginando el futuro de esa criatura y todos los ceros que tendrían sus contratos. Hizo la lista de llamadas en su mente y los cambios del argumento de la novela. Sabía que lo querrían matar por solo pensarlo, pero bien valía la pena intentarlo. Esa mujer era una increíble musa que había disparado su imaginación. Sabía que a nadie le gustaba que él se entrometiera en su trabajo, pero le daba lo mismo. Era su empresa, no debía dar explicaciones. «¡Al carajo con todos!», pensó.

—Debo decir que eres perfecta para el personaje que buscamos. La cámara te adorará. Lo veo. Lo siento. Sonya, no soy solo yo quien decide, ¿sabes? Hay algunas pruebas que debes pasar y otra entrevista. Si las pasas todas, y estoy seguro de ello, te contrataríamos. ¿Qué me dices? ¿Te entusiasma la idea?

53

—No lo sé, señor Romero. —Dany inspiró profundo y cerró los ojos.

La voz de hablar lento y sexi no era impostada, era real, tan natural como ella; y su entrepierna estaba respondiendo, aunque ¿cuándo no lo hacía ante las curvas bien proporcionadas de una aspirante a la fama? Esa chiquilla le movía las ideas, le despertaba el morbo.

—No importa, vamos paso a paso. Te llamaremos entre hoy y mañana para que te presentes a una prueba de cámara y a una entrevista con la gente de producción de la novela en la que trabajarías. Por ahora, solo eso.

—Bien.

—Nos vemos pronto, Sonya —dijo Dany, tomándole la mano y besándole la mejilla.

Sabía cómo hacer que una adolescente quedase suspirando por él. Apoyó sus labios húmedos muy lentamente, no sin antes ponerse justo delante de la mirada de ella y, con toda la lentitud de la que era capaz, besó la piel tersa y rosada de ese maravilloso rostro.

La boca de esa mujercita era pecado, ¿o pecado era lo que imaginaba hacer él con esa boca?

El aire de los pulmones de Sonya había desaparecido, también la fuerza de sus rodillas. Se había enamorado, sí, a simple vista y después de solo una hora de conversación. Todo del señor Romero le gustaba. Suspiró profundo para recuperar el aire perdido. Ya estaba en la calle; sin la presencia de él atolondrando sus movimientos, sin esa voz tan masculina y gruesa despertando deseos prohibidos; sin esa mirada anclada en su boca. Claro que pudo notarlo, porque era joven, pero no tonta. Además, ya lo sabía, sabía lo que su apariencia provocaba en los hombres, sin embargo, quería creer que en Dany había sido diferente. Era educado, atento, simpático, apuesto. Hasta podía ser él el protagonista de cualquier película o novela de televisión.

Llevó sus manos al vientre y apretó con fuerza cuando su pecho se elevó al inspirar profundo y la sonrisa le dividió el rostro en dos.

—¡Es tan lindo! —susurró embelesada, y se acarició la mejilla besada.

Dany tomó el intercomunicador y llamó a su secretaria.

—Dígame —Escuchó que esta respondía con esa demostración de eficiencia que siempre tenía. Siempre… sí que era eficiente, y en todo, incluso en lo que no era trabajo. Esas manos de perfecta manicura eran suaves y rápidas, obraban maravillas incluso a las apuradas cuando, entre reunión y reunión, Dany tenía esas necesidades tan suyas de hombre acostumbrado a que lo satisfagan con un solo chasquido de dedos.

—Esta es la lista de llamadas que tienes que hacer. Son urgentes. Quiero una reunión con la producción de «Tu destino» a primera hora de mañana.

Dany encendió su ordenador y tecleó algunas ideas. Sonya había despertado su imaginación. Esa chica debía servir, rogaba porque pudiese decir una frase de corrido, sin titubear frente a la cámara y delante de los actores.

Volvió a leer las respuestas que le había dado en la entrevista y chasqueó la lengua. Eran de esperar algunas cosas. A juzgar por cómo había ido vestida era evidente que no provenía de una familia con dinero, ni siquiera de clase media. Pudo comprobarlo cuando le dijo donde vivía, además.

Dany había nacido en la ciudad, conocía a la perfección los denominados barrios bajos y los había estudiado calle por calle para no caer nunca en uno ni por confusión. No hacía falta conocerlo de primera mano, con mirar los noticieros uno sabía lo que en esos lugares ocurría. Analizó lo que había comentado de la familia e imaginó lo que había ocultado, si un padre no trabajaba mientras la madre era empleada doméstica la economía familiar era desastrosa. Podía adivinar que hasta pasaban hambre de vez en cuando. Eso no estaba bien. Si todo iba como pretendía, lo primero que haría sería sacarla de ahí.

«Te estás adelantando», se dijo en voz baja y sonrió. Otro detalle no menor era la falta de roce social de la chica. Eso la dejaba en inferioridad de condiciones con los buitres de la industria.

—Llama a Tina y pásame la comunicación —dijo en el micrófono del intercomunicador. Sabía que lo escuchaban y obedecerían.

—Enseguida —escuchó que le respondían.

A los pocos segundos la voz de su secretaria lo interrumpió en sus pensamientos.

—Tina al teléfono.

—Dany, estoy falta de tiempo. Voy conduciendo y tienes dos minutos —gruñó la susodicha. No esperaba otra cosa, ella siempre estaba ocupada.

—Pasa mañana por la productora, tengo un cliente para ti. Una mina de oro, te lo prometo.

—A las diez estoy por allí —sentenció Tina, y cortó.

Así siguió el día de Dany Romero, organizando, haciendo y deshaciendo. Ideando y armando, hasta que llegó la noche.

Sonya había tardado una hora y media en volver. Después de dos trayectos de ómnibus y uno de tren, por fin había llegado. Prefirió pasar por la casa de Lina y contarle en caliente las cosas a Noel. Al ver a su amiga, lo primero que hizo fue saltar como una niña; estaba emocionada, reía y gritaba sin poder controlarlo.

—¿Qué te pasa? ¡Estás alborotada!

—Noel no imaginas el hombre que he conocido. Me he enamorado —dijo en un suspiro, y se tocó el pecho a la altura del corazón.

—Pero si fuiste a la reunión con el productor.

—Justamente... el productor.

—Cuéntame todo.

Se tomó el trabajo de recordar cada palabra, cada sonrisa, cada mirada y hasta el beso en la mejilla fue descrito con lujo de detalles.

—Pero ¡es un viejo!

—No lo sé, aparenta unos treinta y algo. No me importa la edad, es muy dulce, todo un caballero. Me dijo que mi sonrisa valdría millones.

Y así siguió por varios minutos más, hasta que miró el reloj de la pared de la cocina de la señora Lina, y entonces se fue casi sin saludar. Debía hacer la cena y se le estaba haciendo tarde. Además, tenía tarea de una de las clases de la universidad.

Dos largos días pasaron sin más novedad que las notas de los dos exámenes en los que no le había ido demasiado bien. No había tenido tiempo de estudiar. Su madre había enfermado y ella la había suplantado en el trabajo. El primer «no puedo» que intentó decir, fue acallado con una bofetada que le aflojó un diente y había sido delante del idiota de Osvaldo, quien había sonreído con sorna porque, para atajarse del golpe, se le había levantado la camiseta y parte de su sostén había quedado a la vista, junto con su vientre plano. ¡Ya no soportaba a ese asqueroso cerca!

La llamada telefónica de la productora fue atendida por Rolo, terminó burlándose de ella porque la secretaria había preguntado por la señorita Pérez y no por Sonya a secas como era costumbre. «Estúpido», le susurró al tomar el aparato.

La llamaron para decirle que tenía una nueva entrevista y estaba más ilusionada por volver a ver al señor Romero que por el motivo de la reunión en sí.

—¿Qué te traes? —le preguntó su padre tomándola del codo, con más fuerza de la necesaria.

—Nada, papá. Es una entrevista de trabajo.

—Mejor así. Con el trabajo estoy de acuerdo.

Oscar se alejó a paso cansado para tirarse como una morsa en el único sillón que había frente a un televisor viejo que a veces funcionaba y a veces no. Sonya miró a su padre y refunfuñó por lo bajo, claro que estaba de acuerdo con que ella buscase un trabajo, no él, obvio.

El día esperado había llegado y, a falta de algo elegante que ponerse, había optado por una simple falda de jean y una camiseta blanca. ¿Qué más podía hacer? No tenía ropa elegante ni nueva ni buena. La camiseta era prestada, al igual que los zapatos de tacón que le habían dejado una ampolla casi sangrante en cada talón después de las dos calles que había caminado para tomar el primer ómnibus.

—Señor Romero, la señorita Sonya Pérez ya está aquí —dijo la secretaria.

—Gracias —respondió Dany, con voz seca y cortante. Miró a su alrededor y sonrió con pedantería a los presentes—. En dos horas nos volvemos a ver y ya me dirán si no es como digo. Van a querer cambiar el argumento, se los garantizo, y solo por tenerla frente a cámara un par de minutos. Ahora, ¡a trabajar!

Se puso de pie y palmeó la espalda del hombre alto, de casi cincuenta años, que estaba en la empresa desde siempre, desde el primer día. Era uno de sus mejores camarógrafos, manejaba las cámaras con experiencia e inteligencia, sacando lo mejor de cada actor, por más novato y malo que este fuese.

—Sígueme —le pidió.

Dany caminó hasta la sala de entrevistas y pruebas de cámara, entró por una puerta privada y se quedó entre penumbras admirando a la muchacha que caminaba dos o tres pasos hacia un lado y los volvía a caminar hacia el otro mientras se retorcía los dedos. Estaba nerviosa, se notaba, y no era para menos.

—Buenas tardes —dijo Tina, una mujer bajita y morena, algo entrada en kilos, pero muy elegante, de aspecto inteligente y severo.

Sonya se sobresaltó de inmediato y se llevó la mano al pecho, aun así, su simpatía innata la obligó a responder con una sonrisa tímida.

—¡Mierda, niña, eres preciosa! —exclamó la mujer. Sonya sólo ensanchó un poco la mueca. Esa frase había sonado rara, no la había dicho con cariño sino como si se hubiese golpeado el dedo pequeño del pie con la pata de un mueble—. Soy Tina, vengo a conocerte. Vamos a hacer una prueba de cámara. ¿Sabes lo que es eso?

Sonya negó con la cabeza, estaba confundida.

«¿Y el señor Romero?», se preguntó. De reojo veía movimiento, aunque no muy claramente porque todo estaba oscuro de ese lado de la habitación. Un hombre alto se colocaba detrás de una cámara con trípode y le apuntaba con ella.

—Te filmarán para ver cómo te verías en pantalla. Mientras él trabaja, nosotras, charlaremos. Tal vez te demos alguna indicación que deberás seguir. Solo tienes que concentrarte en mí, no en ese aparato. Por cierto, ella es Mar, asistente de producción de la telenovela «Tu destino», para la que están buscando actrices.

—Hola, Sonya —dijo la nombrada, mirándola a los ojos.

Mar se compadecía de ella. Podía verlo en su carita, ¡parecía tan asustada! Estaba segura de que no le habían contado nada de lo que tenía que hacer. Todos sus superiores eran buitres, carroñeros y sanguijuelas. Exprimían de esos pobres jovencitos con aspiraciones todo lo que podían solo para cargar sus propios bolsillos de dinero. Poco le importaban los sentimientos de cada uno de ellos.

—Relájate, esto es solo una prueba. Si estás incómoda nos lo dices. Sabemos que nunca hiciste nada de esto, ¿tampoco modelaste?

Otra vez Sonya negó con la cabeza. Apenas si contenía las lágrimas. Quería ver alguna cara conocida..., al señor Romero, por ejemplo. Ancló con desesperación su mirada en Mar. Esa mujer le inspiraba confianza, en cambio, Tina le daba miedo. Suponía que si se equivocaba en algo esa pequeña mujer le mordería. No importaba que le llegase apenas hasta los hombros, era de temer aún con su corta estatura.

—Lo tendremos en cuenta. No te preocupes. Nadie nace sabiendo. Te presento al Abuelo. ¡Abuelo, déjate ver! —gritó Mar, y el señor que estaba detrás de la cámara se asomó y sonrió con simpatía, luego levantó una mano para saludarla—. Le decimos Abuelo porque es el más antiguo de toda la empresa y en el *set* de filmación casi siempre es el mayor de todos los presentes. Además, tiene cinco nietos, entre ellos trillizos.

—Deja de hablar de mí —gruñó con diversión el señor, y eso le robó una sonrisa a Sonya—. Por fin sonríes, linda, eso es.

Sonya volvió a mirarlo y le dedicó una mueca más grande, entonces pudo ver a Dany. Ahora sí, estaba mejorando el ambiente.

Mar y el Abuelo estaban acostumbrados a ver el terror en cada postulante y entre ellos dos existía una comunión bastante buena para sacar lo mejor de cada uno en las pruebas, sin presionar tanto como lo hacían otros, por ejemplo, Tina. Por eso Mar la había dejado de lado. Si ni siquiera debería estar ahí, pero era el ave de rapiña preferido de Dany Romero. Seguro que hasta el contrato de exclusividad tenía impreso la muy zorra.

El Abuelo repasó a Sonya de pies a cabeza con su mirada atenta. La primera frase que había salido de su boca al verla había sido: «¡La madre que la parió!». Esa chiquilla era una delicia para la vista, poseía una belleza natural que pocas podían mostrar sin maquillaje, una perfección brutal que lo opacaba todo a su alrededor. Tenía una carga de sensualidad tan exquisita que hasta podría derretir el hielo, así y todo, su sonrisa y su mirada eran pura dulzura.

Apuntó la cámara y comenzó a grabar... y a observar. Piernas largas, larguísimas, y con linda forma, su altura era increíble para ser mujer. Era elegante, con la espalda recta y los hombros firmes, el cuello largo y erguido... Demasiado femenina, no le cabría cualquier rol, pensaba. Se notaba delgada, esa camiseta espantosa y sin forma no dejaba apreciar nada más que un buen par de pechos firmes y grandes. Poco importaban si seguía subiendo y se encontraba con esa boca carnosa, rosada y perfecta. ¿Acaso esa chiquilla tendría defectos? La naricita era una preciosura también y la mirada de gata se endulzaba al instante. Esa mujer hipnotizaba.

Suspiró por lo bajo y negó con la cabeza. Su experiencia le decía que pronto esa dulce mirada y esa sonrisa sincera se convertirían en otra cosa.

—Es hermosa —susurró a su jefe que estaba tan obnubilado como él.

—Mucho. Y da bien en cámara, como lo esperaba —murmuró Dany.

—Cuidado, está loca por ti.

—¿Qué dices?

—Soy viejo y astuto. Hace tiempo yo fui lo que tú eres, no me tomes por tonto. Lo puedo ver. Te mira, baja la vista si tú se la devuelves, te sonríe con timidez, te busca de reojo. Solo se tranquilizó cuando te vio.

—Tonterías.

—Si tú lo dices. ¡¿Quién tuviera treinta años menos?! —dijo en broma. Solo para que Romero entendiera el mensaje.

¡Era una niña, por todos los santos! Por eso le había dicho esas palabras a Dany. No era un secreto que el gerente y dueño de la productora aprovechaba su puesto para conquistar a todas las mujeres que se cruzaban en su camino.

—¿Para qué quieres treinta años menos? Nos prefieren con experiencia —dijo Dany con gesto arrogante y distraído, confirmando de esa manera todo lo que el Abuelo imaginaba. Había seducido a decenas de jovencitas, lo sabía, e iría a por esta también.

A Daniel Romero le gustaban las mujeres, todas, no importaba si eran jóvenes, de mediana edad o mayores, todas le gustaban mientras aceptasen calentar su cama o su sofá o su pared… Su trabajo le daba la posibilidad de conocer a muchas de ellas, su puesto de poder le facilitaba el acceso; y su apariencia y verborrea, la posibilidad de seducirlas. No podía quejarse.

Quiso cambiar de tema para no desvelar más de la cuenta, sus empleados no sabían lo que él hacía ni con quién. Eso creía.

—¿Cómo la ves? —preguntó, sonando muy profesional esta vez.

—Adorable, sincera, simpática. Dócil y vulnerable. Fácil de moldear.

—Pareces un adivino, no, mejor dicho, un psicólogo —dijo Dany entre risas—. Vamos a ver qué tan moldeable. Dirige un poco.

—A ver chicas, si ya terminaron con su charla, necesito la atención de Sonya —dijo con voz bien clara el Abuelo.

Dany dio un paso hacia atrás, no quería que ella se distrajera con su presencia.

Sonya, que había estado por demás de distendida hablando con las dos mujeres y respondiendo sus preguntas, se tensó de inmediato.

—Sigue sus indicaciones. Lo hace para dejar filmada la prueba y poder mostrarla a los productores y directores después —le aclaró Mar, dibujando una sonrisa y acariciándole el brazo.

—¿Me oyes bien, Sonya?

—Sí.

—Quiero un primer plano de su rostro, luego alejas el foco y la muestras por completo —susurró Dany, y el Abuelo siguió las órdenes.

—Dime tu nombre, edad y algo que quieras agregar.

—Me llamo Sonya Pérez, tengo casi veinte años y estoy estudiando…

—¡Increíble! —exclamó el Abuelo, sin escuchar el resto. La voz de la niña era electrizante, algo nasal, sensual, de hablar lento y seguro—. Si me susurra tendré problemas en los pantalones… y podría ser mi hija.

61

Una palmada en el hombro le hizo saber que Dany estaba en la misma situación.

—¿Por qué quieres ser actriz? —indagó y, mientras ella respondía, se preguntó si esa muchachita sería capaz de seguir un guion. Si era capaz, su futuro se veía prometedor. Entendía a la perfección que Dany y Tina estuviesen presentes esta vez en una prueba como tantas otras en las que no asomaban sus narices—. Si sabe seguir un guion tiene futuro.

—En mi mente ya filmó dos películas —murmuró Dany entre risas.

—Una pornográfica seguro, porque ahí no hablan mucho.

—Pero actuó de maravillas.— Rio.

—Deja de hablar así que se me pone dura.

—Yo la tengo dura desde hace media hora —dijo en tono jocoso—. Abre más el plano, luego haz un enfoque desde abajo por las piernas hasta el rostro.

Nunca en su vida, Sonya se había sentido tan observada e incómoda. Estaba arrepentida de haber ido; de haber aceptado esa prueba, esa entrevista y todo lo que tuviese que ver con la actuación. Ya no quería ser actriz, solo quería terminar con ese escrutinio cruel al que estaba siendo sometida. El nudo en la garganta le imposibilitaba tragar saliva. No solo era por la situación, sino también por el señor Romero. Él había estado ahí, lo había visto y no la había ayudado, ni siquiera saludado. Estaba enojada, triste, dolida... y quería verlo.

Siguió cumpliendo algunas peticiones del camarógrafo y al finalizar la entrevista suspiró aliviada. Todos se fueron dejándola sola con Tina.

—Sonya, no te voy a mentir. Esto no es un camino de rosas. Trabajar en la industria tiene su lado bueno y su lado malo. Mi idea es mostrarte el bueno y alejarte del malo. Pero es duro. Si te quieren para la novela, seré tu agente, te representaré ante quien quiera contratarte, pelearé por ti cada cláusula... —siguió explicando.

Tina era caprichosa, audaz y su táctica era dura y abusiva, pero le daba beneficios. Esa niña no podía tener otra opción, la quería bajo su ala, quería sus ganancias. Auguraba muchas, aunque solo si Dany la contrataba para el primer papel y así darle un punto de inicio a la carrera, entonces intentaría que el próximo fuese, como mínimo, un coprotagónico. Le gustaba apostar sobre seguro.

Sonya no tenía idea de qué hablaba esa mujer, pero lo de representarla y pelear por ella le sonaba bien. Sola no podría hacerlo y si el señor Romero la había dejado en manos de esa mujer, por más miedo que le tuviese, aceptaría todo.

Así de confundida y mareada estaba. Quería…, pero no quería, aun así, diría a todo que sí. Y en eso estaba, asintiendo con la cabeza, ya después pensaría bien las cosas. Lo que en ese instante quería hacer era irse.

—¿Me puedo ir a mi casa? —preguntó, a mitad de camino entre el llanto y el pánico. Necesitaba una buena inspiración profunda, de esas que limpian el aire de los pulmones y sacan las angustias del cuerpo.

—Creo que sí. Ya tienen el material que necesitan para estudiarlo. Te llamarán y entonces nos volveremos a ver. Suerte, chica —dijo la regordeta mujer, y la dejó sola. No sabía ni por dónde debía salir.

—Sonya, ven por aquí. Ya te puedes retirar. Te llamaremos en estos días para darte una respuesta —le dijo Mar. No era su trabajo, pero al verla sola y desamparada quiso darle una mano—. Lo hiciste muy bien.

Ya en la calle, Sonya hizo lo que necesitaba: inspirar profundo y largar todo el aire después, desinflándose por completo. No le bastaron dos veces y recurrió a una tercera. Entonces emprendió su viaje de vuelta al barrio.

Ya no estaba dolida, sino enojada consigo misma. Se había ilusionado con Dany, pero ahora comprendía que ese caballero estaba fuera de su alcance. No es que hubiese pensado que la miraría con otros ojos… ¿o sí? No, claro que no. Aunque Sonya disfrutaba de las fantasías que su mente creaba ante situaciones desconocidas y pocas veces evitaba dejarse engañar por estas. Su ingenuidad e ignorancia ante una vida social nula, le impedían vivir más en la realidad, por eso recurría a sus utopías.

¡Qué estúpida había sido! Cerró los ojos cuando por fin pudo sentarse en una de las butacas del ómnibus y rememoró al señor Romero, ese porte elegante y varonil, la sonrisa perfecta, el perfume, el cabello rubio oscuro peinado hacia atrás, los labios finos besando su mejilla, los ojos celestes que la miraban con simpatía, hasta esas arruguitas en el entrecejo y las comisuras de los ojos le gustaban. Bueno, la nariz larga y fina no mucho y lo de la barba... eso tampoco la convencía. Pero eran detalles que no opacaban su enamoramiento. Lo que lo había oscurecido sobremanera había sido su indiferencia.

—Ya no voy a ser actriz, Noel —dijo muy cabizbaja, además de cansada por el viaje que se le había hecho eterno.

—¿Y eso?

—Es horrible... Todos te miran, te preguntan cosas, te filman y no ves lo que filman, te sonríen..., te miran —volvió a repetir. Odiaba exponerse, y aunque no lo supiera decir o explicar, lo sentía.

Ella se resistía, pero su necesidad de ser aceptada, querida y apreciada, de forma repetida la ponía en lugares y situaciones que no disfrutaba. Poco entendía lo que necesitaba y mucho menos lo que le faltaba. Ella se adaptaba y daba batalla a la vida, día a día, momento a momento. No pensaba, no analizaba, no inmiscuía emociones (o eso creía), solo miraba hacia adelante. Esa era su meta: seguir, avanzar, buscar el futuro que la alejase de su casa y aprender a ser feliz con alguien que alguna vez la quisiera bien.

—Entonces, ¿te contrataron? —preguntó Noel, poniéndose contenta antes de escuchar la respuesta.

—No, no. Solo fue la prueba de cámara —fanfarroneó Sonya.

—¡Ay, cómo sabe ella! Prueba de cámara... —rio Noel, contagiando a su amiga con la broma—. Me crucé con Lorenzo y te envía saludos.

—Gracias. El otro día lo vi y me sonrió al saludarme. Creo que ya no estamos incómodos si nos vemos.

—Eso es bueno. Entonces, sigue, quiero más detalles.

—Bien, ya estamos todos. Vamos a mostrarles a la actriz que da justo en el clavo para el personaje nuevo de la novela —dijo Dany frente a todos aquellos que serían convencidos, con seguridad, por sus palabras.

Estaba reunido con los encargados de «Tu destino», había gente de producción y dirección, además de los encargados del *casting* y algunos asistentes. Ya estaba decidido que la telenovela estaría en pantalla hasta finales de diciembre, después de dos exitosos años. Había batido récords de audiencia y se había posicionado como uno de los mejores productos de la empresa y hasta había sido galardonada con importantes premios, incluso en otros países. Dany Romero era inquieto, meticuloso y ambicioso. La bajada del *rating* de los últimos meses le hacía ver que estaba decayendo el interés y prefería terminar por lo alto. Quería causar una gran explosión con la presentación de una protagonista inesperada que moviera un poco la trama y si esa protagonista era una mujer nunca vista, pero atractiva y provocadora como ninguna, mejor que mejor. Lo había soñado, y sus sueños no se tomaban a la ligera, porque eran intuitivos.

También había soñado con esa mujercita entre sus piernas, pero eso no era intuición, era anticipación. Descartó ese pensamiento y se ajustó la corbata.

«Primero lo primero», pensó.

—Mar, coméntanos un poco lo que viste mientras preparamos el video de la prueba de cámara.

La chica se puso de pie y él prefirió no escucharla. Hizo un paneo por el equipo completo: tres mujeres, cinco hombres y un adefesio.

Mar, el adefesio, sonrió como solo ella sabía hacerlo: ganándose la simpatía de todos. Ya estaba en la treintena, no era una jovencita, pero nadie podría acertar su edad por su aspecto. Su ropa no era fea, era horrible; de vieja o de monja o de… ¡qué sabía él de ropa fea de mujeres! Usaba el cabello renegrido atado en una coleta de caballo y ocultaba sus ojos oscuros detrás de un par de lentes de pasta marrón, tal vez grandes o antiguos o simplemente feos, y los sujetaba en una nariz que no era demasiado pequeña y ¿dónde habría olvidado su mentón?, se preguntaba Dany, conteniendo una sonrisa sarcástica. Cerró los ojos y negó con la cabeza, si no fuese una ejemplar empleada, no seguiría en la empresa. Y pensar que…

—Dany, creo que eso es todo —le interrumpió en sus pensamientos.

—Bien, entonces… les presento a Sonya Pérez —vociferó apretando el botón para dejar correr el video.

—¡Qué bonita! —se escuchó exclamar al director.

Alguien silbó y aplaudió al ver la imagen del par de piernas largas de Sonya en la pantalla. Mar se encogió un poco más en su asiento. Odiaba ese escrutinio, esos gestos, esas actitudes… «Irrespetuosos», pensaba en silencio. «No somos un trozo de carne». Al menos, no todas. Sí algunas y, por lo general, eran las que caminaban con altanería y arrogancia por los *sets* de filmación. Si no adorase su trabajo como lo hacía no podría lidiar con tanto ego enorme y mal administrado.

—Es muy joven —dijo uno de los hombres presentes.

—La maquillaremos para que no lo parezca —agregó Dany.

—La prefiero rubia —murmuró una de las libretistas, con la voz estropeada por el cigarrillo.

—La teñimos —sentenció, ya un poco molesto, Romero—. ¡Es perfecta y lo saben!

—Habla bien, tiene buena dicción, es sensual… Me gusta. ¿Sabemos si actúa? —preguntó Igna, el director general. Estaba interesado, tenía el sí en la punta de la lengua.

—Si no actúa —dijo Mar—, le enseñaremos, como hicimos con muchos.

—Mañana le haremos la prueba. Ocúpate, Mar. Y quiero estar presente —indicó Igna, era el único detalle que no le cerraba. La belleza no lo era todo como los productores pensaban, según su opinión claro, pero no podía tomar todas las decisiones. Aunque esa chiquilla era mucho más que belleza, era un combo perfecto que la cámara adoraba.

—Sí, señor —dijo la asistente.

Al otro día, y con más dudas que certezas, Sonya se presentó en la productora. Le habían aclarado que era para hacer otra prueba y que debería leer un texto esta vez. Sus nervios estaban anudando sus entrañas, las manos le temblaban y apenas podía pronunciar palabra sin que se le cortase la voz. Su sonrisa era lo único que no había desaparecido, aunque le dolieran las mejillas por lo tensas que estaban.

—Hola, Sonya. Soy Mar, ¿me recuerdas?

—Hola, sí, claro.

Ambas estaban entrando en la sala de pruebas, una vez más, Sonya notó la oscuridad de la mitad de la habitación y el ruidoso movimiento. Había gente, más que la vez anterior, y eso aumentaba su incomodidad.

—Te cuento lo que vamos a hacer: Vamos a leer este diálogo juntas, tú serás la mujer y yo el hombre. Ese señor te filmará. Aquel te evaluará, es el director de la novela en la que podrías trabajar si les gusta como actúas; ella es de producción y… —decía Mar, señalando a los hombres y mujeres que pululaban y se acomodaban detrás de las cámaras.

Sonya dejó de escuchar cuando vio a Dany acercarse a paso seguro, tan elegante y atractivo, con esa sonrisa increíble dibujada en el rostro y trayendo su perfume consigo.

—Hola, Sonya, ¡qué gusto volver a verte! —dijo este con la voz dura y firme, mientras le rodeaba el hombro con una mano y acariciaba su brazo después. El beso en la mejilla había sido más seco y rápido esta vez. Sonya extrañó la humedad del anterior, pero recordó perfectamente la sensación de electricidad que el contacto le producía.

—Hola, señor Romero. El gusto es mío.

Mar miró a Dany con furia en los ojos. Esperaba que entendiera su mensaje silencioso, aunque no contaba con ello. Era más necio de lo que aparentaba y más arrogante aún de lo que mostraba. Lo de idiota era otro tema, eso era y parecía en la misma medida. Conocía esa mirada, ese tono, esa sonrisa… Era un descarado y, para las mujeres que no lo conocían, un peligro.

Sonya se sintió más segura que la vez anterior y era porque quería impresionar a Dany. Además, Mar le daba confianza, la incentivaba a hacerlo bien, la felicitaba, le sonreía y ella devolvía de la misma forma los gestos.

A los veinte minutos de haber empezado, Sonya había olvidado la cámara y, aunque la rigidez de sus hombros demostrase que no era conocedora del arte de la actuación, lo estaba haciendo bien. Sus pulsaciones no eran normales, sin embargo, ya no repiqueteaban en su cabeza y el estómago ya no le dolía. Eso sí, las manos nunca habían dejado de sudarle y la voz, cada tanto, se le disparaba afinándosele un poco.

La prueba salió mejor de lo pensado, la gente había quedado prendada de la pantalla, no podían quitar la mirada de ahí. Solo querían descubrir un defecto, tener una base para hacer una crítica, destilar veneno en algunos casos y, alguna actriz que había pasado por ahí, quería encontrar el detalle exacto para camuflar su envidia en forma de mentiroso comentario objetivo.

Igna sonrió casi orgulloso de la nueva adquisición de la productora. La gente encargada de *casting* ya estaba haciendo conjeturas. La administradora del guion apuntaba en su cuaderno todo lo que su imaginación le dictaba. Para todos era gratificante ver un rostro nuevo y con tantas ventajas, porque todo lo que Sonya ofrecía lo era: su simpatía, su hermosura, sus gestos, su elegancia, su femineidad, su frescura, su sensualidad...

—No sabía que existían mujeres así —susurró un muchacho recientemente contratado como tiracables.

Alejo solo se encargaba de extender y enrollar cables, acompañar los movimientos de las cámaras y tal vez alcanzar algún micrófono o enchufar algún artefacto; poca cosa, pero ya estaba adorando su trabajo. A sus veinticinco años jamás había estado ni a diez metros de una chica así de bonita y asequible. Tenía muy claro que las que eran un poco lindas eran inalcanzables para chicos como él: simples, sin dinero ni atractivo. Pese a eso, Sonya Pérez parecía una chica con la que podía conversar, lo había mirado en más de una oportunidad, le había sonreído y había hecho alguna mueca de cansancio solo para él, para robarle una sonrisa que él le regaló sin dudarlo.

Mar lo miró y le sonrió elevando los hombros ante el comentario.

—Ve a quitarle el micrófono y preséntate.

—¿Yo?

—Sí, tú, ve antes que se te adelante otro —dijo Mar entre risas, y le dio el empujoncito que el muchacho necesitaba.

Pensó que era la única oportunidad que tendría con Sonya. Suponía que, una vez que el estrellato la absorbiera, esa sencillez moriría en manos del enorme ego que aplastaba la bondad y simpatía de las personas. Estaba bastante acostumbrada a ver como entraban en escena con carita de perritos tristes y salían de ella convertidas en alimañas depredadoras. No generalizaba, no era de esas, aunque la experiencia le decía que casi nunca pasaba otra cosa.

—¡Mar, a mi oficina! —gritó Dany al pasar por su lado, quien era seguido por la encargada de producción de «Tu destino». Dos de las personas que amaban trazar caminos ajenos como si de titiriteros se tratase, les gustaba jugar a las marionetas.

Mar aborrecía eso de sus jefes, pero no eran solo ellos, sino que la industria misma era un monstruo que masticaba y escupía todo lo que le ponían delante, no obstante, adoraba trabajar en ella.

—Déjame quitarte esto —murmuró Alejo, lidiando con el cablecito y el micrófono al que Sonya estaba conectada—. Discúlpame, debo hacerlo así.

Sonya le sonrió y él le guiñó un ojo. Estaba metiendo las manos dentro de su camiseta, a la altura de la cintura del pantalón donde estaba enganchado el pequeño aparato y el cable pasaba por su espalda, también debajo de la prenda, y apareciendo por el cuello.

Sonya no estaba incómoda con ese toqueteo, apenas le había rozado la piel. Había sido muy cuidadoso y hasta parecía nervioso.

—No te preocupes, entiendo. ¿Cómo me viste?

—¿Qué?

—Pregunto que ¿cómo me viste? Soy un desastre, ¿cierto? —le consultó ella con sinceridad, y hasta se tapó la cara un poco avergonzada.

—No sé mucho sobre esto, pero puedo decirte que todos están encantados contigo. Ahora, si dices que yo lo dije, lo negaré.

—No diré nada —aseguró, y rio ante el comentario—. Soy Sonya.

—Y yo, Alejo.

—¿Trabajas en la novela?

Sonya no tenía idea qué tipo de trabajo hacía ese chico y estaba más que intrigada con todo lo que la rodeaba.

Alejo no podía creer estar hablando con ella, así, de un modo tan casual y mirándola a los ojos. Bueno, solo cuando se concentraba y no se distraía con su boca o sus pechos.

El diálogo se fue dando sin esfuerzo alguno de ninguna parte. Mientras él recogía los cables y ordenaba los equipos, ella lo seguía parloteando y preguntando, como si el actor fuese él. Las risas de ambos llamaron la atención de algunos técnicos que hacían sus cosas un poco más allá y comenzaron a hacer bromas que, lejos de incomodarlos, les causaron gracia.

—Están envidiosos. Eres muy bonita y no se animan a acercarse a ti.

—Eso no es así —dijo Sonya.

De verdad era que se le hacía imposible que esos muchachos y hombres no se animasen a acercarse. Nunca nadie había dejado de hacerlo, al menos, no los que conocía. Los de su barrio hasta se habían animado a tocarla sin permiso en más de una oportunidad y a decirle un sinfín de groserías. Nunca había sido respetada.

—Lo es. No te miento.

Dany se mantenía firme en su decisión. No le alcanzaban los motivos de la guionista. No había argumento que lo hiciera cambiar de opinión. Quería a Sonya en la novela y así, como la había conocido. Así, como le había robado la respiración por un segundo porque sabía que de esa forma se la robaría a todos. La apariencia de rubia con cabeza hueca y fácil de seducir ya estaba agotada. Con Sonya buscaba la de una mujer simple, con nada de extravagancia; normal y cercana. Claro que la belleza inigualable de la joven no era lo que las mujeres que mirasen la televisión encontrarían en sus reflejos frente a un espejo, ni los hombres al voltear de lado y ver a sus parejas; pero de eso se trataba, de mostrar que podía pasar, de que algo así existía; lejos, aunque cerca. Algo así era la idea que se había creado en su cabeza con Sonya, la convertiría en una fantasía que todos verían posible e inalcanzable al mismo tiempo.

—Ese cabello no se tiñe —sentenció.

—Pero la necesitamos rubia.

—Eso es un capricho tuyo. ¡He dicho que no!

—El guion dice...

—Lo cambias —afirmó, y sin querer hacerlo miró al adefesio, que sonreía—. Tú te encargarás de ella. Quiero peluquero, manicura, esteticista, lo que sea que necesite para que esté presentable y no te olvides del maquillador. Habla con la muchacha, la quiero ejercitándose, llama al entrenador personal de Sarah —ordenó, recordando la buena musculatura de la actriz protagonista de la novela—. Es bueno... y gay. Así nos evitamos problemas. Que empiece hoy mismo si es necesario.

Mar afirmó con la cabeza y anotó todo, si algo se le olvidaba, Dany se lo recordaría eternamente y con gritos de por medio.

—Tú, cambia el guion y me lo muestras. Listo ¡a trabajar! Vamos, vamos. Igna, ¿conforme? Te lo dije: es perfecta —seguía diciendo el productor, mientras veía como todos se retiraban de su oficina. Era hiperactivo y estaba en mil cosas a la vez.

—Veremos qué opina el público —respondió el director con una sonrisa dibujada por el entusiasmo que Romero transmitía.

—La sacaremos al aire la semana que viene, solo unos minutos para ver que se dice. Mientras, armen todo para que cuando la pongamos en primer plano, estalle la audiencia.

Dany se sentó en su sillón con esa pose de arrogancia y victoria que lo caracterizaba. Estiró las piernas, recostó la espalda y sonrió llevándose las manos a la nuca, descansando ahí su cabeza. Siempre lograba lo que se proponía. La vida pocas veces se le había rebelado. Todo lo que tocaba se convertía en oro y él lo sabía. Esa niña no sería la excepción.

—Dile a Tina que venga a negociar —dijo presionando el botón del intercomunicador, y se llevó el pelo hacia atrás antes de ponerse a garabatear alguna idea sobre el anotador que tenía en el escritorio—. Y a Sonya Pérez que espere en la cafetería.

Dany Romero sabía que a Tina no le podía dejar ganar terreno porque era muy astuta. También era consciente de que esa muchacha necesitaba alguien así para que la representase... o se la comerían viva. Como lo haría él mismo si no la quisiese para más de un proyecto, no obstante, esa criatura no era descartable. Ya su mente había trabajado bastante en alguna que otra idea para hacer con Sonya Pérez, quería conservarla en la productora. Solo faltaba largarla al ruedo, ver de lo que era capaz en pantalla y si conquistaba al público como lo había hecho con todos y cada uno de los que la habían visto repetir ese diálogo tonto con la mujer que parecía aplicarse cada día más en ser fea.

Tina llegó en menos de una hora con un contrato preparado y los posibles cambios ensayados en su cabeza. Romero era muy bicho, aunque ella lo era más. Conocía el negocio, las posibilidades de cada proyecto a actor y a los productores como Dany. Nadie la atacaba sin estar preparada, ella era siempre la que mordía primero.

—Estos son los porcentajes... o nada —dijo ante la primera negativa del hombre.

—Tina, Sonya no ha firmado contrato todavía, sabes que no tienes las armas para pelear de esta manera.

—Lo hará, ese es mi problema, no te entrometas. Vamos, no tengo todo el día.

Mar se acercó a la oficina de Romero y los vio, el futuro de Sonya Pérez se estaba discutiendo entre dos sabuesos que sabían pelear a muerte por su hueso.

—¿Qué quieres? —gruñó Dany al verla asomar la cabeza después de golpear la puerta.

—¿Qué hago con Sonya?

—Llévala a la sala de conferencias, va a firmar el contrato con su representante —dijo Romero entre sonrisas, y le estrechó la mano a Tina. Era su forma de aceptar lo conversado, a veces la firma en los papeles era lo de menos—. Adelántate, voy en un rato para firmar el de la participación en la novela.

Y así fue.

Sonya no entendía mucho o, mejor dicho, nada de lo que Tina le decía, por eso solo pudo afirmar con la cabeza y tomar el bolígrafo, que ella le tendió al finalizar su monólogo, y firmar. Atrás había quedado la idea de no comenzar su carrera de actriz, aunque las dudas y miedos seguían ahí. Sin embargo, su nueva representante le había dicho que era normal, que tomaba tiempo adaptarse a la idea y que, a partir de esa tarde, su vida daría un vuelco.

—Chica, tu vida tal como la conoces acaba de desaparecer. —Habían sido las palabras exactas y Sonya se había preguntado si eso era bueno o malo.

—Gracias por la oportunidad.

—Tú nos la das a nosotros —dijo Tina.

Nunca adulaba después de firmar contrato, no obstante, esa muchachita parecía necesitar algunas palabras de aliento. Ya vendría Dany para dárselas, ella no tenía demasiadas en su haber.

—Bien, señoritas, aquí estoy —vociferó el productor, y la sonrisa de Sonya se agigantó.

Él no pudo evitar darse cuenta, esa mujercita tenía una mirada demasiado franca. Además, estaba acostumbrado a ser observado y admirado, ¿para qué negarlo? Era plenamente consciente de que su gran atractivo era su puesto de trabajo y aprovechaba todo lo que podía y eso haría mientras lo tuviera. Ya vendrían los tiempos de vacas flacas, pensaba.

—Sonya, tengo tu primera propuesta laboral, como veníamos hablando...

Ella lo miraba embobada, perdida en los labios que se movían o en los ojos que la observaban; no lograba concentrarse en las palabras. Su corazón galopaba eufórico por la presencia de ese hombre que no la dejaba dormir por las noches, robándose sus sueños. Un suspiro se le escapó cuando él le sonrió y le guiñó un ojo, entonces se dio cuenta que había terminado con su discurso. Se puso demasiado nerviosa al descubrir que no tenía idea de lo que le había dicho.

—Yo creo que vas muy rápido, Dany. Déjame hablar con ella.

Tina no había perdido detalle de los gestos de su representada. Se maldijo en silencio, no le gustaba el lugar en el que se encontraba, despertar dormidas no era su actividad predilecta; y maldijo, de paso, la soberbia apariencia del engreído que tenía a su lado, además de su verborragia y su simpatía. Aunque lo que más odiaba era su sonrisa encantadora.

—Sonya, tu apellido es común, necesitamos algo que suene mejor, distinto... Yo sé que entiendes. —Tina no preguntó, afirmó.

Era otra de sus técnicas para acercar a sus representados al «sí» más fácilmente. Como era de esperar la joven afirmó con la cabeza comprendiendo que lo que querían era cambiarle el nombre—. Paz. Sonya Paz. Es lindo, suena muy como tú.

Dany sonrió recordando las palabras del camarógrafo, sí, era dócil, moldeable y le gustaba que lo fuera.

La reunión concluyó entre sonrisas y propuestas firmadas en papel. Claro que Sonya tenía noción de la mitad de lo conversado.

Había escuchado que al otro día debía estar otra vez en la empresa y que filmaría por primera vez en dos días, después de ensayar y aprenderse un par de líneas, le habían dicho. Suponía que esa palabra: «líneas», sería algún diálogo con algún actor o actriz. Sus nervios volvieron a aparecer. Ella rodeada de famosos era algo increíble, nunca soñado ni imaginado. Pensó en su amiga Noel y sonrió, moriría de envidia y seguro que querría acompañarla. Ya averiguaría si podía.

Volvió a sonreír cuando escuchó a Dany decir su nuevo nombre en voz alta. Ahora era Sonya Paz, no le importaba mucho el cambio de apellido, a decir verdad.

Tal vez no comprendía demasiado y por eso no había opinado ni aceptado nada, habían sido ellos dos: su representante y el productor general. Ambos eran algo parecido a vampiros que chupaban la sangre de sus víctimas hasta desangrarlas, y entonces las descartaban y la cambiaban por otra víctima con más sangre para robar.

Aunque ¿qué podía saber de todo esto esa mujercita ignorante?, si todavía estaba obnubilada con la decoración de las oficinas, los cables y las cámaras, el traje del señor Romero y el respeto de los técnicos. Eso sin contar la sonrisa y el perfume del hombre que le gustaba mucho, más que mucho, tanto como nunca había imaginado que podía gustarle alguien.

Le habían comentado que, además de ese cambio de apellido, debía hacer algún curso de protocolo y buenas costumbres. Tenía una vaga idea de lo que querían decir, aunque demasiado vaga.

—¿Debo comprar algún libro?

—No, será por medio de una web y alguna entrevista online, ¿tienes cámara?

—No tengo ordenador ni teléfono móvil.

Dany y Tina se miraron incrédulos. La situación de Sonya era peor de lo que habían imaginado.

—Mañana tendrás las dos cosas. La empresa te las proporcionará.

Tina negó con la cabeza ante el comentario y elevó la comisura de los labios. Definitivamente, Dany Romero quería a esa chica en sus listas y ya estaba haciendo lugar en su cartera para poner los billetes que ganaría explotándola. Poco le importaba, ella ganaría lo mismo o más.

Sonya no tenía la más mínima idea de lo que se tejía en las mentes de esas arañas, ni siquiera se daba cuenta de que, en pocas horas, la habían convertido en una cosa. No era más una mujer, sino un objeto que vender.

Ya tirada en su colchón desnivelado y viejo, con olor a humedad incluso, Sonya inhaló y exhaló varias veces recordando la caricia de Dany y el beso en la mejilla como despedida. Las manos grandes y cuidadas de él habían recorrido sus hombros y sus brazos con una firmeza que le había puesto los vellos de punta. Se abrazó a sí misma y cerró los ojos, él la había mirado como miran los hombres a una mujer que les gusta. Lorenzo le había explicado como la miraba cuando ella caminaba cerca de la verdulería antes de ponerse de novios y de esa misma forma la había observado el señor Romero. O eso quiso creer. Se ilusionó tanto que olvidó hacer la cena, se quedó soñando despierta hasta que los gritos de su padre la sacaron del trance.

No tuvo tiempo de ponerse de pie, lo hizo Oscar tironeando de su brazo y no perdió la oportunidad de darle un buen golpe en la mejilla. La mocosa no había estado en toda la tarde y al volver se había acostado a descansar, como si de una princesa se tratase. La muy zorra seguramente había estado noviando por ahí, quién sabe con quién, pensó Oscar, y eso lo enfureció. No eran celos, no, era preocupación de que la embarazasen y la sacasen de casa antes de que comenzara a devolver un poco de todo lo que se le había dado. ¿No entendía que debía trabajar y traer dinero?

—De vagos está el mundo lleno. O buscas trabajo o te vas de casa —gritó enfurecido.

Sonya quería contarle que ya tenía trabajo, pero la nariz le sangraba y el nudo en la garganta era enorme como para poder pronunciar palabra. Se le había formado un poco por el susto, otro poco por el dolor y mucho más por la impotencia.

Un día tomaría coraje y se iría de esa casa sin mirar atrás, se decía en silencio; pero no se lo creía todavía.

Como le había anticipado Tina: la vida de Sonya había cambiado, aunque todavía no sabía si para bien o para mal. En una semana había dejado la universidad y había comenzado a tomar clases de actuación, de computación, de gimnasia y de protocolo. Se había pasado horas en un salón de belleza y se había hecho un álbum de fotos en las que casi no se reconocía. Le habían presentado a Sarah, la actriz protagonista de la telenovela, y a un actor secundario, con quienes había filmado su primera escena. No le gustaba para nada el resultado, aunque la experiencia le había encantado.

Recordaba que Alejo, el tiracables, le había guiñado un ojo mientras Sarah la reprendía por algo que había dicho mal y la risa la había tomado por sorpresa. Dany tuvo que entrar al *set* de filmación y pedir calma, porque la actriz se había exaltado demasiado y le había gritado avergonzándola delante de todos. Los ojos le habían picado mucho y había apretado las uñas contra la piel de sus palmas para amortiguar el enojo. ¿Acaso esa mujer no comprendía su inexperiencia?

Claro que podía decir que todo había valido la pena si terminaba con ella en el despacho del señor Romero, consolándola y animándola. Los dos, sentados lado a lado en un espacio bastante reducido, tanto, que el varonil perfume estaba mareándola.

Dany no podía creer que Sarah le hubiese dicho tantas cosas y con tanto odio a Sonya. Era una arpía, no había mujer más mala y envidiosa que ella y, si no fuese tan querida por el público, jamás la hubiese contratado.

Sarah era de esas mujeres que añoraban la juventud e intentaban recobrarla en centros de estética y quirófanos, mientras odiaban a las verdaderamente jóvenes que se les cruzaban por su camino. Y si eran bellas, el odio se elevaba a la décima potencia. La gravedad del asunto se presentaba cuando esas dos cualidades las poseía una actriz con la que compartía pantalla. Eso parecía estar por padecer Sonya.

—¿Estás más tranquila?

—Sí, gracias. Le pido disculpas, no quería hacerles perder el tiempo como dijo esa mujer.

—Lo sé.

—No tengo ni idea del dinero que se gasta por minuto, como ella dice. Ni me interesa trabajar de esto para acostarme con cualquier actor de turno. Se lo juro.

—Sonya, no hace falta que me expliques nada. Sarah estaba enojada y quiso hacértelo saber. Ya olvídalo.

Dany la abrazó al ver que ella se sonrojaba por repetir las palabras de su compañera. No pudo explicarse a sí mismo el motivo, tal vez era pudor de imaginarse acostada con algún actor de turno, cosa que ocurría con normalidad. El ambiente del espectáculo tenía un lado promiscuo además de libertino, quién podría negarlo, si él mismo había cumplido más de una fantasía. Aun así, poco le importó analizar los pensamientos de la muchacha que tenía a su lado, lo que sí le interesaba era calmar su angustia y a eso se abocó.

Con una mano le acarició la mejilla, y le guiñó el ojo. Recibió de ella una sonrisa demasiado bonita y una mirada de lo más tímida que hizo añicos sus frenos. Tenerla tan cerca y tan expectante accionó su instinto y, sin dudarlo, la besó en los labios.

Se apartó de inmediato, necesitaba ver con sus propios ojos lo que imaginaba. No era tonto, esa jovencita quería de él lo mismo que él de ella; pero no lo esperaba tan pronto. Por un lado, mejor, se dijo, ya se le complicaría después; era preferible no esperar tanto para sacarse las ganas.

Sonya le sonrió otra vez, estaba prendada de él, su enamoramiento no le dejaba ver la verdadera intención del productor. ¿Qué podía saber ella sobre ese tipo de jugarretas de los machos con poder? Solo había tenido la experiencia de Lorenzo y a pesar de ser dos hombres muy diferentes, para ella no lo eran del todo. Romero era atento, cariñoso y le decía palabras bonitas, así como lo había hecho su exnovio. Por supuesto que con más experiencia, por eso no podía ponerse a esquivar un beso. Además, era un hombre, no un joven, y por eso se dejó besar sin meditarlo demasiado. No quería ahuyentarlo.

Dany le tomó las manos que tenía sobre la pierna y con un par de dedos le acarició la piel desnuda que dejaba la falda corta. Su cuerpo era un volcán a punto de erupcionar, esa mujer era una belleza pura de sensualidad indomable, y podía ser suya en ese instante, lo intuía y lo deseaba.

Sonya cerró los ojos y se dejó acariciar. Él se abalanzó sobre la boca de ella como si fuese la única oportunidad, hurgó con su lengua, apretó sus labios contra los de ella y apenas si la dejó respirar. Se notaba la inexperiencia, sin embargo, poco le importaba. La idea de dominarla de esa manera le provocaba más excitación aún.

Sonya ni se movía, solo mantenía la boca abierta y la lengua dócil para que él la acariciase con la suya. Se apretó más al cuerpo de Dany. La barba le pinchaba el borde de los labios, las manos le apretaban la cintura y no quería ponerse a pensar que era lo que se aplastaba en su vientre; solo quería disfrutar de ese inesperado beso. Tampoco analizaría cómo había llegado a esa incómoda posición: casi estaba recostada en el sofá con él encima. Sintió una mano acariciándole el pecho con fuerza, apretando con pasión y robándole un gemido con un pellizco. Se moría de vergüenza, no quería hacer ruido, pero fue imposible contenerse cuando esa misma mano bajó a su pierna y la acarició hasta la cadera colándose por debajo de su falda y, al tocar el elástico de la ropa interior, se detuvo.

Dany abrió los ojos y los ancló en los de ella. Era suficiente. Por el momento...

—Ahora el que se tiene que disculpar soy yo —dijo con semblante compungido, poniéndose de pie e intentando calmarse un poco. Su pantalón poco disimulaba y no le importaba, era la idea. «Mira Sonya el efecto que tienes sobre mí», le diría, pero no en ese instante—. No debí besarte ni... Perdóname, por favor.

Su necesidad palpitaba entre sus piernas, sus manos ardían y su corazón galopaba ávido de más de esa estimulación fabulosa que le provocaba el sexo con jovencitas inexpertas. Como lo era esa preciosura que lo miraba desconcertada. ¡Era tan hermosa y sensual!

—Está bien. No se preocupe —dijo la muchacha en un murmullo titubeante.

No entendía muy bien qué había pasado y mucho menos por qué se había detenido tan abruptamente. O sí, lo entendía, porque era un caballero, un hombre de bien que la quería respetar y esa idea aumentó su admiración y su deseo. Exactamente lo que Dany se proponía. Estaba demasiado seguro de lo que hacía, simplemente, porque sabía hacerlo muy bien.

—No, no está bien —dijo él, y en compensación la invitó a una cena de festejo por haber firmado el contrato, por convertirse en actriz y por haber hecho su primera escena.

Sonya salió de la oficina casi flotando, su ilusión cantaba un aleluya a viva voz en su interior.

Mar la vio salir y negó con la cabeza en silencio, ¿para qué decir nada si no se la escucharía? Levantó la mirada para encontrarse con la de aquel macho con olor a fiera. Romero era un depredador avezado y esa jovencita no lo podía ver por su inexperiencia y ciego enamoramiento. Estaba segura de que la muchacha se dejaría llevar, se dejaría seducir, provocar, y caería en las redes de esa araña que sabía tejer muy bien sus trampas. El muy idiota se creía todo un Adonis, pero esa careta se caía después de un par de días, entonces se convertía en un eunuco dominado por una falda: la de su futura esposa. Ya poco le quedaba... Mar sonrió con sorna y lo vio entrecerrar los ojos.

Se aborrecían, ambos lo sabían, pero se necesitaban, no solo para enfrentarse a ellos mismos porque ninguno regateaba gritos para decir verdades, sino para el trabajo. Nada eran uno sin el otro.

Dany dependía de Mar más de lo que debería y quería, y ella sabía que él era el mejor en lo suyo, más allá de su nefasta personalidad.

—¡Eres tan imbécil!

—Y tú tan fea.

—Lo mío se puede revertir, pero lo tuyo...

—Vete de aquí. Búscate una vida y deja de inmiscuirte en la mía —gruñó Dany, y cerró la puerta de un golpe.

Mar sonrió otra vez, le gustaba descubrir el miedo en esos ojos que no se animaban a mirarla de frente.

No sabía por qué todavía no había tirado ese castillo de naipes que su jefe se había construido, lo vería caer abruptamente con una sonrisa en los labios. Estaba segura de que lo disfrutaría y no le afectaría en nada verlo retorcerse en el fango, dando explicaciones inútiles, pagando silencios, firmando contratos anulados, haciendo acuerdos con abogados para no caer tras las rejas por abuso de... de todo tipo. No, no la afectaría en nada, ni siquiera en sus horas de sueño. Una sola palabra (dicha al descuido, por supuesto) a un periodista curioso sobre las prácticas abusivas de Dany Romero con las mujeres, y ese mundo de mentiras se vendría abajo. Solo le faltaba coraje y un poquito de maldad.

Era realista y sabía que detrás de él caería una empresa con todos sus empleados y algunos se habían convertido en amigos. Ella sabía que no estaba bien que pagasen justos por pecadores, por ese motivo no se convertía en una silenciosa justiciera.

Al menos había salvado de esas garras a varias muchachitas y eso la ponía en la mira de Romero. Él lo sabía, sí. ¿Cómo no?, si ella misma se lo había contado. Odiaba a los hombres como él que se aprovechaban de su puesto laboral, su porte masculino y su labia para seducir, prometiendo mentiras y endulzando oídos. Si al menos tuviese el valor de ir de frente y enfrentarse a un rechazo como cualquier otro hombre haría..., pero no él. Él engañaba e inventaba una farsa para llevar a cabo sus fantasías. Claro, si no era un hombre.

Sonya había llegado temprano al restaurante. Esta vez había tenido que tomar un solo ómnibus y había invertido nada más que media hora en llegar, pero ante la duda del tiempo que tardaría había preferido salir antes. No le gustaba hacer esperar.

El restaurante al que la habían invitado parecía ser de los caros, era casi obvio que así sería, por eso había pedido prestado un vestido a una amiga y otra vez usaba los zapatos de tacón que le lastimaban los pies. No tenía mucha idea de quiénes serían los invitados al festejo. Conocía a pocos actores del elenco todavía, en realidad solo a tres y con Sarah la cosa no estaba bien. Esperaba solucionarlo esa misma noche, no le agradaba tener problemas con la gente.

Cerró los ojos, inspirando profundo, cuando vio el coche negro del que bajaba el apuesto señor Romero, tan elegante, tan seguro de sí mismo y tan imponente.

—Hola, Sonya, estás… —negó con la cabeza para enfatizar las palabras y se mordió el labio inferior —, preciosa es poco decir.

—Gracias, señor Romero —susurró ella, y los pantalones de Dany comenzaron a sentirse apretados a la altura de la bragueta. Dany auguraba una noche larga y entretenida.

—Vamos que tenemos reserva.

—¿Quién más viene?

—Solo nosotros. ¿Te parece bien? —preguntó, y se aventuró con una simple caricia en la mejilla de Sonya. Con el nudillo de un solo dedo podía causar bastante estrago en esa chiquilla que solo tenía ojos para él, podía adivinarlo, y estaba pletórico con la idea.

Dany sabía encantar, conversar, inventar, prometer sin verse luego en aprietos… Sabía tantas cosas. Tenía tantas armas para seducir y estaban tan ensayadas que las manejaba con la misma facilidad con la que respiraba y le gustaba hacer uso de ellas, le divertía. Después de todo, ese era su trabajo: convencer. No obstante, esa noche estaba aburrido. Con Sonya no necesitaba de su astucia, ella ya estaba entregada, y el poco roce social que tenía la convertía en una compañía algo…, no podía decir desagradable, porque solo con mirarla uno se recreaba…, insustancial. Esa era la palabra justa.

Había dicho que Sonya estaba preciosa y no había mentido, lo estaba. No de la forma que quería que estuviese. Él la hubiese preferido elegante, no con esa ropa barata y fea. Entendía que ella no era responsable de eso, sin embargo, era imprescindible que entendiera que dentro de dos días su vida se podría convertir en un imán para la prensa, y su aspecto debía ser impecable. Tampoco le había gustado la forma de comer, era refinada y educada, algo inesperado para una muchacha humilde como ella, se notaba que estaba cuidando las formas y no lo hacía mal; aunque comía, y no ensalada precisamente.

Dany odiaba a la mujer atiborrándose de comida; prefería a una tonta, cabeza hueca y delgada a base de hojas verdes y tomate

81

que se quejase de hambre y de sus inexistentes gramos de más; a una mujer orgullosa que disfrutase de la comida y no renegase de su aspecto, aunque no fuese hermosa. Esas mujeres eran peligrosas, podían con él; como Mar. Lo hacían dudar hasta de su escala de valores, por eso las prefería lejos.

Volvió a mirar a la preciosa e inocente Sonya, debía aprender mucho todavía y él le enseñaría solo un poco. No tenía paciencia ni tiempo, para eso estaban los asistentes. Tal vez ella no se podría permitir uno por el momento, pero el adefesio serviría por ahora. ¡Otra vez ella en su cabeza! y es que Mar era muy buena dando consejos. No se los aplicaba a su persona, pero ese era un detalle que poco le importaba. Ya lo había pensado una vez y, muy en contra de su voluntad, había tenido que reconocer que solo confiaba en una persona ciegamente dentro de la empresa: en el ade…. en Mar. Aun así, jamás lo reconocería en voz alta.

Entre bocado y bocado, intentando ser sutil, pudo decirle a Sonya todo lo que pensaba y ella no había bajado la mirada nunca. Parecía decidida a aprender y eso era de agradecer.

Sonya sonrió ante las palabras: «debes comer menos y vestirte mejor». Lo de la ropa lo sabía, pero no tenía mejores posibilidades y en cuanto a la comida, bueno, tampoco desaprovecharía semejante manjar. De más estaba decirle al señor Romero que jamás en su vida había comido tanto ni tan rico y las probabilidades de repetir la ocasión eran, por el momento, lejanas. Por eso había optado por asentir y evitar comentarios.

Volvió a concentrarse en su compañero de mesa. Dany era un hombre inteligente y conversador y a ella le encantaba que lo fuera, porque tenerlo como ejemplo le permitía aprender a manejarse en un ambiente desconocido. Al mismo tiempo era adulador y algunas frases habían alimentado sus ganas de ser importante para alguien, eso no lo negaría.

Poco les creía Sonya a los hombres, pero a ese en particular, le creía todo.

Mala elección.

—Creo que es muy tarde, deberíamos irnos a descansar —murmuró Dany, harto de hablar de trabajo, aun así, no podía entablar otra conversación con esa niña.

La vio sonreírle y afirmar con la cabeza, tuvo que volver a repetirse que esa hermosura no debería ser legal. La mirada de ojos rasgados y ansiosos por mostrar su interior lo tenían cautivado. Intentaba no observarle los labios entreabiertos y voluminosos para no tentarse en público. No era prudente que eso sucediera, los reporteros eran atrevidos y no cuidaban los secretos.

Su novia siempre se mostraba tolerante ante las comidas y reuniones de trabajo, pero no era estúpida y si veía alguna foto comprometedora… No, eso no pasaría. Lo último que quería Dany era perder otra vez a la mujer que amaba. A su modo, claro estaba, con sus límites, necesidades y debilidades. Porque sí, era débil, demasiado débil ante algunas féminas atrevidas e insinuantes como las que pululaban por su oficina y, había descubierto que lo era mucho más, ante una despampanante mujercita inexperta e ignorante como la que llevaba del brazo hasta el coche en ese instante.

—Te llevo a casa.

—No. No hace falta. Es lejos y peligroso —dijo Sonya, y no mentía.

Semejante coche no pasaría desapercibido, temía que los delincuentes del barrio le quisieran robar, o algo más, incluso. No sería raro, todos los días pasaba algo nuevo y ya nadie se preocupaba ni hacía o decía nada; la policía poco colaboraba y las represalias eran peligrosas. Además, le daba muchísima vergüenza que el señor Romero viera donde vivía.

Nunca había sentido vergüenza de su casa, pero con él la sentía. Tal vez era porque parecía un hombre rico, como decía la gente que conocía, o tal vez porque le gustaba y no quería dar una mala impresión.

Como era la primera vez que experimentaba todo lo que le estaba pasando, poco entendía Sonya de sus pensamientos y actos. Nunca había socializado con gente así, tan… ¿tan qué? Tampoco sabía. Se le hacía difícil resumir todo lo que veía en las personas que había conocido en la productora. Tenían estilo, simpatía, buen aspecto, linda ropa, olor a limpio, manos sin manchas, dientes blancos, eran educados, hablaban bajo y sin groserías... Demasiadas diferencias con los individuos que ella frecuentaba, como para abreviarlas en una sola palabra.

—Te llevo. Más peligrosa es la noche para una jovencita como tú que va sola —dijo Dany de forma tan determinante que ella ni lo volvió a dudar.

Sonya lo guio hasta la mejor casa cercana, estaba a dos calles. No era tampoco una gran casa, no obstante, estaba pintada toda del mismo color y las ventanas cerraban, las baldosas de la vereda estaban en su mayoría sanas y no tenía basura acumulada en la acera. Tampoco estaría su hermano desparramado en el piso, borracho o drogado, adornando la puerta de entrada.

Durante el camino, la jovencita ilusionada inspiró varias veces el perfume que la rodeaba, ya no solo lo olía en el hombre que la tenía loca, sino que estaba en toda la cabina. Aunque la mujer precavida que había en su interior estaba un poco atemorizada, quería convencerse de que nada pasaría y que ese casi desconocido era su jefe, al que vería todos los días, y era un caballero, se lo había demostrado en más de una oportunidad.

Las piernas desnudas de Sonya eran una tentación imposible de evitar para Dany. Y si miraba un poco más arriba... Esa muchacha estaba como para comerla de un bocado y parecía estar dispuesta a ser degustada por él. No estaba muy seguro de hasta dónde llegaría, no parecía de las rápidas, por el contrario, se le notaba lenta y tímida. Debería tantear el terreno por el que andaría con gusto, suponía que con alguna simple acción atrevida bastaría. El beso de su oficina era un buen precedente.

Volvió a mirarla de reojo al frenar en un semáforo en rojo, rogó porque estuvieran casi al llegar; no le gustaba conducir, mucho y menos en barrios como esos. Se encontró con esos ojazos tan expresivos y la hermosa sonrisa de labios gruesos, todo para él. Le tomó la mano y le besó el dorso con demasiada parsimonia, luego las dejó descansar sobre la pierna desnuda de ella, para poder mover un poco los dedos sobre la piel tersa de la jovencita que parecía estar hiperventilando.

—Te lo deben haber dicho demasiadas veces... eres preciosa, Sonya.

Sonya sentía como que no cabía en su cuerpo. Hubiese inspirado profundo y gritado a viva voz para liberar esa sensación de alegría que la ahogaba, aun así, solo sonrió sin mostrar demasiado su

84

emoción, porque no quería quedar como una chiquilla. Que el señor Romero le dijera esas cosas era como tocar el cielo con las manos. La dulzura con la que la miraba debía significar algo, pensaba.

La inocente y obnubilada muchacha jamás descubrió el engaño detrás de esa mirada, ese comentario y esa sonrisa.

Dany utilizó una lista enorme de adulaciones, casi todas ciertas, aunque mal intencionadas, para ganarse el deseo que ya veía en las pupilas de la hermosa mujer que, de pronto, se habían encendido mostrando una sensualidad más firme y decidida. Ya coqueteaba y la sonrisa era provocadora, tanto como su mirada. Maldijo la particular forma de hablar que tenía, tan pausada y sugerente. ¿Acaso era consciente de las pasiones que originaba? Dany dedujo que no. Todavía. Aunque un día lo descubriría y ese día… Suspiró profundo imaginando una *femme* fatal bien acicalada y atrevida, y su entrepierna respondió.

Estaba torturándose él solito, inventando una necesidad que bien podía evitar, pero no quería. Nada lo entusiasmaba más que demostrar su hombría y ver como las mujeres caían encantadas con su poder. Él manejaba el interruptor para subirlas o bajarlas en ese mundillo de la fama, todas lo sabían, es más, lo utilizaban para hacerlo. Entonces ¿por qué no haría él lo mismo? ¡Oh, sí!, las utilizaba.

La diferencia radicaba en que Sonya no era como las demás, no entendía, no sabía ni siquiera adivinaba o intuía. Poco le importaba a Dany a esta altura en la que su deseo había crecido tanto como el tamaño de su erección.

Una vez estacionados, en la oscuridad y soledad de la calle, Dany dejó de pensar. Llevó una mano a la cara de Sonya y esta se inclinó para recibir un beso que no se hizo esperar.

«¡Listo, la tengo!», pensó y se abalanzó sin perder tiempo, después de cerciorarse de que no corrían peligro en ese espantoso barrio. Con un apretón en la nuca de ella para tenerla más en control, pudo hundir su lengua y robar un gemido. Era rudo, lo sabía, y nadie se había quejado de eso, todo lo contrario. Además, la timidez de su compañera necesitaba guía.

Sonya se asustó ante la intromisión. No le gustaba así. Lorenzo era un besador suave, no tan brusco. Cerró los ojos y se dejó hacer… Dany era mayor, más experto, sabía, ¿o no? Tal vez ella era quien besaba mal y debía aprender. Otra vez la mano de Dany consiguió llegar a su pecho y pellizcar. Esta vez la tela del vestido cedía, aunque crujiendo un poco, y sintió el fresco aire en su piel desnuda, luego la tibieza de una lengua y más tarde el raspón de un mordisco.

—Me enloqueces, desde que te vi solo pude pensar en esto —susurró el señor Romero, enardecido como estaba, y controlándose para no avanzar demasiado rápido. Le tomó la mano y se la llevó a su entrepierna suspirando ante el primer roce.

—Así me pones. Esto provocas —dijo entre risas roncas, mordiendo los labios jugosos y casi inmóviles de Sonya, quien respiraba descontroladamente.

Estaba tocando al señor Romero y no en cualquier parte, sino... ¡Por todos los santos, estaba enloqueciendo! No le producía nada hacerlo, solo una sensación de poder sobre él y la maravillosa idea de saber que ese especimen ideal gustaba de ella, una simple y pobre joven que solo poseía una cara bonita. Dejó que él le moviera la mano sobre la longitud y el grosor del miembro que ocultaba entre la ropa y que imaginaba grande. ¿Qué sabía ella de medidas?, si apenas había acariciado a Lorenzo un par de veces y nunca se había detenido a observar.

Su corazón latía a mil, su respiración era un descontrol absoluto y sus hormonas estaban alborotadas.

—Acércate —volvió a susurrar Dany, y ella lo hizo. Nunca le permitió quitar la mano de su bulto necesitado—. Tócame, no te detengas —pidió, mientras peleaba con el cinturón y el botón del pantalón para liberarse. Y lo hizo delante de ella, quien no se animó a mirar mucho.

Una vez que estuvo con sus partes al aire, Dany metió un dedo en esa boca que solo le provocaba pecar y le sonrió mordiéndose el labio inferior. ¡Qué sensual era!, y lo tenía loco.

Sonya estaba avergonzada y excitada. Aunque también asustada, no quería que nada de eso pasase, aunque sí quería. Tal vez en otra ocasión, más adelante, después de haber hablado un poco más o haberse besado un rato, después de saber qué serían, qué pasaría al otro día... ¡Era todo tan confuso, tan imprevisto y tan escandaloso!

Dany estaba desesperado, con la testosterona a tope y el deseo dominando sus acciones.

—Eso, así, baja, baja —le pidió, hundiéndole la cabeza hasta tener la boca justo donde la quería.

¡Lástima la oscuridad!, pensó. Le hubiese gustado ver esos carnosos labios saboreándolo.

Sonya retuvo las lágrimas, como siempre, la verdad era que no esperaba algo así. Solo una vez había hecho lo que Dany le pedía sin palabras y no había sido nada recordable. Al ver que él no desistía y los dientes rebotaban en la suave piel húmeda del miembro del señor Romero, abrió la boca e inspiró profundo por la nariz, oliendo la deliciosa mezcla de piel, sexo y perfume, solo eso incentivó sus ganas. Ese momento prohibido, extraño y algo bizarro originó un par de cosquillas entre sus piernas.

—¡Increíble! —exclamó Dany al sentirse rodeado, no por la técnica empleada por la jovencita, sino por la misma necesidad que lo consumía y que, por fin, estaba siendo saciada. Se hundió hasta el fondo y exhaló aliviando sus pulmones porque había estado conteniendo el aliento.

Acomodó la cadera un poco más, apretó su puño entre las hebras del precioso cabello largo de Sonya y penetró un poco más la tibieza de esa boca tan hermosa. Cerró los ojos y tiró su cabeza hacia atrás, mientras con los movimientos de su mano y su cadera buscaba accionar su placer.

Escuchaba los sonidos de ella, pero los malinterpretaba. Nunca notó el asco y las náuseas, creyó, para su propio conformismo, que eran gemidos de placer.

Dany estaba utilizando a Sonya como se utiliza a una muñeca hinchable, solo para saciar su egoísta deseo, así y todo, la muchacha sentía un poco de orgullo; además de otros sentimientos que, muy a pesar suyo, eran más fuertes y conocidos. Estaba acostumbrada a la humillación, no podía lamentar eso ni quejarse; apenas si reconocía que no era algo bueno y solo porque un pellizco en su interior escocía provocando ese maldito nudo en la garganta con el que ella odiaba lidiar. El miedo también era amigo, el abuso de poder un conocido de toda la vida y la indignación, ¿qué era eso en realidad?, tal vez algo que molestaba y no sabía cómo alejar, aun así, lo intentaría.

Prefería que el señor Romero aprendiese a quererla, que descubriera en ella más que lo que veía. Ella no solo era esa envoltura, ella era más y quería que por fin alguien lo reconociese y lo apreciase, así como lo había hecho una vez el bueno de Lorenzo. La única vez en su vida que se había sentido querida y un poco valorada había sido con él. Había aprendido mucho con su exnovio, pero no lo suficiente como para satisfacer a un «señor», así, puesto entre comillas, como era Romero. Por eso creía necesario dejar que le enseñase. Su deseo inconsciente de aceptación la ponía en un lugar nefasto de poca autoestima.

Sonya intentó concentrarse en la tarea, parecía que no lo hacía tan mal a juzgar por los gemidos de satisfacción del hombre y eso la entusiasmó tanto como para probar algún que otro movimiento por su propio medio, y no por el puño que la guiaba desde su cabeza.

—Eso me gusta —dijo en un suspiro Dany. La chiquilla se estaba animando y él lo agradecía, porque estaba a punto—. Mírame, preciosa.

Sonya lo miró, Dany le acarició la cara con su sexo babeado y urgido, le golpeó una mejilla con él mientras le sonreía con sensualidad.

—Muéstrame la lengua. —Ella lo hizo y él volvió a hundirse entre sus labios para terminar con su agonía.

Sonya intentó tragar y no pudo. Apenas si lograba respirar, su boca estaba llena y sus náuseas eran indomables y sonoras.

Dany las ignoró.

Una, dos, tres embestidas y un gruñido. Las dos lágrimas salieron como expulsadas de las comisuras de los ojos de Sonya. Cuatro, cinco… y otro gruñido. Y luego el asco de ella convertido en un grito y un improperio de él soltado a viva voz junto con el éxtasis final.

Dany inmovilizó la boca de esa increíble criatura para que lo tomase todo.

Sonya lloró, por segunda vez lo hizo, pero por repulsión y fue involuntario, por eso se perdonaba. Se tragó su orgullo, el semen y la bilis, pero no vomitó.

Los segundos pasaron muy lentos. El señor Romero se movió a desgana, sacó un pañuelo de su bolsillo para limpiarse un poco y luego se lo dio a ella en el más absoluto silencio.

Había sido fantástico, para él, claro está. Para ella, había sido una mala experiencia que no quería volver a repetir, sin embargo, la creía necesaria y casi lógica. Ya Lorenzo le había contado que tener a una mujer arrodillada frente a su bragueta era una de las mejores imágenes que un hombre podía ver y, ante el desconocimiento y la realidad de que como era una mujer no podía comprobarlo por sus propios medios, lo aceptó como una verdad irrefutable. No había estado arrodillada, pero sí frente a la bragueta del hombre que le gustaba tanto como para soportar algunos detalles que no eran de su agrado.

Sonya tomó el pañuelo, se limpió la boca con una de las esquinas limpias y se acomodó en el asiento del acompañante, ya que, Dany, sin mirarla siquiera estaba intentando recolocarse la ropa.

—Ya tengo que irme, Sonya, es peligroso que estemos aquí fuera a estas horas. Mañana comienza tu carrera. La gente te va a conocer, si caminas por la calle ponte tu mejor ropa —decía mientras se cerraba el cinturón y acercaba el asiento al volante—. Y la semana que viene empiezas a grabar, no tengas miedo, te van a ayudar.

Los siguientes minutos se transformaron en una nebulosa para Sonya. No supo nunca cómo se despidieron ni cómo bajó de ese coche ni cómo caminó hasta su casa, tampoco cuándo se durmió.

Al otro día amaneció descompuesta y con dolor de cabeza. Una inquietante angustia le apretaba el pecho y le ardían los ojos. No quería pensar que era decepción, eligió especular que eran los nervios por aparecer por primera vez en pantalla. En la productora le habían explicado que lo hacían para conocer la reacción del público y estaban bastante ansiosos. Esa ansiedad había sido contagiada y exacerbada con el primer mensaje de texto de Tina deseándole mucha suerte y contándole que, desde ese mismo día, era seguro que empezarían a lloverle contratos de todo tipo. No quiso preguntar qué significaba eso, prefería esperar y sorprenderse.

Tenía cosas más importantes en qué pensar.

Al finalizar, se fue a casa de Noel, sabía que no estaba porque su amiga no había abandonado sus estudios y tenía clases. Lina le abrió la puerta y, en silencio, la interrogó con la mirada. Le debía una explicación, a todos, en realidad. Y ese era el día que ella había puesto como límite para callar.

Había llevado el ordenador portátil que le habían dado a esa casa, por miedo a la reacción de su padre y a que su hermano se lo robase para venderlo al mejor postor. Lina veía como se pasaba frente a ese aparato las horas que debía estar en la universidad. A veces se ponía ropa deportiva y se marchaba o se vestía bonito y hacía lo mismo; volvía, otra vez se ponía la ropa vieja de siempre y se iba a su casa. Lina no entendía nada y le daba un poco de miedo no saber en qué lugares se estaba metiendo la niña. Era demasiado inocente y bella (mala combinación), ¡cómo para no vigilarla! La gente que podía aprovecharse de ella era demasiada.

—Siéntate, Sonya, y habla de una vez. Quiero saberlo todo.

Cuando Sonya terminó de contarle, Lina rio a carcajadas. Un poco aflojando la angustia que llevaba desde hacía días y otro poco de alegría. No entendía mucho de esas cosas, era lógico, lo único que pensaba era que su vecinita triste y no querida tenía una oportunidad de salir de ese agujero apestoso que era su casa y alejarse, por fin, de una familia que solo la utilizaba a conveniencia y no la valoraba.

Sonya, con el alivio conseguido en su conciencia por haberle contado todo a una de las pocas personas que la quería bien, le pidió consejos para decírselo a sus padres. La hora de la transmisión del capítulo de la telenovela en la que ella aparecía se hacía inminente y su secreto saldría a la luz.

—Diles lo mismo que a mí —dijo Lina acariciándole la mejilla, a sabiendas de que más tarde la tendría magullada. Conocía la forma de pensar de parásitos como Oscar y no aceptaría que la gallina de los huevos de oro se le fuese de las manos, estaba segura—. Sonya, no te dejes pegar, por favor. Si intenta hacerlo, corre. Solo corre y ven a casa. Prométemelo, linda.

—Es que no puedo hacerlo, me paralizo —susurró con la mirada sobre la punta de sus pies.

—Piensa en que mañana todo el mundo sabrá quién eres y si te ven lastimada se preguntarán el motivo. ¿Quieres que lo sepan? —Sonya negó con la cabeza sin levantar la mirada—. Entonces, ya sabes lo que tienes que hacer. Aquí tienes un lugar para dormir y si quieres para vivir. No faltará un plato de sopa en la mesa.

Afirmó con la cabeza, estaba asustada. Era la primera vez que conversaba con alguien al respecto de los golpes de su padre. Le avergonzaba demasiado reconocer que, pese al miedo que le daba, no podía impedírselo. «Algún día tendrá que ser el primero», se dijo. Esta vez estaba decidida a plantarle cara a su padre si le levantaba la mano.

Aun así, no lo hizo. No fue necesario porque después de escucharla, Oscar la miró con repugnancia poniéndose de pie y le dijo que se olvidase de eso de actuar, que él no lo permitiría. Le chilló a su esposa algo parecido a que tenía prohibido hablar del tema con su hija y prender el televisor, todo acompañado de gritos e insultos, y se fue a dormir.

Sonya no pudo verse. No supo cómo había salido en cámara y si no hubiese sido por el mensaje de texto de Tina con un: ¡FELICITACIONES!, ESTAMOS TODOS FELICES, en mayúsculas y con signos de exclamación, tampoco sabría que el productor estaba contento, y también Igna, el director.

Su padre había amanecido de mal humor y le había pedido que le preparase el desayuno y adelantase algo del almuerzo, además que limpiase el baño y ordenase el ropero. Oscar la quería ocupada con algo que la hiciese reaccionar y enfrentar su realidad. No tenía muy claro por qué, de todas maneras, no aceptaría, bajo ningún punto de vista, que su hija le hiciera pasar vergüenza convirtiéndose en la comidilla del barrio. Las actrices eran unas putas, era algo sabido por todos, pensaba; y su hija no se convertiría en una. Al menos no mientras viviera en su casa, y ¿dónde viviría si no esa pobre estúpida? Su sonrisa frente al espejo le dio la respuesta que quería escuchar: en ningún lado.

A Rolo le parecía una buena idea, eso le traería clientes de los buenos, porque ¿quién no querría acercarse al hermano de una actriz? En ese barrio no abundaban las actrices ni las chicas lindas como su hermana, porque lo era; la mocosa era preciosa y tenía a todos sus amigos locos. Menos mal que los podía mantener alejados y Sonya no deambulaba mucho por las calles. Volvió a analizar las consecuencias de tener una hermana famosa y rica, eran todas buenas. De eso saldría beneficiado seguro. Era una buena idea preparar el terreno y congraciarse con ella de a poco, por las dudas.

Ana no emitió comentario ni demostró ningún sentimiento al respecto, ya de nada servía hacerlo. Sus opiniones no eran escuchadas y si se le escapaba alguna por casualidad o error, y molestaba a su marido, era silenciada con una buena golpiza nocturna. Ya no estaba para soportarlas. Sus huesos estaban débiles, su espalda dolía demasiado, su estómago la tenía en un constante sufrimiento y ni fuerzas tenía ya para respirar profundo cuando se quedaba sin aire. En parte se ponía contenta por su hija, así ella misma por fin podía dejar de trabajar gracias al nuevo ingreso de dinero. La señora de la casa donde lo hacía ya se quejaba de que estaba lenta y dispersa, y tenía razón. Su cuerpo no respondía como antes y en el trabajo final se notaba.

Sonya no se dejaría vencer tan fácil esta vez, además tenía dos contratos firmados que debía cumplir. Ya no se sentía tan segura de haberlo hecho bien, sin embargo, no había vuelta atrás. Lo hecho, hecho estaba. Volvió a mirar su teléfono móvil, el que le habían dado, y suspiró. El señor Romero no le había escrito ni llamado. Esperaba al menos una felicitación y por qué no, una explicación o conversación sobre lo que había pasado en el coche la noche anterior.

Caminó al almacén, como todos los días que iba a hacer las compras, y sintió las miradas como cuchillos afilados punteando en todo su cuerpo. Las chismosas que siempre estaban en la puerta de la panadería la miraron y sonrieron. A Sonya le sorprendió, sabía que la llamaban «la hija del miserable» o «la tonta Pérez». Bajó la mirada y siguió su camino, nunca en su vida se había sentido tan observada, ni siquiera en esa prueba de cámara que le había hecho sudar las manos. Ese día estaba quedando ahora en segundo lugar.

—¡Sonya! —escuchó a lo lejos, y se giró ilusionada. Necesitaba alguien que la socorriera y le hiciera compañía.

—Hola, Lorenzo, me asustaste con ese grito.

—Perdón. ¿Cómo estás? —preguntó, después de saludarla con un beso en la mejilla, y comenzó a caminar a su lado. Le alegraba verla, mantenía un lindo recuerdo de ella como novia y un cariño que seguramente sería difícil de olvidar.

—Bien. ¿Y tú?

—Cansado de tanto trabajo y estudio. Tuve exámenes.

—Saliste bien, imagino.

—Sí, por suerte. Felicitaciones —dijo con una enorme sonrisa en los labios. Había visto algo de la novela porque Perla la había grabado para mostrársela—. Ahora eres Sonya Paz.

—No me avergüences —murmuró ella entre risas, y él le guiñó un ojo.

—No quiero avergonzarte. Estuviste muy bien.

—Gracias. Yo no me vi todavía.

—Supongo que te convertiste en la famosa del barrio...

La conversación terminó cuando estuvo de vuelta en su casa y Lorenzo la despidió con un abrazo cariñoso y otro beso en la mejilla. Conocerlo había sido una de las pocas cosas bonitas que le habían pasado. Y si podían mantener una relación cordial de amistad, ella era feliz.

Al llegar, se encontró con Noel esperándola en la puerta y todos los gritos que se había guardado anteriormente frente al televisor. Por fin, alguien se alegraba tanto como ella misma por lo que estaba viviendo.

La primera semana de trabajo le había resultado agotadora. Entre las clases de actuación, de protocolo, de gimnasia, los horarios extenuantes de grabación y los viajes eternos ida y vuelta de casa al estudio de filmación estaba agotada. Ya había conocido al elenco completo y había compartido escenas con casi todos. No la trataban de ningún modo especial ni eran indiferentes por ser ella la nueva. Solo tenía problemas con Sarah, que parecía que nunca nada le convencía lo suficiente para no quejarse. Era una mujer muy diferente de lo que ella exponía en público, se mostraba muy simpática, pero la verdad, es que era una bruja. El protagonista masculino era un actor de lo más atractivo y amoroso, que a veces, iba acompañado de su esposa y su hija pequeña con la que a Sonya le gustaba jugar.

Algunos días habían coincidido en el estudio con Alejo y se habían entretenido con bromas y chismes varios entre grabación y grabación. Pero con quien mejor se llevaba y con quien podía hablar sin problemas era con Mar. Ella le aconsejaba como arreglarse, estaba enseñándole a maquillarse y le había dado algunos *tips* sobre moda y combinación de prendas y colores. Como las conversaciones se daban sin forzar nada, le había contado (casi sin darse cuenta) cómo sus padres renegaban de que ella se dedicase a la actuación, sin embargo, no se había atrevido a contarle que la noche anterior había desafiado por primera vez a Oscar.

Sonya estaba realmente entusiasmada. Por fin le había detenido una bofetada, de las fuertes, además, y había salido corriendo a casa de Lina. Esa noche, por primera vez también, no había dormido en casa y estaba aterrada de regresar porque no sabía lo que encontraría.

Volvió a levantar la vista y al cruzarse con la de la asistente, le sonrió. No podía creer que sabiendo tanto sobre cómo lograr una buena imagen no se vistiera mejor. Porque lo de Mar no era estilo propio, era otra cosa. Su amistad, si acaso así le podía llamar a esa nueva relación, era demasiado corta y nueva como para atreverse a decirle o preguntarle nada.

—Ya te puedes ir, Sonya. Mañana no grabas. Te puedes tomar el día.

—Me das una alegría, Mar.

—Te voy a enviar una dirección para pasado mañana, grabamos en exteriores.

Sonya le sonrió mientras ella le quitaba alguna de las prendas que debía dejar en el perchero. Alejo peleaba con el cable del micrófono y le guiñó el ojo al pasar sus dedos demasiado cerca de su pecho derecho.

—Ni te atrevas —le dijo jugando a enojarse, y él largó la carcajada. Claro que no se atrevería, eso no significaba que no lo desease. Nunca en su vida le había faltado el respeto a una mujer y no comenzaría justamente con la que lo traía loco.

—Sonya, ¿puedes pasar por mi oficina? —preguntó Dany con ese tono que no permitía negativas, y la muchacha se sobresaltó. No lo había visto entrar.

No habían estado a solas desde aquella noche, solo habían tenido un par de conversaciones telefónicas por trabajo, en las que le había prometido otro festejo por su buen comienzo, y un cruce de saludos en los pasillos. Sonya lo extrañaba y miraba hacia la puerta del estudio cada vez que esta se abría, con la ilusión de verlo entrar; cosa que no había pasado en toda la semana.

—Termina de cambiarse y va —gruñó Mar. Odiaba que Romero se metiera en los camerinos sin aviso, porque lo hacía para imponerse, para demostrar su autoridad. Nada le impedía dar un par de golpecitos en la puerta para avisar de su llegada—. Tú también fuera —le dijo a Alejo, y este se retiró saludando.

Sonya había cambiado el semblante desde que Dany había aparecido. La sonrisa se le había borrado y los nervios le estaban jugando una mala pasada. No se había preparado para ese día. Lo que más quería era comenzar algo con el señor Romero, como le gustaba llamarle, porque le parecía excitante, intrigante y apropiado, ya que era un *señor*. Tenía, tal vez, unos ¿treinta y cinco años más o menos?, intentaba adivinar Sonya. Sí, era un señor elegante, experimentado y distinguido. Así lo veía ella con sus jóvenes diecinueve años y en su inocente y esperanzada cabecita ya lo había convertido en su pareja.

Ya en la oficina, Dany dio un par de directivas a su secretaria y realizó las dos llamadas telefónicas que debía. No tuvo que esperar demasiado para verla entrar. La muy condenada estaba cada vez más linda. Parecía que los consejos de Mar servían. No era mucho lo que tenía que decirle, solo quería adularla un poco porque la había visto trabajar muy bien y le gustaba tener contentos a los actores nuevos. Sin embargo, el verla de cerca le provocaba otra cosa. Los recuerdos de esa boca comiéndolo entero lo habían tenido un poco alterado, la alegría había sido para su pareja que lo había recibido cada vez entre gemidos y besos.

Sonya lo miró y, con una sonrisa tímida, lo saludó. Pudo ver como Romero la miraba de arriba abajo y ella lució sus piernas con coqueteo disimulado. Como le pasaba cada vez que él hablaba en ese tono tan seductor se distrajo y se perdió la mitad de lo que le decía. Pudo volver a concentrarse un poco cuando se acercó a ella, le tomó la mano y la llevó hasta el sofá donde se sentó. Ella no lo hizo solo se quedó ahí parada frente a él, observándolo y oliéndolo.

—¡Estás tan hermosa! Deberíamos salir tú y yo —dijo Dany, y ella le tomó la cara entre las manos y le dio un beso casto en los labios. El que deseaba darle desde hacía días. No sabía muy bien lo que esa frase suponía, pero ya había tiempo para hablar después, porque esperaba que la llevase otra vez hasta su casa y en el viaje conversarían.

Dany tomó el control, no era de dejar pasar las oportunidades. Acarició las eternas piernas de Sonya hasta llegar a la cintura de la ropa interior y se la bajó con cuidado de no asustarla apurando tanto la acción.

Lejos de asustarse, Sonya se emocionó. Quería probar, quería mostrarle lo que sentía por él, así como lo había hecho con su novio. Sería su prueba de que lo quería.

Dany pretendía un poco más que la otra vez, esperaba que la tímida muchacha no se echase para atrás al final, por eso debía ir con calma. Se deshizo de la prenda con mucha más lentitud de la que su cuerpo pedía. Con el primer escollo ya resuelto, se dirigió al segundo. Con la misma suavidad acarició el vientre plano y lo besó hasta llegar a ese par de perfectos pechos, los desnudó y los devoró con exigencia.

Sonya gimió ante el primer roce y sintió la mano de él sobre su boca.

—Calladita, fuera hay gente —dijo Dany entre beso y beso. Una vez que logró el silencio de ella, se ocupó del último obstáculo: su propio pantalón. Tan pronto como terminó la sentó en sus piernas hundiéndose en su interior sin aviso.

Sonya gimió más fuerte, la intromisión le había dolido. Un poco nada más. Lo toleraría, era solo al principio, lo recordaba bien.

Dany no podía estar en todos lados, la muchachita no entendía lo que era el silencio, le metió dos dedos en la boca para que se entretuviera y de paso, la vista colaboraba... ¡Esos labios...! Suspiró y se apretó más, estaba enloquecido, era pequeña, dócil y ardiente.

—Muévete —pidió, mientras le devoraba los senos.

—Es que no creo... —«poder», pensó. No creo saber cómo, quiso decir, pero se moría de vergüenza. Jamás lo había hecho así, Lorenzo había estado siempre arriba de ella, no al revés.

—¡No lo puedo creer! —gruñó Dany, no tenía paciencia y estaba muy excitado, demasiado como para jugar al maestro. La levantó sin esfuerzo y la recostó sobre el sofá.

Volvió a embestirla con fuerza. Al escuchar otra vez los gemidos femeninos no contenidos le tapó la boca y con la otra mano le pellizcó el pecho izquierdo para verla retorcerse.

Sonya se retorcía sí, pero no por el placer, esos pellizcos le dolían y la mano en la boca le impedía respirar con comodidad. Hizo lo que pensó que jamás haría. Le tomó la cara para besarlo y, mientras él se pegaba a su cadera con fuerza, ella se concentraba en lograr esa meta que tanto le costaba alcanzar. Estaba ahí, la podía sentir cerca, el cuerpo se le tensaba, el calor le perlaba la espalda, los gemidos se hacían involuntarios, estaba lista. Solo necesitaba unos segundos más. Una vez, otra, una más, estiró los pies, llevó la cabeza hacia atrás. Más, rogó, dame una más… y ese más nunca llegó.

Dany gruñó como un león sobre el cuello de Sonya, para amortiguar el sonido. La mocosa olía a flores y la mordería de buena gana, pero no quería marcas que cubrir con maquillaje al otro día. Se incorporó para buscar un pañuelo y limpiarse.

—Tengo una reunión en diez minutos. ¿Necesitas ayuda para cambiarte? —le preguntó a modo de indirecta, solo quería que se fuera calladita y sin cuestionar nada.

Estaba enojado con él mismo y con ella, con ambos por las mismas razones: negligencia, descuido e irresponsabilidad. No se había cuidado. ¡Maldita excitación del momento! Y para colmo no se animaba a preguntarle a Sonya si tomaba anticonceptivos. Lo dudaba, la niña no tenía pinta de andar de revolcón en revolcón o cama en cama. Además, lo último que quería era una actriz novata preocupada por algo que no fuese aprender y trabajar. Prefería no remover el avispero, si ella no se daba cuenta de lo que habían hecho, mejor.

Sonya tragó saliva sintiéndola como si de una masa dura y seca se tratase. No esperaba semejante desplante, ¡ni la había vuelto a mirar a los ojos! Estaba empezando a pensar que no era tan caballero como imaginaba y ese noviazgo, con el que ella fantaseaba, era solo una quimera. Cerró los ojos para aliviar el ardor y se acomodó la falda.

—Permiso —susurró al pasar delante de él, y se dirigió a la puerta en silencio.

—Te llamo y arreglamos para esa cena, ¿sí?

Dany se maldijo ni bien terminó de hablar y fue por la sonrisa que esa frase produjo en el maravilloso rostro de Sonya. La vio asentir y marcharse. Quiso golpear algo o gritar... Inspiró profundo y se relajó, ya nada se podía hacer. O sí.

—Quiero a Mar en mi oficina, ahora —ordenó, apretando el intercomunicador, y tomó asiento en su sillón.

Sonya saludó a Mar, sin detenerse, al verla en uno de los pasillos fuera de la oficina de su jefe. Estaba confundida, mareada con tanta ida y vuelta del señor Romero. Parecía que él no se decidía. ¡O la quería o no!, pensó. Esos encuentros no parecían correctos y hasta le hacían especular que no había buenas intenciones por parte de él, pero entonces le volvía a recordar la salida pendiente... ¡¿En qué quedamos?! Quería gritar de impotencia.

Su poca capacidad de lidiar con los hombres le impedía preguntar nada. Su pudor no ayudaba en absoluto y mucho menos su poca aceptación de la maldad de ese hombre al que casi había idealizado.

Mar vio salir a Sonya con un gesto que no le gustaba nada y mucho menos le gustaba lo que imaginaba. Esa muchachita era demasiado inocente como para estar cerca de su jefe

—¿Me buscabas? —preguntó la mujer más mal vestida que Dany había visto en su vida, y le permitió el paso con un movimiento de cabeza.

—Necesito un favor —dijo Dany, casi sin mirarla. Esa mujer se la tenía jurada y no le permitiría que viera más de lo que quería mostrar.

—Sabía que algún día me pedirías en voz alta un favor, sabía que pasaría y adivino que te sientes horrible por eso.

—Y yo sabía que no me lo dejarías pasar.

—Habla, tengo mucho trabajo —gruñó Mar tomando asiento sobre el sofá, y cruzando las piernas. ¡Disfrutaba tanto los nervios del productor...!

—Supongo que tienes un médico de cabecera al que visitas una vez al año o un ginecólogo, sería mejor.

—Tengo y no los veo tan seguido como debería, pero supongo que no estás preocupado por mis controles médicos.

—Quiero que pidas cita para Sonya con alguno de ellos y le hagas saber que queremos que le recete algún anticonceptivo. De preferencia, uno más seguro que las pastillas —dijo intentando sonar despreocupado.

Mar sonrió con sorna y lo interrogó con una simple mueca.

—No es tan difícil de entender, Mar. Esa muchachita es una pobre infeliz, y digo pobre porque lo es, y no debe haber ido a un médico que no sea un matasanos de una salita de emergencias perdida en el culo del mundo. Parece un monito recién salido de la jaula y obnubilada con los faros de la ciudad…, no la quiero embarazada por años. Tiene contratos que cumplir.

Mar odiaba a ese Dany: al déspota y engreído que se creía un Dios sabelotodo y todopoderoso. Ese era el que la había desengañado una vez. Se puso de pie, enfurecida y dispuesta a gritarle un par de verdades.

—Vamos por partes. Primero no es un mono, segundo no es una infeliz…

—Mira, no tengo tiempo de escuchar tus defensas. Es una jovencita que ha salido del peor barrio que te puedas imaginar, las casas apenas tienen techo, no hay cemento en las carreteras sino tierra, los niños juegan descalzos entre la basura, y eso para empezar.

—Eso no la convierte en un mono, si no en alguien inteligente que supo aprovechar la oportunidad. No entiendes nada de la vida fuera de tu maravillosa burbuja. ¡El infeliz eres tú! —gritó Mar.

—A lo importante, no nos vayamos de tema —dijo Dany, bajando un poco el tono de la discusión—. Médico, ¿recuerdas?

—¿Te dio miedo? —La ceja levantada del productor actuó como pregunta—. ¿Crees que podrías haberla embarazado? O ¿temes por la salud de tu muchachito de ahí abajo?

—Vete —dijo Dany furioso. A eso le tenía real miedo, ¿cómo una mujer que nada compartía con él podía conocerlo tanto? ¡La aborrecía!

—Claro que sí, me voy, te dije que tenía trabajo, pero déjame decirte algo: esa jovencita es dulce y cariñosa y puedes enamorarla con un pestañeo. Debes de ser el primer hombre atractivo, atento y vestido con trajes caros que le regala su sensualidad entrenada. No la lastimes, aléjate de ella.

—Me ves atractivo... lo dijiste.

—Y estúpido —gruñó con asco.

Dany se consideraba estúpido sí, por haberse enamorado de Mar alguna vez.

—Deja de meterte en mi vida y... Mar, ni se te ocurra decirle a esa chica nada de lo que hubo entre nosotros.

—No sabes lo que disfruto tenerte así —dijo poniendo las manos en la entrepierna de su jefe en un rápido movimiento que él no pudo adivinar—, agarrado de los huevos. Me da el poder de apretar hasta hacerte lagrimear como alguna vez me hiciste lagrimear a mí.

—¡Suéltame! —Mar no le hizo caso, apretó más aún y se acercó casi rozándolo.

—Deja tu cosita dormidita en tu bóxer. No se atrofia por falta de uso, te lo prometo. Te faltan dos semanas para tu luna de miel. Deja a la chica en paz. Si te dan ganas, mastúrbate, pero no la toques. Y por una sola vez en tu vida, respeta a una mujer, a la tuya.

Dany bufó al sentirse liberado de las garras de esa bruja. Tenía razón en todo y siempre. Como cuando lo dejó por haberlo descubierto engañándola, ese día le había gritado que se arrepentiría de perder su amor, y ¡demonios que lo había hecho!

Ese mismo día y ante sus ojos, Mar se había empezado a convertir en ese espanto de mujer: fea, desarreglada y con ropa que parecían trapos viejos.

Las semanas habían pasado a un ritmo increíble y poco medible. Sonya no podía detenerse a pensar en todo lo que estaba viviendo. Ya no se movía en transporte público sino en un coche con chofer que la productora le pagaba. La idea era evitar más retrasos y peligros, además de que la gente ya la reconocía por la calle. Se había convertido en la mujer deseada por todos los hombres y el ejemplo a seguir por las jovencitas y no tan jovencitas. Por la misma razón, una marca de ropa que quería promocionarse y darse a conocer le regalaba sus prendas. Romero estaba agradecido por eso, porque parecía que Sonya no gastaba su dinero en cosas frívolas y podía entender que era la falta de costumbre.

El dinero adelantado para gastos había sido invertido por Sonya en cosas necesarias para la casa y algo de medicina para su madre. También había pagado algunas facturas de gas y luz del montón que debían.

Su padre había intentado golpearla en más de una oportunidad: la primera vez por haber aceptado el trabajo, como no había podido hacerlo a tiempo se había guardado el enojo para unos días después. El segundo intento había sido mientras le gritaba palabras como desagradecida y mala hija, porque le había negado el dinero que ella se había guardado para cualquier eventualidad. Después de todo era suyo y era mucho. Sonya nunca había tenido tantos billetes juntos y, por miedo a su hermano y a su padre, lo escondía en una caja de zapatos debajo de unos libros viejos en casa de Lina, con su autorización, por supuesto.

Lina ya había desistido de decirle a Sonya que podía quedarse a vivir con ellas, lo había intentado después de esa terrible paliza que había recibido por quedarse a dormir fuera de casa huyendo de una golpiza que, de todas formas, había recibido.

Aquel día, la novata actriz, debió utilizar sus conocimientos para mentir una indisposición que no era real. Le había dicho a la gente de producción, con mucho remordimiento porque no le gustaba mentir, que no podía ir a trabajar por sentirse demasiado mal.

Mar creyó que se podía tratar de una excusa para alejarse de Dany y, al verla volver dos o tres días después, la puso en conocimiento, con mucha cautela y disimulo, de los planes de casamiento y viaje de bodas de Romero y su prometida. Nunca la había visto tan pálida y seria. Hasta Alejo lo había notado y se había acercado a ella con una lista de malos chistes que tampoco lograron robarle una sonrisa.

Sonya volvió a sonreír de verdad casi un mes y medio después, cuando pudo comprender que lo que había sentido por el señor Romero no había sido amor. Se había dado cuenta el mismo día que él le había presentado a su esposa y su corazón no se había acelerado ni sus ojos habían ardido y mucho menos había aparecido esa bola intragable y dolorosa en su garganta. La desilusión de saberlo poco caballero e infiel le había abierto los ojos y había mitigado de su mente el confuso enamoramiento que tenía.

A partir de ese día decidió comportarse como lo que era: una actriz en ascenso, aunque debía aprender a hacerlo. Sus amistades nuevas la invitaban a fiestas y ella declinaba las invitaciones por miedo a sentirse excluida o incómoda. Mar le decía que debería probar al menos una vez y salir de dudas.

Alejo rogaba en silencio que no siguiera ese consejo, porque su corazón no dejaba de alborotarse cada vez que ella lo miraba y sufría sintiéndola cada vez más lejos. Él era un simple tiracables, reemplazable en un abrir y cerrar de ojos, y ella la estrella del momento que parecía haber llegado para quedarse. Si ese era el caso y descubría la buena vida que el ser famosa le ofrecía, la perdería para siempre. Aunque, a decir verdad, todavía no la tenía.

Noel aceptó acompañar a Sonya al cumpleaños de uno de sus compañeros. La jovencita estaba que no cabía en su cuerpo de la alegría, conocer a todos esos actores y poder conversar con ellos se le hacía increíble. Tanto como ser la mejor amiga y vecina de la actriz Sonya Paz. Verla en la pantalla era algo raro y le producía risa, pero de la buena, la de alegría por verla cambiar una vida que no le había sido fácil, por otra que parecía mil veces mejor. Había descubierto algo nuevo de su amiga: que era muy desprendida con su dinero, les había hecho muchos regalos a ella y a su abuela y ambas estaban más que agradecidas. El vestido que estrenaría aquella noche era uno de ellos.

Llegada la hora de ponerse con los preparativos, Noel desistió de hacerlo. No pudo ir a la fiesta. Esa mañana había amanecido con una altísima fiebre que no bajaba con los medicamentos para tal fin y había esperado hasta último momento para ver si mejoraba. No había sido así.

Sonya ya había prometido su presencia, promesa que parecía ser irrompible. Al menos, eso le había dicho Tina, por lo que no pudo negarse a concurrir y terminó sentada en el asiento trasero del coche que la llevaba y traía a todos lados. Incluso a la fiesta a la que no quería asistir, y mucho menos, sola.

Además de las horas de trabajo en el plató de filmación y en exteriores, se le habían empezado a sumar entrevistas para televisión y revistas. Algunas habían incluido fotos para las portadas y eso parecía importante. Tina peleaba por ellas como si fuese una gata rabiosa y sonreía triunfante cuando las conseguía. También había filmado una pequeña publicidad para una marca de zapatos y otra para unos caramelos, bastante feos, por cierto. Aunque Sonya se quejaba y pedía descanso, su representante le decía que era el momento de explotar y posicionarse en el mercado; y agregaba, con mucha seguridad, que ya tendría tiempo de elegir y decir que no a los trabajos pequeños o incómodos. Sonya no sabía mucho como para refutar esa idea y se dejaba influenciar aceptando contratos e invitaciones, sin enfatizar en su cansancio.

Volvió a alisarse la falda de su vestido y se calzó los zapatos cuando el chofer le avisó que habían llegado. Este le deseó suerte al abrirle la puerta y prometió estar atento a su llamada para llevarla de vuelta a casa. Sonya le sonrió derritiendo un poco al hombre, y bajó del coche.

Los reporteros se abalanzaron sobre ella, le sacaron fotos sin medir la cantidad y vociferaron preguntas que se mezclaban entre sí. Ella no pudo responder ninguna porque le había sido imposible entenderlas. Un guardaespaldas la abrazó y ahuyentó la masa de gente que se había agolpado a su alrededor. En dos o tres pasos estuvo en el salón de la casa y a salvo. Le agradeció al muchacho con una de sus muecas más bonitas y él, muy serio, le guiñó el ojo y se alejó. Para eso lo habían contratado, para colaborar con las celebridades invitadas al evento.

Sonya no podía acostumbrarse todavía a esos momentos en los que perdía el control de lo que la rodeaba, de ella misma e incluso de su respiración. Pasaba todo tan rápido y de forma tan turbulenta, que apenas podía creer que había sido cierto y se agitaba como si hubiese corrido una maratón.

Ya un poco más calmada, con el bullicio fuera y, antes de dar un segundo paso, miró a su alrededor. Vio caras conocidas, también desconocidas y algunas otras solo vistas a través de la pantalla del viejo televisor de su padre o en las portadas de las revistas en las que ahora aparecía ella. Tina y Mar le habían dicho que no debía mostrarse asombrada con nadie y eso intentaba; le estaba costando un poco al ver a uno de sus actores favoritos tan cerca y de la mano de una mujer que casi parecía su hija. Saludó al cumpleañero y a sus compañeros, incluida Sarah que ya estaba bien claro que la aborrecía. De ella no esperaba más que ese gesto, tan suyo y tan arrogante, que hizo con la cabeza.

En cinco minutos se encontró rodeada de un grupo de gente que parloteaba como loros, preguntando y respondiendo al mismo tiempo, riendo más de lo normal por comentarios vacíos de contenidos y, algunos, mirándose con coqueteos no disimulados. Definitivamente, esas fiestas no la hacían sentir cómoda.

Aportó alguna que otra frase y contestó lo que le pareció prudente. No quería hablar de su vida, porque ella era Sonya Paz para todas esas personas y todavía no tenía totalmente aceptada esa idea. Debería creer más en esa mujer que debía ser, y poco a poco lo haría, necesitaba tiempo.

Sonya Pérez debía permanecer oculta, con todos sus secretos, sus miedos y vergüenzas. La prensa podría hacerse un festín con cada uno de los personajes que adornaban su vida anterior y entonces la actriz moriría antes de comenzar a andar.

—¿Qué te parece una copa?, pero lejos de todo este tumulto —le susurró una voz muy varonil desde su espalda. Sonya se sobresaltó, se giró para verle la cara e inmediatamente sintió como le tomaba la mano y la guiaba a un salón más silencioso, con mesas varias y un par de sillones—. No puedes decir que no se está mejor aquí.

¡Esa sonrisa era tan perfecta!, incluso más que la del señor Romero, y ese rostro parecía el de un muñeco. «Demasiado bonito para ser hombre», pensó Sonya, y sonrió desconcertada ante la mirada de él: con una ceja levantada y la comisura de la boca también, formando un tentador hoyuelo en una de sus mejillas. Eso era algo así como una mueca de querer preguntar algo, pero ella no lo estaba entendiendo, entonces Luis optó por el diálogo directo.

—¿Qué tal el trabajo de actriz? ¿Te gusta? —ella asintió en silencio, todavía intentando descubrir qué buscaba ese muchacho.

Lo miró con detenimiento mientras pedía ese par de copas prometidas a uno de los camareros que pasaba por ahí. Llevaba el cabello muy corto, aunque un poco más largo en la parte de arriba. Era un corte demasiado moderno, pensó Sonya; y la barba apenas crecida también era por moda; no pereza, como la de su hermano. Los ojos eran de un celeste muy bonito que resaltaba gracias al color chocolate de su pelo, y ese aire tan masculino que le otorgaba la barbilla prominente y la mandíbula saliente se suavizaba con la preciosa nariz y los labios rosados que parecían dibujados por expertos. El muy astuto miraba entornando los ojos, sabía que eso lo hacía ver sexi, no podía ignorarlo.

Sonya era consciente de que no lo conocía, a pesar de que le parecía un rostro familiar, seguramente por verlo en los carteles de la publicidad de un perfume con los que se había empapelado la ciudad.

Luis era, por esos días, uno de los modelos masculinos más cotizados y buscados por las marcas populares. Su apariencia era demasiado de todo: varonil, atractiva, simpática, sensual y con mucha personalidad. Un conjunto maravilloso que le estaba rebosando los bolsillos, y robando la vida. Estaba tan, o más, agotado que Sonya con todas sus obligaciones, aunque la diferencia residía en que a él le encantaban la fama, el dinero y las mujeres, y adoraba su belleza. Por eso no se quejaba y hasta disfrutaba.

Luis había visto entrar a esa jovencita y lo primero que había notado había sido su cara de terror, además del cuerpazo que se adivinaba debajo del precioso vestido plateado. Del rostro no diría nada, la perfección existía y ahí se demostraba, para qué remarcar lo obvio, pensó. Le dio unos minutos para ver cómo se acomodaba. La había reconocido al instante, Sonya Paz no pasaba desapercibida y había esperado ansioso el momento de conocerla personalmente. Por fin se enfrentaba a toda esa femenina esencia, a esos movimientos lentos y lánguidos que hipnotizaban, a la voz susurrante, a las miradas directas y a las sonrisas francas. Era más interesante de lo que se veía en la pantalla de un televisor. Incluso más inquietante e inocente, para qué negarlo.

—Soy Luis.

—Sonya —dijo ella, tomando la copa que este le alcanzaba, y brindaron a modo de saludo.

—Lo sé.

Sonya creyó haber suspirado sonoramente ante el guiño de ojo que le dedicó. ¡Ese hombre era tan hermoso! Podía pasar horas mirándolo.

Y eso hizo, mientras conversaban animadamente de todo un poco y reían criticando a los famosos que pasaban delante de sus narices.

La seducción de Luis se basaba en la simpatía, él no era de adular ni mirar con intención de derretir el hielo o sonreír para provocar estremecimientos. Eso lo hacía para las fotos. En la vida real prefería ser más sincero.

Sonya agradeció esa sinceridad y la devolvió en la misma medida, relajándose en su presencia y confundiendo, de esa forma, a un seductor al que nadie se le negaba. Cuando Luis creyó tener vía libre, se acercó a ella e intentó robarle un beso, apoyando su boca en los labios más tentadores que había visto en una mujer.

Sonya se sobresaltó y las emociones retenidas desde hacía semanas estallaron en sus ojos y los cargaron de unas desconocidas lágrimas, que no dejó fluir. Un poco de enojo y desilusión cruzó por su mente. Estaba cansada de que malinterpretasen sus acciones y siempre quisiesen besarla o tocarla.

No negaba que Luis le había gustado, y besarlo no habría estado nada mal, sin embargo, no quería hacerlo. Ya había descubierto que era bastante inútil con sus dotes amatorias y los besos no parecían ser su mejor movimiento. Nada tenía para ofrecerle a un hombre como ese y, como si fuese una niña asustada, se alejó casi corriendo y sin despedirse.

Se refugió en los sanitarios hasta que supo que el coche estaba en la puerta y la llevaría de nuevo a su casa. Al único mundo que conocía de verdad, donde ella no era otra persona ni tenía que enfrentarse con situaciones en las que se sentía demasiado pequeña y muy poca cosa.

Bajó del coche descalza. Ahí, en su barrio, no tenía que simular ser otra persona, ya se lavaría los pies antes de acostarse. Saludó con un movimiento de mano al chofer y lo vio partir mientras ella abría la puerta.

Rolo la vio llegar, por fin, estaba acalambrado de tanto esperar ahí agazapado y escondido. Sabía que su hermana no entendería su necesidad, por eso prefería actuar o no cumpliría más años. Las amenazas de aquella gente que lo tenía en la mira no eran palabras vacías, lo sabía. Si no conseguía el dinero que les debía lo matarían a golpes. Se recolocó la gorra y levantó el pañuelo para cubrirse media cara.

Fue demasiado rápido, la idea era que ella no lo pudiera evitar. El empujón que le dio la dejó tendida en el suelo y aturdida.

—¡Dame todo! —le gritó, suponía que algo llevaba en la cartera y si no la amenazaría para que se lo diera después.

No era un plan demasiado elaborado, ni siquiera era un plan, y ahora se daba cuenta al verla con ese vestido y ese bolsito insignificante en el que solo entrarían las llaves y un labial. Maldijo en voz alta. Aunque lo hecho, hecho estaba.

—¡Todo! —volvió a gritar.

—No… no tengo dinero… no tengo nada. Solo tengo un teléfono móvil —dijo Sonya entre sollozos aterrados e intentando calmarse.

¡Rolo la vio tan asustada y vulnerable…! Se odió por eso y ya se estaba arrepintiendo de su estúpida idea. Su hermana se había lastimado las rodillas y uno de los brazos al caer, no quería que eso hubiese pasado, solo necesitaba el dinero. Le tendió una mano para ayudarla a ponerse de pie y, en el instante que quiso darle los zapatos que habían volado por ahí, la gorra se le cayó dejando al descubierto su cabello y sus ojos.

—¿Rolo? Rolo, ¿eres tú? —preguntó Sonya, bajando el pañuelo del rostro de su atracador y encontrándose a su hermano—. ¡No lo puedo creer! Soy yo, me estás robando a mí.

—Necesito los billetes. Me van a matar, Sonya…, tú los tienes y puedes ayudarme.

Sonya intentó calmarlo porque estaba entrando en un estado de ansiedad y pánico que lo ponía loco y bastante temperamental. Entraron a la casa y durante una conversación entre murmullos, para evitar despertar a sus padres, la muchacha le prometió ayuda. Después de todo era su hermano.

Con el susto vivido y la zozobra de Rolo, se olvidó de su propia angustia y de ese pensamiento engañoso que se le había cruzado por la cabeza. Su casa no era el lugar en el que quería estar, nunca lo había sido. No obstante, la vorágine en la que estaba viviendo tanto cambio, y en tan poco tiempo, la tenía como una veleta, con las ideas que iban y venían produciéndole un desasosiego que la dejaba atontada por momentos, y hasta incoherente a veces.

—Rolo, es lo único que voy a darte. No puedo ni quiero ayudarte con tus asuntos ilegales.

—Te promet...

—¡Dame eso! —dijo Oscar, interrumpiendo el pase de manos de Sonya a Rolo, de un sobre con dinero.

—¡No! —gritó Rolo.

Estaba desesperado, no podía permitir que el inútil de su padre le quitase lo que significaba su salvación. Empujó a su hermana para hacerse con el sobre, esta se golpeó contra la mesa y en el mismo instante Oscar levantó su mano y se la estrelló contra la mejilla, lastimándola y haciéndola rebotar contra un mueble.

—¡Desagradecida! Le das a él para sus drogas, pero no a tu padre —gritó más alto, y a punto de dar el segundo golpe.

—¡Déjala en paz! —pidió Rolo deteniendo el puño, y dándole espacio y tiempo a ella para correr a cobijarse en su dormitorio.

Sonya cerró la puerta y echó llave. Se tiró en la cama y se tapó la cabeza con la almohada. Todavía escuchaba los gritos, amortiguados, pero ahí estaban, entonces empezó a tararear la canción con la que se promocionaba la telenovela «Tu destino». No quería escuchar, quería huir mentalmente de su casa, de su realidad..., de su maldita vida.

¿¡Cómo se le había ocurrido pensar que eso era su hogar, el lugar en el que quería permanecer!?

Al levantarse, ya de día, se miró al espejo y vio las sombras negras debajo de sus ojos hinchados, además de las marcas del golpe. No sabía cuándo se había dormido ni qué hora era. Se ató el cabello con una gomita que había encontrado por ahí; se puso una camiseta vieja y un jean de los nuevos; el par de zapatillas que le era cómodo, aunque sabía que ya estaban para descartar, y tomó su móvil para llamar al chofer y luego a Tina.

Ese momento que creyó que nunca llegaría estaba ahí. Su coraje había aparecido y estaba escudado en la angustia, en los recuerdos feos, en el miedo, en los gritos e insultos, en la indiferencia, en el dolor, en la vergüenza... En demasiadas cosas negativas como para seguir tolerando más.

—Tina, buen día. Necesito verte. Voy de camino.

Se colocó los lentes de sol y salió de su cuarto decidida a todo. La mirada dura de Oscar la hizo titubear, pero volvió a tomar valor al reparar en la desagradable presencia de Osvaldo, que sonreía de lado.

Él ya nada le hacía ni le decía, por miedo a que hubiese espabilado lo suficiente como para contar algo que lo comprometiese. Claro que eso, Sonya no lo sabía.

En menos de lo esperado estuvo en la oficina de Tina, de pie frente a ella, desconcertándola con su actitud.

—Necesito mudarme ya —dijo retorciéndose los dedos.

—Mudarte ya... ¿y por qué el apuro?

—Anoche intentaron robarme.

Tina levantó el teléfono y llamó a Romero. Era de las que no pensaba demasiado, actuaba.

—Te necesito en mi oficina, Romero. Es importante —dijo, mientras miraba a Sonya y se percataba de que algo no andaba bien. Todavía con el teléfono en la mano, le hizo la seña de que se quitase los anteojos y al ver las marcas, inspiró profundo y cerró los ojos—. Muy importante, apúrate. ¡Por Dios, Sonya, mírate! ¿Qué pasó?

Ya estaba frente a ella e instándola a sentarse a su lado tomándola por el hombro. La muchacha se quejó de dolor, ese hombro era el que se había golpeado al caer o contra el mueble en la cocina, no lo tenía muy claro. Tina la miró fijo a los ojos y encontró un montón de palabras retenidas, algo de furia, dolor y unas cuantas cosas más. Olvidó lo del robo y elaboró un par de hipótesis mentales, bastante acertadas, por cierto. Esa niña había sido golpeada, pensó, y le levantó la camiseta para quitársela por la cabeza. No le daría tiempo a esconderse.

—¿¡Quién te hizo esto!?

—El ladrón me empujó contra la pared y me golpeé.

Sonya estaba intentando dominar todas las emociones que le producía el momento, cuando la puerta se abrió y así, semidesnuda, la encontraba el señor Romero. Tomó la camiseta de las manos de Tina y se la puso dándole la espalda a ambos. Los cuatro ojos pudieron ver lo que a ella se le había escapado, el gran moretón que tenía en la espalda.

Dany no pudo largar el suspiro que le había provocado ver todas esas curvas, prefirió guardárselo ante la visión de semejante golpe. Tina le pidió que callase con un ademán silencioso y él lo haría, porque no entendía nada.

—Anoche la atracaron y la golpearon. Vamos a conseguirle un lugar para que se mude, Dany.

—¡Mierda! —gritó el productor, y se llevó el cabello hacia atrás con ambas manos—. Lo sabía, era cuestión de tiempo en ese barrio. ¿Cómo estás? —Sonya le respondió con un casi mudo «bien» y se dejó acariciar la cabeza—. En diez días se desocupa uno de los departamentos. Será temporal, Tina, solo mientras esté vigente su contrato conmigo.

La empresa productora tenía varios departamentos para alojar actores o actrices que los necesitasen por cualquier motivo. Solían contratar artistas extranjeros y ahí vivían para no permanecer en hoteles, donde los *paparazzi* a veces los molestaban.

—Diez días no, Dany. Hoy. —La representante temía una nueva golpiza, nada sabía todavía, pero la intuición no le fallaba, y mucho menos si reparaba en la silenciosa presencia de Sonya y la falta de su sonrisa porque, aunque fuera una de compromiso, siempre se le dibujaba en el rostro.

—Que se aloje en el Central, es el único hotel que tiene entrada privada como para que pueda evitar a los reporteros atrevidos. Y, Sonya, te tomas unos días para que desaparezcan esos golpes, evitemos chismes.

Sonya miraba sin ver y escuchaba sin oír a esos dos titanes que organizaban su vida como si les perteneciera. A decir verdad, no era su vida la que organizaban, era la de Sonya Paz.

Sonya Pérez estaba desapareciendo y todavía no tenía muy claro en quién se estaba convirtiendo ni quién sería desde ese día. Tras tantos cambios le era imposible reconocerse.

Irse del barrio había sido un sueño recurrente, aunque tal vez, era más una utopía que de la noche a la mañana, literalmente, se había convertido en realidad. Pero tenía miedo. En su casa ella tenía un lugar, ocupaba un espacio propio, sabía a qué temer y en quién confiar. Conocía las rutinas... Sonya Paz no tenía todavía un espacio ganado y tampoco rutinas propias. Sonya Paz todavía era una desconocida para ella misma, alguien con quien tendría que aprender a vivir su nueva vida.

—Tina, esto me está costando más dinero del pensado —dijo Dany, sacando a la muchacha de su nube de pensamientos.

—Dany, esto te está dando más dinero del imaginado. No me jodas —respondió Tina, y se carcajeó.

Dany la imitó poniéndose de pie, tenía poco tiempo y ya había solucionado el problema de la bonita mujercita que se estaba convirtiendo en el tesoro que supuso el mismo día que la había visto por primera vez.

¡Bendito carisma el que tenía la mocosa, además de atributos!, pensó mirándola.

—La semana que viene hablamos de nuevos proyectos —dijo con esa voz intrigante que ponía cuando quería ganarse una mirada de admiración.

—No me hagas perder el tiempo. Quiero las palabras «protagonista y horario estelar» en la misma frase. Si no es así, no te molestes —sentenció Tina, con un guiño de ojos hacia Sonya. Quería una distracción para ella.

Dany se despidió besando la frente de Sonya, no le gustaba verla tan retraída y con esos golpes. Podía ser un mujeriego, pero no un cretino. Al menos, no uno todo el tiempo. Le susurró un «cuídate», y se marchó. Su mente ya estaba creando una miniserie cargada de temas morbosos: sexo, droga y asesinatos, con escenas fuertes y todas protagonizadas por la bella Sonya en un rol de *femme* fatal, con poca ropa y labios pintados de carmín. De solo imaginarlo se ponía duro. Definitivamente, su trabajo era excitante.

Tina volvió a mirar a Sonya quien estaba presente solo con su imponente físico, sus pensamientos no estaban ahí, la tenían en otro lado.

—Vamos —dijo tomándola de la mano, y al pasar por el escritorio de su secretaria le pidió que llamase al Hotel Central y pidiese una suite privada—. Avisa que estamos en camino.

Sonya Pérez habría reparado en el lujo de la habitación, en las dimensiones y en las vistas desde la gran ventana, no obstante, Sonya Paz estaba inmutable. Tina le ofreció una botellita de agua que había en el pequeño refrigerador y después del doloroso segundo trago, la joven tomó asiento. Sus fuerzas se estaban agotando.

—¿Tienes ganas de llorar? —preguntó la mujer, y se acomodó frente a ella.

Sonya levantó la cabeza con los labios apretados y negó con la cabeza.

—Yo no lloro. No sé hacerlo.

Por primera vez, Tina se permitía sentir empatía por uno de sus clientes. Esa frase tan dura, viniendo de alguien tan vulnerable, le había roto el corazón que tenía resguardado bajo siete llaves. Eso había aprendido a hacer después de décadas dedicadas a trabajar en una de las picadoras de carne más grandes del mundo: la industria del espectáculo. Pero esa mocosa bonita y simpática estaba abriendo ese arcón, por mucho que quisiera negarlo.

—¿Quién te hizo esto, Sonya?

—Mi padre. Él me golpeó.

Sonya no creía que doliera tanto dejarlo salir. Escucharse pronunciar esas palabras le producían el dolor más lacerante que jamás hubiese sentido y el alivio más placentero también. Cerró los ojos y suspiró al escuchar el estallido de su representante, lo esperaba.

—¡Hijo de puta! ¡¿Cómo se puede ser tan hijo de puta?! No vas a volver a esa casa, no puedes hacerlo y vamos a denunciarlo.

—No, no te preocupes, sé cómo manejarlo. No es la primera vez, lo hace desde que tengo uso de razón.

Tina pudo ver el sufrimiento en la muchacha, era ese tipo de amargura permanente que se convierte en llaga primero y dureza después, aferrándose con fuerza en forma de aceptación y resignación.

—¿Qué más me ocultas, Sonya? Necesito saberlo todo para ayudarte y cuidarte. No estás sola, yo te apoyo. Por contrato no puedo decir nada, estás segura conmigo.

—Mi hermano está metido en el negocio de la droga de mi barrio. La vende y la consume —murmuró sin pensarlo siquiera, necesitaba exorcizar sus demonios.

—¡Mierda! —exclamó Tina, y se puso a analizar sus próximas acciones. Lo primero sería una buena investigación de hasta dónde llegaba ese negocio y qué tan peligroso sería para el futuro de Sonya. Tenía que ponerse con eso ya, esa mugre podía salpicar demasiado—. ¿Y tu madre?

Sonya elevó los hombros representando su mejor escena de indiferencia. No emitió respuesta, porque tampoco la tenía.

—Tina, en esa casa nunca me quisieron. Solo extrañarán a la chica que les limpiaba y les cocinaba. Bueno, también extrañarán el dinero que estoy aportando desde hace unos meses.

—Vas a buscar tus cosas y no vas a volver más.

La muchacha asintió con la cabeza, ya no había vuelta atrás. Estaba cansada, había llegado a su límite. No quería soportar más golpes ni humillaciones ni miedos. No, claro que no volvería.

—Tina, necesito maletas o bolsos, no tengo.

Parte 3:

La actriz

Desde aquel día su vida fue distinta. Ya no temía los golpes de su padre ni se asqueaba por la mirada lasciva de Osvaldo, tampoco le dolía la indiferencia de su madre ni la decadencia de su hermano. Ahora podía notar que no pasaba hambre ni necesidades y su sonrisa era más sincera, escapaba de su boca con demasiada rapidez y llegaba a sus ojos. Las noches no se hacían eternas y la cama le resultaba placentera. No tenía que esconder su ordenador personal ni el dinero y podía, aunque no debía, comprarse todas las galletitas de chocolate que quisiera, también refrescos. Comprar ropa, incluyendo la interior, hasta le había empezado a gustar; y por fin sus zapatos eran cómodos porque eran de su talla, y suyos.

Con todos esos gastos, que ya no veía tan innecesarios, todavía le sobraba dinero. Demasiado. No por eso lo despilfarraba. Ella sabía muy bien lo que era no poseer lo indispensable y cuánto dolía el hambre, también conocía la impotencia de necesitar y no tener.

115

Además, tenía muy en claro que lo que hoy podía ser mucho, mañana podía desaparecer. Por eso cuidaba.

Vivir sola era delicioso, algo silencioso sí, pero con una novedosa calma que adoraba. No todo era color de rosas, extrañaba bastante algunas cosas, por ejemplo, cruzarse con Noel por el barrio o visitar a Lina por las tardes, aunque cada tanto las recibía en su nuevo departamento prestado y comían juntas. Le gustaba hacerles regalos e invitarlas a pasear. Incluso las había llevado a una de las filmaciones, pero Noel se alborotaba demasiado y le habían prohibido repetir. Suponía que era cuestión de costumbre, como le había pasado a ella, de ver más seguido y en persona a los actores que parecían tan inalcanzables y perfectos si se los veía desde las sillas de la cocina de su casa y reflejados en una pantalla de televisor.

Además de todas las clases que ocupaban su tiempo libre, estaba aprendiendo a conducir. Alejo le estaba enseñando con «el viejo trasto», así llamaba él a su propio coche. Era un modelo viejo, pero en buen estado, que había comprado hacía poco para ahorrarse el tiempo de viaje de casa al trabajo, y estaba contento de tenerlo. Aunque más contento estaba de pasar horas a solas con su amiga, de la que ya estaba perdidamente enamorado. No se lo diría, no era tan valiente ni tan tonto. Sonya era demasiada mujer para él, además, veía solo amistad en esa mirada franca. Odiaba sufrir, no le gustaba escucharle decir que fulano era lindo o que le gustaría conocer a mengano. No disfrutaba las conversaciones que tenían con Mar sobre salidas y hombres. Y hasta había experimentado los dolorosos celos al escuchar a Noel hablar sobre un tal Lorenzo que le enviaba saludos.

Las filmaciones de la novela estaban llegando a su fin y Tina estaba encargada de conseguirle un departamento para vivir, ya que debía dejar libre el que le habían prestado. El contrato para la nueva serie estaba firmado y las clases en el gimnasio eran más rudas, debía tener el cuerpo bien firme para las escenas en las que mostraría un poco de piel. Eso decía el señor Romero o se lo mandaba a decir con Mar.

Las invitaciones a eventos estaban a la orden del día, sin embargo, ella no las aceptaba todas. Tina y la gente de la productora insistían en que era parte de su trabajo y así debía verlas. Como, por ejemplo, la fiesta de presentación del nuevo elenco. Esa noche, para Sonya, era especial ya que sería la oportunidad ideal para lograr que Mar siguiera, por una vez, sus consejos y se pusiera algo decente.

Sonya había adquirido un estilo propio que nadie criticaba y hasta copiaban. Era uno muy femenino y con un toque chic que no a todas las mujeres les quedaba bien. Incluso las revistas se hacían eco de su elegancia y la fotografiaban por la calle para acentuar en sus páginas qué famoso se vestía bien y cuál no. Sus curvas ahora resaltaban en cada prenda porque eran de su talla y de buena calidad, además de que había aprendido como lucirlas. Sin arrogancia, no la necesitaba para destacar, su propia belleza, distinción y seducción lo hacían sin el más mínimo esfuerzo.

Su andar lento y provocativo era tan natural que resultaba estremecedor e intimidante. Los hombres se giraban, con mayor o menor disimulo y las mujeres lo hacían, con mayor o menor admiración, al verla pasar. Y, si bien seguía renegando de su belleza, la explotaba sin saberlo, de una forma tan envidiada como exquisita.

Mar se dejó vestir para el ágape, entre carcajadas y bromas. Sabía hacerlo bien y, en otros tiempos, hasta lo había disfrutado. Si el desamor no doliera tanto, aún después de varios años, hasta podía cambiar su forma de ver la vida y buscaría ese coqueteo con los hombres que alguna vez le había sido tan entretenido y estimulante, pensaba. No obstante, el olvido era largo, y parecía que el de ella todavía tenía lágrimas por derramar. Pero estaba dispuesta a dejar todo atrás y volver a darse una oportunidad. Dany le había hecho demasiado daño. Le había abierto su corazón al máximo, para que el muy desgraciado se lo rompiera en una sola noche, empotrando a una bonita rubia contra la misma pared que la había besado a ella minutos antes.

La fiesta estaba organizada en el salón de uno de los hoteles más impresionantes de la ciudad. Sonya todavía se maravillaba con esas cosas, y se asombraba también. Los nervios estaban haciendo estragos en sus entrañas. Jamás, ni en sus mejores sueños, había pensado que en solo un año de carrera lograría el papel protagónico de una serie que prometía ser increíble. Todos los medios hablaban de ella y de los actores que la protagonizarían. No todos eran nuevos, Romero no era tonto, por el contrario, era muy bicho y sabía jugar las cartas para ganar siempre o casi siempre. Habían contratado entre otros, a un cantante que estaba de moda entre las jovencitas; a un actor extranjero muy buen mozo y a otro más veterano que había tenido su momento de gloria, aunque en la actualidad era más bien una leyenda; además de los que harían de víctimas, porque eran todos muy conocidos en diferentes campos y eso auguraba el éxito. No lo decía ella, sino la gente.

Y entre esos actores de paso estaba Luis (el modelo guapo que aparecía en todas las revistas y desfiles existentes). Por eso mismo, Sonya tenía los nervios indomables en ese instante en el que debía sonreír al ingresar al salón siendo la revelación y promesa del momento. No podía dejar de recordar la vergonzosa desaparición de aquella fiesta, después del beso que la había desconcertado.

No pasó ni media hora cuando el susodicho se le plantó delante con esa maravillosa sonrisa, la mirada de ojitos entrecerrados y el elegante traje negro. Le robó un suspiro, no podía negarlo. No se trataba de cualquier hombre, se trataba de un modelo que todas las mujeres, sin discriminación de edad, etnia o coeficiente intelectual querían conocer; al menos, eso pensaba ella.

—Hola, compañera.

—Hola, soy Sonya, y por tu saludo imagino que actuarás en la serie conmigo —dijo, en su mejor interpretación de mujer misteriosa y despreocupada, además de algo distraída. No sabía si le había salido bien y poco le importaba.

—Sí, soy uno de los primeros asesinados —comentó Luis, intentando adivinar si de verdad no lo recordaba. Esa mujer lo tenía desequilibrado. Recordaba hasta el perfume y el sabor de sus labios, los mismos que le había negado hacía varios meses atrás—. ¿No me recuerdas?

—¿Debería? —Se sentía tan patética y mentirosa... Siempre podía argumentar estar un poquito ebria aquella noche, pensó.

—Bueno, supongo que sí. En una fiesta te besé y huiste de mí —dijo él, sonriente.

Luis no se enojó aquella noche, aunque se dio el susto de su vida. No siempre una mujer preciosa, con la que había querido ligar desde que la había visto, salía corriendo después de ser besada por él. Y ahí estaba otra vez, bellísima con ese vestido osado y sexi como ella. La imagen era tan despampanante que le impedía concentrarse en otra cosa que no fuera en su presencia.

—Claro, ahora sí te recuerdo —dijo con esa voz susurrante que despertaba fantasías, pero terminó negando con la cabeza y bajando la mirada—. No puedo mentirte más, te recuerdo y me avergüenza haber sido tan patética. No soy tan buena actriz como para seguir fingiendo. Lo siento, espero no llegar tarde con la disculpa.

—Llegas a tiempo, todavía puedo perdonarte el desaire —rio sonoramente, y no pudo continuar con la conversación porque más gente se les unió inventando excusas para conversar con ellos. Nadie quería perderse la oportunidad de que los fotografiasen con ellos.

La fiesta, con rueda de prensa incluida, los tuvo ocupados y distanciados por un poco más de dos horas. Eso no significó que Luis no aprovechase la oportunidad de mirarla, guiñarle un ojo, sonreírle y hacerle muecas divertidas a distancia. No solo lo hacía para mantenerla interesada, sino para recrearse la vista con esa sonrisa perfecta que la endiosada mujer tenía.

—Parece que ya podemos retomar la charla —le susurró Luis desde atrás, y sonrió al ver como Sonya se removía sorprendida. Por fin volvía a tenerla toda para él.

—¡Me asustaste!

—Lo siento. No quise hacerlo. Sabes… me quedé con una duda. ¿Por qué huiste aquella noche? —Sus miradas se cruzaron y las sonrisas no desaparecieron.

—No sé si debería responder a eso en mi estado. He tomado algunas copas de champán y como no soy de beber, tengo las burbujas alborotadas en mi cabeza.

—Mejor, entonces, porque no me vas a mentir.

—¡Oh, Dios mío!, lo voy a decir —sentenció avergonzada—. Eras tú, el modelo famoso; y yo, apenas era una actriz que comenzaba y que no sabía besar… Me intimidaste. Eso fue lo que pasó.

Luis se quedó sin palabras. Recorrió con la vista centímetro a centímetro los labios rojos de Sonya y buscó en la mirada de ella algo más, algún coqueteo tal vez, pero encontró sinceridad, ruda y directa. ¡Cómo le gustaba esa mujer! Le tomó la mano y se la acarició haciendo acopio de sus fuerzas para no largarse de lleno y besarla con desesperación.

—¿Ya aprendiste? —preguntó, mirando de forma alternada la boca y los ojos de Sonya. Era pícaro y había aprendido el arte de seducir, después de todo a eso se dedicaba.

—No lo sé. He besado a algún actor en el trabajo, no se ha quejado y yo no he llorado después, deduzco que mejoré.

Luis le sonrió y la tomó de la mano y los guio hacia una terracita preciosa iluminada por la luz de la luna. Se acercó a ella y le acarició lentamente la mano, jugó con sus yemas por la piel suave de la muñeca pequeña y femenina y, una vez que creyó que su cometido estaba logrado: hacerla desear un beso y tenerla estremecida e inquieta por la espera, dio el próximo paso.

—Para creerte debería volver a besarte. ¿Puedo?

Sonya sonrió fascinada. ¡Qué poco hacía falta para que se sintiera bien!, solo unas palabras bonitas, algunas caricias y un par de miradas; eso bastaba. Afirmó con la cabeza, él se acercó y sin dudarlo apoyó sus labios. En un segundo las bocas se abrieron, aceptándose.

Luis inspiró profundo, sin despegarse de ella, gruñó bajito y luego exhaló el aire por la nariz.

Sonya se asustó, se alejó lo suficiente para mirarlo a los ojos y lo vio negar con la cabeza. Por un instante quiso ser invisible, se sintió demasiado inútil. Otra vez.

Luis cerró los puños para frenar su instinto. La boca de esa mujer era una dulzura esponjosa, dócil y tibia; con una lengua asustadiza y a la vez curiosa.

—Tu boca es tan… blandita —dijo quedándose sin palabras, y acariciándole los labios con el pulgar.

—¿Eso es un problema? —preguntó Sonya. Todavía no entendía la reacción de Luis y se sentía incómoda.

—Sí. ¡Demonios! Lo es porque me provoca muchas cosas. Es perfecta y me da miedo empezar a besarte, porque no sé cuándo podré parar.

En un suspiro lo tuvo unido a ella con un beso intenso y sin pensarlo siquiera, le abrazó el cuello para mantenerlo ahí, bien pegadito.

El beso se desvirtuó demasiado y ante la posibilidad de ser vistos, ella prefirió alejarse, tirando del cabello de él para lograrlo. Muy en contra de su voluntad.

De la voluntad de ambos.

Luis se quedó mirando esa bella perfección de labios gruesos, rosados y húmedos; de mirada lujuriosa y rasgos exquisitos.

—Dame un veredicto —pidió avergonzada por la profunda mirada que le estaba dando el hombre más lindo del planeta, al menos para ella, lo era. Si hubiese sido más atrevida le hubiese acariciado la boca con sus dedos para secarle los labios.

—¿Veredicto? —¿De qué hablaba? Luis solo quería más besos, pero en otro lugar, preferentemente en un dormitorio oscuro, o no, bien iluminado. Quería verla toda entera, sin nada de ropa. La abrazó por la cintura, no podía mantenerse lejos, quería más. Esa mujer le provocaba un incendio en sus entrañas. Su libido estaba demasiado entusiasmada entre lo que veía, lo que recordaba y lo que fantaseaba.

—¿Aprendí? ¿Mejoré mis besos? —Luis asintió intentando controlar la voz.

—Tendría que volver a probar. —Sonya sonrió con fingida timidez, era tan astuto y simpático que le era imposible dejar de provocarlo.

—Para enseñarme, seguro —dijo ella e hizo una mueca con los labios que le robó a Luis un suspiro. ¡Maldita sensualidad la que cargaba!, pensó.

—Para aprender —susurró él, sonriente.

Las miradas no se apartaban y los cuerpos tampoco. Estaban atrapados ahí, en ese instante, presos del embrujo de la atracción.

Sonya no se había sentido nunca tan admirada o tan bien mirada. Las miradas de Romero no contaban, ahora lo sabía, no obstante, las de Lorenzo sí. Él la había observado de una forma parecida, pero aquellas miradas no tenían ni la mitad de la fuerza e intención que tenían las de Luis. Estas la desnudaban, le hablaban de deseo, de pasión. Suspiró y con ambas manos le tomó la cara para acercarlo a ella y besarlo otra vez. Se sentía atrevida.

Él los giró para cubrirla con su propio cuerpo de la poca gente que todavía había en el salón y los condujo a un rincón más oscuro. Hundió su lengua sin miedo y la escuchó gemir. Su sexo pedía caricias y sus manos necesitaban descubrir curvas ocultas tras una fina capa de costoso género. Se apretó a ella y deslizó una mano hacia el redondo trasero. Sus caderas se unieron, Luis necesitaba aliviar un poco el fuego que lo consumía o avivarlo, ya no estaba muy seguro.

Sonya volvió a gemir ante el contacto, complicando un poco la intención de Luis de mantenerse con el freno puesto. Se sentía desvergonzada y osada, como nunca, pero su valentía no alcanzaba para más.

—Creo... que debo... irme —susurró entre beso y beso.

—Te acompaño a casa —murmuró Luis, demasiado contrariado, y después de los segundos que necesitó para controlarse.

Se debatía entre invitarla a su departamento o acompañarla sin agregar nada más. Trabajarían juntos y eso sería problemático si no sabían cómo manejar la situación. Tarde se había dado cuenta, pero ¿cómo resistirse a ese monumento de mujer?, pensó.

El camino no fue largo ni incómodo, aunque sí silencioso. Sonya se había cerciorado de que Mar podía volver sola a su casa. Estaba muy bien acompañada y esperaba que esa compañía le robase sonrisas y le permitiera soñar bonito; que tuviera una nueva ilusión. Poco sabía de la vida amorosa de su amiga, solo le había contado de un gran y doloroso desengaño, nada más.

Una vez frente a la puerta del departamento, ninguno se animó a decir nada y era porque ninguno se había decidido todavía a seguir o a detenerse. La mirada que se dedicaron, junto con el silencio, tensó el ambiente.

Sonya recordó la conversación con una de las actrices que más admiraba y respetaba. Ella le había dicho: «En este ambiente, si quieres algo, debes ganártelo. Comenzando por el trabajo y terminando por los hombres. Con cualquier arma, todo vale: hundir cabezas, vender información, meterte en cama ajena... Si no lo haces tú, lo hará otro. O te haces fuerte o desapareces. ¡Espabílate, linda!».

No estaba muy segura de opinar igual. Ya lo analizaría mejor, no obstante, el consejo le venía bien en ese momento; sobre todo la parte de meterse en cama ajena, junto con la parte de que, si no era ella sería otra. No quería a otra en la cama de Luis.

—Ven aquí —susurró él al ver, en esos ojos poco mentirosos, las ganas de retomar lo empezado.

La puerta se cerró de un golpe y la espalda de Sonya se pegó a la pared. Luis le devoraba la boca con un beso apasionado. Ella, seducida como estaba, se dejaba besar. Él aceptó la sumisión tomando el control. Con una mano curiosa delineó el cuerpo de ella hasta llegar a la pierna y la aseguró en su cintura para poder acariciarla a gusto. El trasero de esa mujer era firme y perfecto como todo en ella, hasta sus sonidos y caricias.

Sonya apretó los brazos de Luis en un intento por mantenerse en pie, aunque sin lograrlo. Se pegó a él para sostenerse y lo abrazó acariciando la espalda, tan musculada como los brazos. Estaba aturdida por el ímpetu que él le ponía a la situación. Notaba su propio cuerpo un poco tembloroso, eso no le impedía hundir su lengua en la boca de Luis y morderle el labio inferior de vez en cuando.

El muchacho había tardado demasiado, sus dedos habían permanecido muy quietos. Ya no más. Con mucha decisión los llevó hasta la fina tanga de ella y los coló debajo, buscando sensaciones nuevas para los dos. Ella no se negó a su avance, por el contrario, lo avivó con un delicioso jadeo. Luis estalló de deseo al tocar la suave piel húmeda y tibia, y mordió el cuello femenino para no maldecir. Sus pantalones no podían contener más su necesidad, aun así, debía ir despacio y entusiasmar a su compañera con un movimiento de dedos más enérgico.

Todos estaban al corriente de que esa mujer con cuerpo de vampiresa albergaba una mente aniñada, tímida e inexperta. En el ambiente en el que se movían, todo se sabía, se comentaba y se criticaba. La casi virginal personalidad de Sonya no era un secreto y los hombres se llenaban la boca prometiendo seducirla. Nadie lo había logrado, él sí. Aunque no se lo había propuesto para contárselo a nadie sino por el deseo de hacerlo. Esa mujer le gustaba mucho y así había sido desde el mismo día que la había visto en pantalla.

—¿Sigo o me bajo los pantalones? —preguntó esperanzado.

Ella sabía lo que él pretendía, sin embargo, se sintió egoísta por una vez, y quiso seguir sintiendo ese cosquilleo que prometía un éxtasis maravilloso.

—Sigue —rogó entre suspiros, y a los pocos segundos estuvo flotando en las nubes del placer que había adivinado, mientras Luis, frustrado, esperaba que terminase.

¡Una vez que había querido ser caballero le había salido mal la jugada! Estaba por explotar; necesitaba una ducha helada o masturbarse con urgencia, o las dos cosas. Esa mujercita era un demonio. Se alejó para que ella se acomodase la ropa y volvió a mirarla, sí, era un demonio, sensual y provocador.

Sonya pudo recuperar su respiración una vez que los dedos de él la abandonaron. Lo miró manteniendo una sonrisa tonta, ¡era tan lindo! Le tomó la cara con ambas manos y le besó los labios.

Él se lo permitió, aunque con pocas ganas, hasta que notó que esos besos venían acompañados de otros un poco más atrevidos y caminaban por su mandíbula y cuello, llegando a su pecho. Se estremeció adivinando el recorrido. Había malinterpretado a Sonya, ella no quería disfrutar sola, como lo había imaginado.

—¡Oh, sí! Sí, sí, me gusta tu idea —susurró al encontrarse, ahora, atrapado entre ella y la pared.

Sonya tenía claro que a los hombres les gustaba lo que estaba por hacer, y quería satisfacerlo. Se dedicó a desprenderle el cinturón y a hacer todo lo necesario para liberar lo que tenía atrapado entre capas de tela y latía ante la expectativa.

Luis se deleitó con las vistas. La mujer más hermosa que había visto jamás, estaba arrodillada frente a él, bajándole los pantalones, acariciándolo con delicadeza y mirándolo con inocencia... ¡Era perfecto! La vio lamerse los labios y acercar la boca con lentitud. Gruñó al mirarla y maldijo al sentirla. Cerró los ojos y apoyó las manos en la pared; sus rodillas se le habían aflojado.

—Mírame mientras me la comes —pidió. El sexo le gustaba rudo, mal hablado, sucio—. Así, nena, vas muy bien. ¡Carajo, cómo me gusta!

A Sonya no le gustaban las vulgaridades ni los movimientos bruscos, al menos eso recordaba de su corta experiencia. No obstante, no diría nada. Estaba haciendo todo lo que sabía, jugaba con sus manos, con la lengua, con los labios, los dientes y parecía estar lográndolo, porque lo escuchaba vociferar algunas palabrotas y largar suspiros ruidosos.

—¿Muéstrame como lames el helado, nena? A ver esa lengua. ¡Chúpame bien!

Sonya adivinó lo que pedía y lo hizo. Él se desesperó y jadeó. Le tomó la cabeza con ambas manos y la movió con brutalidad. Sonya escuchó entre gruñidos y maldiciones que decía: «toda, toda, así». A esa parte, ella ya la conocía. Sentía que le violaba la boca mientras entraba y salía con prisa y violencia sin contemplación alguna por ella y su asco. Cerró los ojos para evitar que las lágrimas le cayeran, se convulsionó y llorisqueó sonoramente ante las náuseas que, por suerte, pudo reprimir.

Luis no podía contenerse y se hundía una y otra vez pensando que ella disfrutaba de esos movimientos. «No se queja, gime», pensaba, y entonces seguía. Le gustaban las mujeres entregadas, sumisas y serviciales. Sacó un pañuelo del bolsillo y se lo tendió a ella. No gozaba obligando a nadie, prefería que quisieran.

—Tú decides, puedes escupir —dijo clavándose otra vez con un feroz movimiento de cadera.

No le dio demasiado tiempo a reaccionar, se vació en ella y la vio alejarse sobresaltada. Sonrió entre espasmo y espasmo mientras la veía limpiarse la boca.

—¡Madre mía, nena!

Desde entonces, Luis y Sonya habían comenzado una relación de amistad. Se veían, a escondidas por supuesto, y conversaban por horas, a veces, después de una dosis apasionada de sexo.

Sonya se ilusionaba más de la cuenta, como era costumbre. Necesitaba cariño y poco podía razonar ese detalle cuando Luis la trataba con afecto y dulzura.

—Si no disimulas, todos se darán cuenta —dijo un día Mar, al verla casi babear ante una escena de desnudo de Luis. Era la única que conocía esa relación oculta.

La filmación había comenzado y el trabajo diario era duro y agotador. Ese día se estaba tornando eterno y si no fuera por las vistas, ya se hubiese quejado con el director o el productor para acabar de una vez.

El de Luis era un desnudo parcial, pero como a ella le encantaba el pecho lampiño y bronceado de él, daba igual si se veía más o menos. Con eso era suficiente para quedar como hechizada.

—Hola, bellezas —dijo Alejo, apareciendo de golpe, sin lograr interrumpir el embeleso. Ya no trabajaba en el *set* de filmación con ellas, sino en otro, y casi no las veía. Además, Sonya había abandonado las clases de conducir por falta de tiempo.

Ambas lo saludaron sin quitar la vista del Adonis musculado que, a pocos metros, decía su fragmento en paños menores. Alejo suspiró frustrado al ver la sonrisa tonta de Sonya. Ya nada tenía que hacer a su lado y si no quería un corazón roto, debía alejarse. El trabajo que le habían ofrecido en una empresa de transporte era el escape justo y esa misma tarde se lo hizo saber a las dos. Eran sus amigas, sí, pero pasar tiempo con Sonya, amándola sin ser correspondido, ya le dolía demasiado. Sonya jamás se enteraría del amor silencioso que él le tenía, prefería que así fuese. Se sentiría menos tonto.

Unos días después, Tina se apareció en el estudio. Era una mujer astuta y nada se le pasaba, menos si de su actriz preferida se trataba. Sonya se había ganado todo su cariño y resignada, se lo daba con sonrisas disimuladas y abrazos maternales. Lo último que quería era desacreditar su imagen de mujer dura y severa que tanto le había costado conseguir.

—Tengo una propuesta para ustedes dos, tortolitos —dijo mientras se acercaba a Sonya y a Luis que se ponían de acuerdo en un diálogo que debían filmar.

Los dos levantaron la vista y se encontraron con la implacable mirada de la regordeta mujer.

—¡Por Dios, chicos!, se les nota —dijo en referencia a la relación que los muchachos intentaban ocultar—. Ya lo sabemos y por eso lo vamos a explotar al máximo. Tengo una publicidad de ropa interior para que protagonicen y una revista los quiere juntos en portada. La noticia va a explotar y si es como imaginamos, Romero te alargará el contrato —le dijo a Luis.

—¡Pero si me matan en dos días! —exclamó él con una sonrisa de las suyas, recordando que ya estaba por grabar esa escena.

—No, si se prestan a aparecer como la pareja del año en todos lados... Paseos, fiestas, locales nocturnos... lo que sea.

Ambos se miraron. Sonya deseaba con locura tenerlo pegado a su lado, día y noche.

Luis aprovecharía la oportunidad de su vida, Sonya le daría a su carrera el empujón que no le habían dado todavía. No tenía mucho que analizar, suponía que con esa propuesta todo sería ganancia y nada pérdida.

Asintieron elevando los hombros, nada cambiaría demasiado. Se llevaban bien y pasaban mucho tiempo juntos, ¿por qué no hacerlo por conveniencia, además de por gusto?

Desde esa misma noche pusieron el plan en marcha y salieron a cenar con Mar, su nuevo amigo (a quien había conocido en la fiesta de presentación de la serie) y Noel.

Los reporteros que pululaban por la noche para pescar alguna foto vendible al mejor postor, al verlos, se les abalanzaron sin disimulo y apuntaron la cámara para obtener la mayor cantidad de imágenes posibles.

Esa misma semana, hicieron una producción fotográfica y aparecieron en la portada de una de las revistas más vendidas casi desnudos, acariciándose y en poses sugerentes. Sonya nunca se había mostrado tanto y si bien no estaba disconforme con el resultado, no era de su agrado ese tipo de exposición. Romero había estado detrás de escena babeándose, pero no se había acercado más de lo necesario.

Sonya, al verlo, había experimentado todas las sensaciones que había olvidado. Si bien las cosas con Dany habían quedado claras y finalizadas con ese par de encuentros secretos, la nueva mirada del productor le molestaba. No tenía explicación alguna, pero cuando este la observaba recordaba demasiado aquella otra mirada que cargaba la misma lascivia y le parecía tan asquerosa, desubicada y con las mismas sucias intenciones. Su inconsciente tenía claro que Romero había actuado mal... ella no tanto, todavía no podía asociarlo con el abuso de poder que tan bien ensayado tenía el productor.

Recordar las miradas de Osvaldo en las de Dany no era de su agrado y por más asco y mareo que sintiese al hacerlo, no podría contárselo a nadie, jamás.

Romero cumplió la promesa y Luis tuvo sus capítulos extras en la serie. Eso se traducía en más trabajo, más dinero y más exposición. Lo que le daba al modelo buen posicionamiento y mejor caché.

Una noche, de esas locas que compartía con sus amigos más desinhibidos, Luis se encontró en la disyuntiva de respetar la relación sin nombre, pero con compromiso, que tenía con Sonya y las ganas de tener sexo descontrolado con una diosa alemana que lo tenía loco. Era una modelo en ascenso y ya había tanteado el terreno unos meses atrás en un desfile que habían hecho en París.

Esa noche cumplió con Sonya, no quería lastimarla, si alguien lo veía con otra mujer hablarían en la prensa y todo se iría al demonio. No obstante, a partir de ese día, decidió enfriar la relación para que no hubiese malas interpretaciones de parte de ella; y estaba analizando la forma en la que le diría que ambos eran libres de relacionarse, en secreto absoluto, con quien les placiese. Sabían que los unía un contrato, pero el pasar demasiado tiempo juntos mareaba a cualquiera.

Sonya notó inmediatamente la diferencia. No era tonta, pero sí conformista cuando de cariño se trataba. Estaba enamorada de Luis. Tan enamorada como nunca lo estuvo de Lorenzo. Era un amor que dolía, que ilusionaba, que pellizcaba el alma y retorcía las entrañas y, sobre todo, que ella silenciaba. No era correspondida, eso estaba claro. Ya había conocido los celos traicioneros una noche en una fiesta en la que Luis había coqueteado libremente con una despampanante morena. Recordaba que su falso novio le había demostrado respeto disimulando y quedándose con ella de todas formas, y ese pequeño detalle engañaba a Sonya más que un mentiroso te quiero.

Esa misma noche, él le había confesado que ella se había convertido en la gran amiga que no había tenido nunca. ¡Eso sí lastimaba! Ella no quería ser su amiga, jamás. No se conformaba con tan poco, sin embargo, su embustera ilusión le decía que era preferible eso a nada, mientras esperaba a que el amor llegase.

Sonya se había acostumbrado a vivir de fantasías, de mentiras y de obsesiones. Su vida siempre había tenido algo de esos condimentos, por eso no se daba cuenta de lo insano que era alimentarse de esos engaños para ser falsamente feliz.

Luis veía esa debilidad de Sonya porque estaba en sus ojos, la podía tocar en cada caricia que le regalaba, la podía oler en cada beso que se daban. Era plenamente consciente de esa vulnerabilidad y desde su pequeño lugar en la vida de la bella mujer, quería ayudar. Claro que sin saber que con su sola presencia la lastimaba y sus atenciones, lejos de colaborar, enfatizaban las flaquezas de Sonya.

Luis no podía entender la necesidad de afecto, a cualquier precio, que Sonya tenía. Claro que no lo hacía, si no conocía la historia de una vida sin amor maternal, sin aprecio paterno, sin relación con su hermano… una historia de abusos y golpes. Y jamás la conocería si de Sonya dependía; así como tampoco la imaginaba.

En cambio, Tina sí conocía esos importantes detalles, por eso prefería no exponerla a sufrir desengaños, como el que adivinaba que sufriría si seguía con esa pantomima de noviazgo con Luis. Podía percibir un amor naciente en la oscura y franca mirada de su protegida, sí, lo era. Y por ella pelearía con uñas y dientes, incluso con Romero. Si era necesario sacaría sus garras frente a él, aunque prefería conversarlo primero con la parte más damnificada.

Por eso, un día cualquiera, la invitó a almorzar a esos restaurantes finos que solía frecuentar. Conversaron sobre varios temas laborales. Analizaron proyectos nuevos y descartaron otros. Como, por ejemplo, el de una revista de pornografía y el de una película demasiado erótica para el gusto de ambas.

Sonya no quería que su carrera se basase en su belleza, sino en su talento y si eso no pasaba, elegiría trabajar de otra cosa, de lo que fuese. Prefería no ser esclava de su belleza. Ya era suficiente lidiar a diario con ella y la mirada de la gente, las expresiones, los comentarios en las revistas y programas televisivos… ¡Esos eran tan molestos!: «La hermosa Sonya Paz…». «Sonya Paz, conocida por su belleza…». «Si Sonya Paz no fuese tan perfecta ¿sería la actriz del momento?». «Analicemos el nuevo *look* de Sonya…». ¡Odiaba esos titulares!

Por suerte para ella, Tina estaba de acuerdo con su idea. Después de todo tenía talento y mejoraba con la práctica.

—Mira, Sonya, hay un tema que no quiero dejar pasar. Creo que vamos a cancelar todo lo de la supuesta relación que tienes con Luis.

Sonya levantó la mirada para anclarla en la de Tina y expresar su desacuerdo, pero fue interrumpida.

—Shhhh. No digas nada. Solo quiero que lo pienses. No me gustaría que salieras lastimada. Veo que te gusta y me da miedo que pase a mayores. Un amor no correspondido duele y ese muchacho tiene claro cómo son las cosas: solo negocios.

No quería ser tan franca diciéndole que Luis no la quería. Jamás la lastimaría adrede, si podía evitarlo lo haría. Desde que esa mujercita se había cruzado en su vida estaba más blanda y mucho no le gustaba, pero es que esa carita tan bonita tenía algo que despertaba su instinto maternal, el que creía no poseer y al que no podía contener.

—Te agradezco la preocupación, Tina, pero estoy bien. Yo también tengo claras las cosas: solo negocios —mintió.

El primer mes de emisión de la serie había logrado récords de audiencia, de ganancias y de exposición de los actores que intervenían en ella. Las fiestas e invitaciones a programas y revistas estaban a la orden del día y Sonya, siendo la protagonista femenina, no daba más. Estaba agotada. Luis, por el contrario, lo disfrutaba; era consciente de que su vida útil como modelo era corta y por eso se estaba buscando un futuro como actor. No era uno muy bueno, la verdad, pero le ponía ganas y su apariencia colaboraba.

—Hoy estuviste fantástica —dijo Luis, mientras esperaban al camarero con su pedido de comida.

Habían pasado la tarde en un estudio de fotografía para hacer el reportaje de una revista y Sonya había filmado escenas de acción previamente ante la atenta mirada de su supuesta pareja. Luis solo había estado en el estudio de filmación en calidad de novio, porque ya no participaba en la serie. Y sin nada más que algunas campañas publicitarias y desfiles varios, y mientras esperaba que su representante analizase las propuestas que le habían llegado, se dedicaba a lo que le parecía una buena apuesta: Ser el falso novio de la nueva estrella de televisión, Sonya Paz. A quien adoraba como amiga, dicho sea de paso.

—Lo mío no son las escenas de acción —dijo entre risas y un poco avergonzada—. Vi tu publicidad de zapatos, sales muy guapo.

—Gracias. ¿Salimos esta noche? —preguntó Luis.

Era fin de semana y habían inaugurado un lugar para bailar que él quería conocer. Sus amigos le habían comentado que muchas figuras del medio pululaban por ahí y era de los que creía que las buenas relaciones propiciaban buenos trabajos.

Sonya dio un par de bocados más a su ensalada y negó con la cabeza. Estaba cansada y en esos lugares Luis se distraía y la mirada se le iba a traseros grandes, pechos siliconados y piernas largas. Los celos se hacían presentes y le recordaban que el amor era unilateral. Prefería mantener la ilusión y la mentira con esa venda que se había puesto en los ojos, una venda que le mostraba la realidad de una forma distorsionada. Quería creer que el cariño aparecería poco a poco y con el tiempo.

—Prefiero quedarme en casa y descansar —respondió. «Ojos que no ven, corazón que no siente», pensaba.

Ya estaban por el postre cuando Luis la interrogó con la mirada. Había visto algo raro en los ojos de ella que no le había gustado. Desde que hablaron sobre la salida de esa noche había estado más callada y un poco distraída.

—¿Estás bien, Sonya? —Ella afirmó con la cabeza, pero él siguió sin creerle—. Eres mi mejor amiga y creo ser un buen amigo para ti. Confía en mí. Cuéntame qué te tiene triste. Porque eso pareces, triste.

Sonya tragó, sin lograrlo, el nudo que tenía en la garganta. Hacía más de un año, casi dos, que no lo sentía tan seguido; desde que los golpes de su padre ya no existían para ser más precisos, sin embargo, ahí estaba de vuelta ante las espantosas palabras de Luis que, aunque fuesen dichas con la mejor intención, dolían como una certera paliza.

—Me duele no poder enamorarte. Saber que no alcanza lo que soy para que me ames —dijo, y en el mismo instante se arrepintió. Jugó su rol de bromista y soltó la carcajada seguida de un golpecito en la mano—. No me pasa nada, tonto. ¡Vaya actriz en la que me convertí!

Luis la miró con desconfianza. ¿Qué estaba pasando ahí?

—Tampoco te alcanzo a ti. Estamos empatados —replicó con una sonrisa pícara, procuraba seguir con el juego que sabían jugar. No quería complicaciones y mucho menos con Sonya, porque la quería demasiado como para que todo se pusiera patas para arriba con sentimientos inoportunos.

—Pero me gustas, tranquilo —murmuró ella, mientras le daba palmaditas en el rostro. La idea era disimular su dolor y no sabía si lo estaba logrando.

—Sonya, no me gusta esta conversación. ¿Tengo que preocuparme por algo?

—No, claro que no.

—Mira, te quiero mucho, nos llevamos bien, nos divertimos, somos amigos y hasta hemos tenido un poco de sexo del bueno. Aceptamos este acuerdo para promocionarnos y nos sirvió mucho. Eso no significa que debamos seguir así si no quieres. Tal vez necesitas conocer a alguien. Te ayudo a mantenerlo oculto mientras arreglamos las cosas con Tina y mi representante. Sonya, no te centres en esta relación que no conduce a nada. ¿Sabes la cantidad de hombres que esperan, aunque sea, una sonrisa de esa boca?

—Me alcanza contigo por ahora. Eres divertido y en la cama no estuvo tan mal.

—Mentirosa —dijo Luis con una mueca que deslumbró a Sonya—. Puedo saciar tus necesidades, pero nada más.

—Provocas alguna que otra también, con ese buen aspecto tuyo y tu perfecto cuerpo.

—Pero no es suficiente, preciosa. Te mereces más que un revolcón con alguien que gusta de un sexo rudo acompañado de palabras groseras, que le gusta dar golpecitos en el culo y algún mordisco doloroso mientras te tiene atada a la cama. A mí me gusta así y tú, nena, me provocas mucho con esa carita de buena y ese cuerpazo. Sin embargo, sé que no lo disfrutas.

—Lo hago, nunca me dejaste insatisfecha.

—Puede ser, pero lo padeces.

—No exageres. Además, sabes que el amor puede comenzar con una atracción, ¿no? —preguntó todavía esperanzada, aunque disimulando la verdadera intención que era saber si estaba de acuerdo con la idea y adivinar si su espera daría frutos.

—Claro que sí. Y tu belleza te va a traer ese amor, ya lo verás. El día que menos lo esperes aparecerá y te hará todo lo feliz que mereces ser.

Sonya le sonrió y él le guiñó el ojo sin dejar de acariciarle la mano que tenía entrelazada con sus dedos. Esa unión parecía tapar los oídos de la mujer que no descartaba nada aún. Si Luis la miraba con tanto cariño, la acariciaba con tanta dulzura y le decía cosas tan hermosas, algo debía sentir por ella y tal vez todavía no se daba cuenta. Ese mimo era prometedor, eso pensaba la inocente Sonya, confiando en una utopía que ella creía realizable.

Sonya no podía ver con claridad como ese amor se le escapaba de entre los dedos y se esfumaba en sus propias narices, entre el vino de su copa y el *crème brûlée* de su plato.

—¿Estás bien?

—Sí, claro. Vamos —dijo poniéndose de pie. Ya estaba acostumbrada a que sus pensamientos se enredasen entre sí, peleando por saber cuál de ellos tenía más razón.

Después de dos pasos fuera del restaurante. Luis la arrinconó contra la pared y la miró fijo a los ojos. Quería creer que esa conversación había sido todo. Así lo deseaba y lo necesitaba para poder seguir como estaban. Así era más fácil, confiaría en que nada pasaba, ella lo había dicho.

—Bésame, hay fotógrafos —dijo para demostrarle que solo los unía un contrato.

«Ella no está enamorándose, Luis», se dijo en silencio.

Habían pasado dos días. No verlo se le hacía insoportable, si recordaba la conversación que habían tenido en ese restaurante la angustia se hacía imposible y el miedo se presentaba implacable en su cabeza. Sonya tenía terror de haberlo arruinado todo. Lo peor era no poder contárselo a nadie, ni Noel la entendería, mucho menos Mar y Tina... Ya sabía lo que Tina pensaba. Si al menos Alejo no se hubiese apartado tanto de ella podría preguntarle el punto de vista masculino, o no, tampoco lo haría.

—¿Lista? —preguntó el director, y ella afirmó quitándose la bata con la que cubría su cuerpo maquillado y a medio vestir.

Casi nada de ropa tapaba las curvas perfectas de Sonya, así lo habían escrito los guionistas y la escena era bastante tensa. Se trataba de una lucha cuerpo a cuerpo con el supuesto asesino que la había sorprendido en su casa después de una ducha reparadora.

Detrás de cámara había más gente que de costumbre, hasta los técnicos, que casi nunca reparaban en las escenas que se filmaban, estaban observando e intentaban mantener la boca cerrada para no dejar ver su lascivia ante semejante espectáculo.

Sonya pudo notar el silencio, además del no-movimiento de la gente, y las miradas se le clavaron en el cuerpo como agujas dolorosas y ponzoñosas. La garganta se le cerró en el mismo instante que las náuseas tomaron control de su sistema y comenzó a palidecer. En ese preciso momento hizo ingreso Dany, y Sonya lo vio convertirse en Osvaldo ahí mismo, frente a ella. Fue una mutación demasiado bien lograda por su inconsciente que no olvidaba. Cerró los ojos por un instante, pero al querer abrirlos nuevamente no pudo. Perdió el equilibrio y cayó en brazos de alguien que alcanzó a sostenerla.

El actor que hacía de asesino la había visto palidecer y tambalearse, solo tuvo que estirar los brazos para sujetarla. El murmullo se hizo presente, las caras variaban entre el susto y el asombro.

—¡Hagan espacio! —gritó Romero con voz profunda, acercándose a Sonya. Todo el mundo se apartó un poco. Nadie desobedecía una orden dicha por él en ese tono.

—Llama al médico, Mar —ordenó después, y esta sacó su teléfono para llamar a la enfermería que tenían montada en la empresa—. ¡Manta! —volvió a gritar estirando la mano. Sabía con certeza que alguien le pondría en ella lo que había pedido.

Sonya despertó y lo primero que vio fueron los ojos del señor Romero y le parecieron los ojos del diablo. Reprimió un grito y se alejó de él todo lo que pudo, casi reptando por el suelo.

—Tranquila. Ya estás bien, fue solo un desmayo —susurró él, ajeno a los nuevos efectos que tenía sobre ella.

—Quiero hablar con Tina —dijo desesperada y asustada, mientras se cubría el cuerpo.

Mar le pasó la comunicación con su representante y la dejaron sola hablando con ella. Claro que después de que el médico dijera que no había sido nada de lo que debían preocuparse.

El nuevo pedido de la actriz había sido uno solo y no había dado opción a réplica. De algo servía ser la estrella principal y tener tomado el toro por los cuernos.

—Tina, quiero que en el estudio de filmación solo esté la gente necesaria. La mínima cantidad posible de personas. —Hizo unos segundos de silencio para que la mujer procesase su pedido—. Y, Tina, no quiero ver al señor Romero mientras yo esté filmando.

—Sonya, me estás pidiendo imposibles. Sabes que no puedes pedir eso.

—Me incomoda, me pone nerviosa y no me salen los diálogos.

—Haré lo que pueda. No eres caprichosa, no vas a comenzar ahora, ¿no?

—No lo sé. ¿Debería? —preguntó riendo, y escuchó el resoplido de Tina.

—No, no deberías. ¿Estás bien?

—Sí, lo estoy, gracias. Fue una tontería. Mi petición es para hacerla cumplir desde este mismo momento —dijo, ya un poco más avergonzada de estar reclamando algo. Sabía que le correspondía y que era su derecho elegir, sin embargo, nunca había hecho valer esos derechos de forma tan arbitraria y sin dar ningún tipo de explicación—. Por favor. Tengo que estar casi desnuda y no me siento cómoda.

—Está bien. Cuídate.

Desde ese día, Sonya no podía dejar de pensar en la impresión que le habían dado los ojos del señor Romero y hablar de él era recordar inmediatamente los asquerosos dedos de Osvaldo metidos en su ropa interior. Como no podía evitar su nombre o su presencia, Osvaldo estaba con ella más tiempo del que hubiese querido. No podía quitárselo de la cabeza. Con la angustia metida muy dentro, como si fuese un puñal invisible clavado muy profundo, intentaba olvidar.

Una tarde, la tercera que no la visitaba Luis, Sonya le telefoneó para pedirle que vieran juntos la proyección del capítulo de la serie. Ya era un éxito y se había puesto en boca de todos. Ese episodio se promocionaba por toda la ciudad en carteles con la imagen de sus piernas desnudas hasta la altura de la cadera algo magullada y un revólver caído a sus pies. Una imagen que no mostraba nada, pero insinuaba todo. Y eso, a Sonya, mucho no le gustaba.

Poco se podía esperar de una actriz de veintidós años a la que se la conociera por sus desnudos, pensaba. Y es que recordaba muy bien las palabras de su padre: «Todas las actrices son unas putas».

Ella no quería ser ese tipo de actriz, aunque un capítulo en el que se viera su cuerpo en ropa interior, podía resistirlo. Demasiado molesto era soportar que el interés sobre su persona se basase, más que nada, en el aspecto físico. Eso no la haría desistir y seguiría mostrando lo mucho que aprendía en las clases de actuación. Ella misma se veía mejorar a diario. No obstante, de eso no se hablaba tanto como de su cuerpo o su belleza.

Esa tarde en cuestión, Luis estaba entusiasmado por los nuevos proyectos sobre los que le había hablado su representante y parte de la conversación se la dedicaron a ellos. Comieron mientras miraban la televisión y parloteaban de todo un poco.

Luis intentaba no mirarla. Podía adivinar que ella se le insinuaba con ese pijama, algo aniñado, pero endemoniadamente seductor. ¿O la seducción era ella y sus movimientos pausados y tan femeninos que parecían ensayados? No, él sabía que nada en Sonya era una postura, y por eso le gustaba más aún. ¡Todo en ella era tan bello, tan perfecto, tan excitante! Hasta esa carcajada ronca que lo sacaba de quicio. La miró embobado, no podía dejar de sorprenderse con ese rostro, la mirase cuanto la mirase le parecía que era un despropósito que todo en ella fuese tan bonito.

—Ya empieza. Mira —dijo ella, acomodando su cuerpo en el sofá y con una sonrisa radiante en la cara, que desapareció al verse en la imagen. Desde el ángulo en el que se la había filmado parecía estar desnuda. Sus mejillas ardieron un poco por la vergüenza y otro poco por el enojo.

—¡Dios mío, nena!, sales hermosa —exclamó Luis, guardándose alguna que otra palabra para sí mismo. Al ver la actitud de ella, solo enfatizó en lo linda que se veía y no en la sensualidad que la imagen regalaba. Quería contentarla. No le era fácil entender cómo podía renegar tanto de su cuerpo y su cara, con los que parecía haber sido bendecida. ¡Nadie en su sano juicio lo haría, demonios!, pensaba frustrado por no entenderla.

—No me gusta, se me ve todo.

—No se te ve nada y por eso es más sexi. ¡Mira esas piernas! —dijo masajeándose la cara y bufando. Lo que veía era pura incitación: ella a su lado, la imagen que se proyectaba en el televisor, la música, las piernas que observaba que eran las mismas que tenía muy cerca de sus manos, el sofá mullido y la soledad de ambos en ese pequeño departamento... Eso sin sumar la predisposición que había en ella para recibir cualquier cosa que él quisiera darle.

—Horrible —sentenció Sonya. Estaba indignada.

—A ver si me escuchas, mujer. ¡Esto ya es increíble! —chilló Luis, y la sentó pegada a su cuerpo, ambos enfrentados—. Eres hermosísima. ¡No tienes defectos, carajo! Bueno, sí, ese pequeño dedo del pie que es casi invisible.

—Y mis dientes están un poco separados —agregó convencida, y podía enumerar más detalles. Obvio que desde su punto de vista, siempre distorsionado por el recuerdo de las experiencias que esa misma belleza le había hecho padecer.

—Eso también le da a tu sonrisa algo tierno que es muy agradable de observar, Sonya. Ese aire sincero e inocente que compite con tu femenina y brutal elegancia... y tu sensualidad, son increíbles.

—Vaya. Gracias —dijo asombrada, era la primera vez que Luis hablaba tan seriamente y era tan detallista para decirle cuánto le gustaba.

Otra vez su esperanza y su amor la ponían en una posición ventajosa. Posición que no existía más que en su mente. Lo que el muchacho pretendía no era lo que ella imaginaba.

—¿Por qué odias tanto ser bella? —preguntó tomándole las manos porque sabía que de otra forma huiría. Luis la vio tragar con fuerza y bajar su mirada. Esos eran los momentos en los que rogaba que el amor apareciera y se instalase entre ellos. La haría feliz, la amaría con todas sus fuerzas, porque ella se lo merecía más que nadie. Era una mujer increíblemente dulce y sincera. La adoraba, pero no alcanzaba—. La vida que tienes te la proporcionó, en gran parte, tu apariencia. A mí también. No hay que negarlo. Ese rostro te sacó de una vida miserable, eso me dijiste sobre tu infancia y adolescencia.

—Puede ser, pero no todo lo que tengo hoy es tan bueno. Mejor, aunque no del todo. Esta cara y este cuerpo no me hacen feliz porque lo complican siempre todo.

—No te entiendo.

—Mi belleza distrae, Luis, engaña, atrae, provoca, me expone y me vulnera. Me deja indefensa, sin armas para pelear. Además, la belleza no enamora.

Luis vio los ojos vidriosos que luchaban para no derramar una sola lágrima, las manos temblorosas y los labios tensos. Todo eso le contaba lo que ella callaba. En ella había demasiado dolor acumulado y silenciado, y él no se sentía capaz de derribar la coraza con la que ella se protegía.

—Ven aquí —dijo, abrazándola y besando su frente.

Sonya sintió cómo su corazón se aceleraba de golpe y esa ambigua sensación, parecida a una dolorosa felicidad, se acomodaba en su pecho. No le interesaba pensar en los motivos por los que él la abrazaba. Solo pensaba en los fornidos brazos apretándola, los labios tibios besándola, el cuerpo de él sosteniéndola... y disfrutaba.

—Voy a besarte, Luis —susurró sin darle tiempo a responder.

Se prendió a la boca de él como si de eso dependiera su vida. Le rodeó el cuello y abrió los labios para acoplarse a los de él. Adoraba besarlo porque él respondía con avidez, con la lengua le acariciaba la suya de una manera única. No tenía demasiado para comparar, pero estaba segura de que esos besos no los daba cualquiera.

Luis suspiró ante semejante ataque certero. Ella sentada a horcajadas de él, mientras le devoraba la boca y le acariciaba la espalda, era toda una declaración de guerra y sabía que no debía comenzar ni siquiera la primera batalla. Y no era porque no quisiera, sino porque el corazoncito de esa mujer despampanante no quería desprenderse de la idea de amarlo. Sí, se había dado cuenta, porque no era tonto y ella era demasiado transparente.

—Basta, nena. Mi cuerpo responde a tus caricias y besos y está en abstinencia desde hace días.

—¿Y eso por qué? —preguntó ella en tono juguetón, mientras le acariciaba la cara con un dedo dibujando los preciosos rasgos masculinos que la tenían soñando despierta por horas cada noche.

—El trabajo, el gimnasio, el contrato que debemos cumplir —enumeró Luis con la idea de que ella se persuadiría del gran detalle que convertía su noviazgo en una mentira.

Sonya insistía acercándose y él la rechazaba con suavidad y entre risas pícaras. Poco podía resistirse a semejante seducción. Sonya le gustaba mucho, demasiado como para dejar pasar la oportunidad de tenderla en una cama y recrearse con ese maravilloso cuerpo desnudo y toda la entrega de la que él disfrutaba. Sabía que no debía, lo sabía.

—Sonya.

—No será la primera vez, Luis. ¿Tienes miedo? —preguntó, quitándose la camiseta de tirantes que hacía las veces de pijama y dejando sus tentadores pechos desnudos frente a la boca húmeda y rosada de él. El aliento masculino le daba de lleno en su parte más sensible y la hacía estremecer. Se inclinó un poco hasta rozarle el cuello con la lengua y en un susurro ronco y sensual acabó con todas las fuerzas de Luis—. ¿Quieres que me arrodille entre tus piernas?

Ella lo haría, por él lo haría. Odiaba la idea, pero el amor convertía los sacrificios en placeres, pensaba. Al menos, los placeres de él.

—No. Te quiero desnuda sobre la alfombra —respondió poniéndose de pie con ella y tendiéndola donde imaginó. Le quitó lo poco que le quedaba de ropa y la observó desde su posición de pie, mientras se quitaba con lentitud todas sus prendas. Se mordió los labios porque no quería repetirle que era preciosa, a ella no le gustaba escucharlo—. Tócate para mí.

Sonya se sonrojó ante semejante exigencia. No haría eso. Vergüenza le daba pensar que él podía imaginarla tocándose alguna vez, porque sí que lo había hecho, para averiguar qué era eso que llamaban orgasmo, pero nunca más lo había repetido. Negó con la cabeza mientras se mordía el labio inferior y no en plan de seducción precisamente sino de disimulo de su timidez.

Luis se quitó la camisa y cayó de rodillas entre las piernas de ella. Podía ser todo lo vergonzosa que quisiera, pero con esa actitud, y estando desnuda, era malditamente sexi. Le tomó la mano y le ayudó a hacerlo.

El primer contacto de sus propios dedos la estremeció y la obligó a cerrar los ojos. No podía ver como él la miraba, le daba demasiado pudor, aunque debía reconocer que el morbo de hacer algo que creía inapropiado y tal vez obsceno la predisponía más todavía a dejarse llevar. Luis era una persona osada, desinhibida y si ella quería conquistar su corazón, debía comenzar por su cuerpo.

Sonya gimió bajito. Ya era tarde para arrepentirse, él había tomado el control, como siempre.

Sin despegar ambas manos de su propio sexo, Luis se acercó a los labios femeninos para morderlos y lamerlos.

—Abre los ojos, preciosa —pidió en un susurro acompañado de aliento tibio que a Sonya la enamoró más aun—. Eso, mírame. Hola. Masturbarse no está mal. Es fabuloso.

Sonya no podía creer que le dijera algo así mientras lo hacía. ¿Alguna vez ella había dicho esa palabra? Tal vez no. En unos minutos lo tendría diciendo y haciendo cosas peores que ella no disfrutaba tanto después de todo... Pero lo amaba... Y por el abrazo y los besos del final, valía la pena entregarle el cuerpo además del alma. Necesitaba de esas falsas caricias, porque ella misma y de forma inconsciente, las disfrazaba de cariño verdadero. Adoraba esas mentiras con sabor a miel. Nunca asumiría que para él solo era sexo liberador, únicamente deseo vacío de cualquier otra intención. Jamás analizaría que su sentimiento de soledad le exigía refugiarse y alimentarse, a cualquier precio, de ese obsesivo amor.

Sonya suponía que la avidez apremiante de sexo era propia de los hombres. Las mujeres, al menos ella necesitaba estimulación previa y entonces sí, el deseo llegaba. Aun así, nunca transformado en necesidad y urgencia como lo adivinaba en Luis o lo había visto en el señor Romero.

El señor Romero.

Cerró los ojos ante el recuerdo de ese hombre que se había convertido en sus nuevas pesadillas. Intentó mantenerse concentrada. Los dedos de Luis jugaban con ella y sus ganas, y no estaba mal. Las cosquillas habían aparecido y sus pechos disfrutaban de la boca curiosa de él, del tibio aliento y la humedad de su lengua rugosa. Le gustaba la sensación, aunque no si venía acompañada de recuerdos espantosos que quería olvidar de una vez. Se retorció bajo el peso del cuerpo masculino.

Luis sonrió con perversión, le encantaba doblegarla. Por supuesto que estaba ajeno a todos los pensamientos que giraban en la cabeza de la mujer que lo volvía loco. No podría imaginar nada de lo que ella había vivido. ¿Cómo hacerlo?, si ella no hablaba de nada de su pasado. La escuchó gemir otra vez y le devoró la boca de un beso, hundió la lengua con energía, con la misma profundidad y fuerza que sus dedos.

—No. —Escuchó que ella dijo entre beso y beso.

Desestimó la palabra porque creyó que sería una frase incompleta. Sin alejarse demasiado y con rapidez se refregó en ella para lograr la humedad necesaria. Se tomó dos segundos para entrar en esa suavidad apretada que tanto disfrutaba, lo hizo con la mayor lentitud que podía lograr. Para eso tuvo que apoyar los codos en la alfombra y mirarla a la cara.

No le gustó lo que vio.

Sonya retenía las malditas lágrimas. El nudo en la garganta dolía demasiado; con los años, ese maldito parecía crecer. Ya se le hacía insoportable tragar cada vez que se le instalaba en ese hueco que de buena gana abriría con un cuchillo. Negaba con la cabeza rogando que ese fantasma desapareciera. Osvaldo no estaba más en su vida y Romero ya no la tocaba. El hombre que amaba era quien estaba sobre ella acariciándola con su hermosa mano, no eran dedos gordos; no eran labios feos y babosos los que la besaban..., aun así, su cuerpo se resistía.

—¿Sonya? —Luis se detuvo por completo y salió de ella.

Así no quería nada. Prefería quedarse con las ganas a verla en ese estado. Adivinó, mal, por cierto, que a ella no le gustaba la forma en que él la tocaba, las palabras que le decía, los mordiscos que a él sí lo estimulaban. Eso ya lo sabía. Se maldijo en silencio, por débil y por dejarse vencer por la tentación.

—Perdón, no puedo. No sé qué me pasa —mintió ella, tapándose con las manos y poniéndose de pie para vestirse con rapidez. Su desnudez no era apropiada en su estado, se sentía en desventaja y expuesta.

—¿Estás bien?

—Sí, claro, es cansancio y tengo que estudiar el guion. Estoy atrasada y me desconcentré. Me siento mal por ti —dijo, señalando la notoria excitación de Luis, quien solo sonrió levantándose los pantalones.

—¿Quieres que hablemos de algo? —ella negó con la cabeza, y dibujó una falsa sonrisa.

Por supuesto que no quería hablar, no se atrevería jamás. Era su secreto, moriría con él humillada y culposa por no haberlo evitado. Porque sí, habría podido evitarlo, solo que su cobardía no lo había permitido y la sensación agradable de la primera vez... ¡Era tan vergonzante e inexplicable! Asquerosamente imperdonable.

—Me preocupas, Sonya. Algo te pasa. Lo tienes todo: trabajo, salud, dinero, un futuro prometedor haciendo lo que te gusta, eres preciosa... Y no veo que lo disfrutes. ¡No puedes quejarte, mujer!

Sonya miró al suelo y afirmó. Todo era cierto, tenía eso y tal vez más cosas, sin embargo, no tenía lo más importante: su amor. Tampoco tenía familia, no tenía amigos, ni siquiera tenía lindos recuerdos... No era feliz y sin felicidad ¿qué importancia tenía la vida, la salud o la belleza?

Otra vez esa palabra, como si fuese un tesoro, un bien preciado, una ventaja o una bendición. Lo único que podía agradecerle a esa... ¿qué era para ella ser así? Tal vez un castigo, una equivocación, sí, un error de cálculos de la naturaleza. Volvió a pensar que sí, que la había ayudado a convertirse en actriz y así poder alejarse de la miserable vida que llevaba, pero nada más.

Su baja autoestima, sus memorias desagradables y el rechazo de su amor, la tenían sumida en una profunda tristeza y decepción que ella no veía con claridad. Su silencio ayudaba a tapar esa angustia y la enterraba en ese pozo profundo y oscuro que su corazón había cavado solo para tal fin: mantenerse protegido. Como siempre había sido.

¡Qué mala idea, Sonya! Pero ¿quién podría ayudarla? si todos desconocían su dolor.

—¡Sorpresa! —gritaron al unísono los compañeros de Sonya.

El capítulo, donde ella semidesnuda se enfrentaba a los golpes con el supuesto asesino, se había convertido en récord de audiencia y ese era el motivo del festejo. La homenajeada era ella por ser la protagonista indiscutida, dándole vida a la detective más intrépida y sexi de la ciudad de una manera muy creíble, como pocas actrices lo hacían.

Nadie dudaba de que Sonya Paz era quien merecía las felicitaciones. Se había catapultado a la fama hacía poco más de un año y había demostrado que a sus escasos veintiún años recién cumplidos, era una gran actriz que había llegado para quedarse. Tampoco había duda alguna de que gracias a su femenina y hermosa apariencia se había hecho más famosa y todos los programas de chismes y las revistas hablaban de ella día tras día y por motivos que nada tenían que ver con su actuación. Y eso a Sonya le molestaba demasiado. Aunque no a la producción y a su representante.

A Sonya Paz la adoraban los hombres y las mujeres, no importaba la edad. No era de esas actrices que promovía peleas ni se enganchaba en discusiones estériles. No criticaba a nadie y tampoco huía de las fotos que los reporteros querían robarle. Sarah, la actriz con quien había compartido pantalla en la telenovela donde ella había debutado, había hecho comentarios un poco dañinos, bastante a decir verdad y ni a ellos, Sonya había respondido. Por lo que la veterana actriz había quedado peleando sola en cámara y nadie le había seguido el juego. Así se había ganado el cariño de televidentes, reporteros y compañeros día tras día.

Era demasiado temprano por la mañana como para hacer un brindis con *champagne*, por eso la mejor opción que habían encontrado para tal festejo había sido compartir un delicioso desayuno previo al trabajo. Y en eso estaban cuando Dany apareció a felicitar al equipo.

Gracias a esa serie policial su empresa estaba ganando mucho dinero y su mente de negocios ya analizaba ideas para retener a la pareja de protagonistas para una segunda parte y tal vez una tercera. Sabía que una vez que Sonya Paz dejase la televisión no volvería por años. El cine la elevaría a una categoría diferente y entonces debería esperar a que los años le bajasen la clase o la presencia de alguien nuevo le hiciese sombra. No quería eso, él la había descubierto después de todo, se sentía con un derecho que no tenía, pero poco le importaba.

Volvió a mirarla y negó con la cabeza, era imposible no reparar en esa boca sonriente y eso que no estaba mirando el esbelto cuerpo que había trabajado a conciencia con el entrenador, los resultados eran impresionantes. No se acostumbraba a ver esa fantástica mezcla de timidez, sensualidad e inocencia en un cuerpo de hembra brava. Y si hablaba... Sonrió de lado y cerró los ojos. ¡Qué apurado había sido! Su ataque de depredador no había sido demasiado analizado y estaba arrepentido.

—Felicitaciones, preciosa —le dijo a Sonya en un susurro, y se acercó para besarle las mejillas mientras la tomaba de los hombros.

La voz que antes le había producido un estremecimiento sugerente, esta vez le tensó todos los músculos. Sonya dejó de respirar por ese instante en que lo tuvo pegado a su piel y luego comenzó a temblar. El señor Romero se había transformado en su demonio y ella no toleraba sentirse así de indefensa. No podía pensar en nada más que no fuera alejarse corriendo de forma desesperada. Su mente jugaba con ella de una indomable y cruel manera. No logró disimular su miedo y se alejó con un brusco movimiento que Dany no pudo dejar de advertir.

—¿Estás bien?

—Sí, solo..., es que... me siento un poco sudada —inventó.

—No es así. Siempre hueles a flores —dijo él, y Sonya comprendió en ese preciso instante que jamás podría volver a usar su perfume de siempre.

El día había sido demasiado largo y agotador para Sonya. Las escenas cada vez tenían más acción y su cuerpo pedía tregua haciéndose notar con calambres y dolores musculares.

Noel había llegado al departamento de su amiga con una pizza en las manos y una sonrisa demasiado grande dibujada en su rostro. La había encontrado con ropa deportiva, sin maquillaje y el cabello recogido. Por un instante la Sonya Pérez que ella conocía del barrio se había presentado ante sus ojos. Nunca había perdido la humildad, aun así, nada quedaba de la pobre y sufrida muchacha, al menos, no visiblemente. Nunca más había visto en ella esas ojeras espantosas por no poder dormir bien, no reaccionaba temerosa a los sonidos fuertes, no se abrazaba asustada ante un movimiento brusco, no tenía marcas ni dolores en el cuerpo y, por sobre todas las cosas, su preciosa carita siempre tenía una mueca de alegría. Sonrió al verle las uñas pintadas, ese era un detalle bastante nuevo en ella, incluso las de los pies, descalzos en ese momento, también lo estaban.

—Por tu carita… adivino noticias —dijo Sonya, sin notar el escrutinio al que estaba siendo sometida.

Tomó asiento en el suelo, siempre moviéndose con esa femineidad tan propia y pellizcó un trocito de pizza con dos dedos para llevárselo a la boca, y mirar a Noel que permanecía en silencio, creando suspenso.

—¡Ya somos novios!

—¡Por fin! —gritó abrazándola. Noel le había contado sobre un muchacho de la universidad con quien había salido un par de veces—. Quiero conocerlo.

—Primero debería enamorarlo… —dijo torciendo la boca en un gracioso gesto—. Cuando te vea va a querer cambiar de novia.

—No seas tonta.

—No lo soy. Mírate, aun con estos trapos viejos eres un bellezón. Mírame ahora a mí: poca teta, mucho culo, rulos rebeldes y un diente torcido —dijo acompañando las palabras con gestos exagerados y divertidos—. A ver, eres quien eres y como eres. Lo vas a deslumbrar.

Sonya tragó en seco y sonrió de mentira. Si eso llegase a pasar no podría perdonárselo jamás y mucho menos podría perdonarse que su mejor amiga se distanciase de ella por tener una apariencia como la suya, que ni siquiera agradecía. ¿Debería sumar otro motivo para agrandar más su rencor hacia la imagen que le devolvía el espejo? Esperaba que no.

—No te alejes de mí, Noel.

—¡¿Cómo crees?! Eres como mi hermana. Y hablando de hermanos...

El timbre sonó interrumpiendo la conversación, ambas esperaban a Tina. Tal vez un poco más tarde, sin embargo, no les molestaba que hubiese llegado antes de lo pensado.

—Hola, muchachas. Perdón la interrupción —dijo Tina.

La representante sabía que a la muchachita le gustaban las reuniones informales, aceptaba mejor los cambios que se presentaban y lo que tenía que decirle tal vez no le gustase demasiado. Por eso, prefirió compartir un rato así, distendido, mientras le daba las noticias. No entendía de dónde sacaba la paciencia que le tenía. ¿Para qué mentir?, la sacaba del cariño que la chica había podido hacer crecer en su duro corazón, aun así, debía reconocer que el primer sentimiento había sido la lástima. La vida que había llevado esa pequeña mujercita no se la deseaba a nadie. Bien había valido la pena la investigación que había hecho un año atrás.

—Sonya me dijo que tus estudios van de maravilla, Noel. Dale mis cariños a tu abuela, ¿sigue bien? —preguntó por interés más que por cortesía mientras esperaba el café con trufas que Sonya siempre le preparaba.

Tina había conocido a la viejecita hacía un tiempo. Sabía que Sonya la adoraba y había visto en esa mujer un incondicional apoyo hacia su cliente y esas cosas en la vida eran importantes. Nadie mejor que ella para saberlo ya que no tenía demasiada gente que la quisiera bien o que solo la eligiera sin necesitar nada a cambio. Hizo una mueca casi imperceptible, se estaba sensibilizando con la edad y no se soportaba tan cursi.

—Gracias, se los daré. Sigue con los dolores en los dedos, el reuma la está matando a la pobre y ahora comenzó con los olvidos. Le estamos haciendo estudios médicos.

—Me mantendré al tanto de su salud. Sonya, tuve reunión con Romero y..., vamos por partes. Tu vestuario en la serie cambia desde mañana. Será un poco más osado. Parece que la detective —dijo refiriéndose al personaje que ella interpretaba —descubrió que, provocándolo con su sensualidad, el asesino se equivoca.

La mueca de Sonya fue evidente y ambas mujeres rieron.

—Además, habrá escena de sexo.

—¡No! Fui clara en el contrato: no desnudos.

—Y no habrá desnudo. Se filmará como la de la ducha, solo escenas confusas y cortadas, de eso se encarga el director y luego la edición acaba la idea.

—¿Lo de ayer no fue desnudo? —preguntó Noel y al ver la negativa de su amiga y la representante puso cara de duda—. Parecías desnuda, amiga.

—Ves.

—Pero no lo estabas, Sonya, por favor. Ya estás mayor para caprichos.

—Claro, mayor para caprichos, cómo no. ¿Acaso esto no es un capricho, pero de Romero y sus secuaces para lograr más *sponsors* ahora que sabe que resultó bien mostrar más?

Tina sabía que ella tenía razón, pero no se la daría.

—¿De quién me enamoro? —preguntó como si fuese la detective que interpretaba.

—Del nuevo. El de los bigotitos. Le pediremos a los de peluquería que se los recorten antes del beso —agregó ante la cara de asco de Sonya.

Noel las miró entretenida, las conversaciones de esas dos mujeres, además de ser por temas que ella apenas si entendía, le divertían. Ambas querían tener la razón y se miraban como si se odiasen. Al terminar todo volvía a la calma y las sonrisas de ambas, bueno, la media sonrisa de la mujer bajita y con apariencia de mala, y la de su amiga aparecían sin rastro de enojo alguno.

—Me olvidaba. Mira —dijo sacando una revista y abriéndola en la página que quería mostrar. No quería demorar más el estallido de la bomba.

La foto era pequeña y mala, sin embargo, se podía ver como Luis besaba, a simple vista en la mejilla, a una rubia alta y delgada. También la tomaba de la cintura con ambas manos. Sonya enmudeció y el dolor agudo en sus entrañas la obligó a doblarse sobre sí misma.

—Convérsenlo. Esta noche quiero que se muestren. No es un buen momento para dar que hablar. Hice reserva en el restaurante de siempre y dejé filtrar la información para que un par de reporteros curiosos vayan a confirmarlo.

Noel miraba a Sonya mientras Tina parloteaba. Algo no andaba bien. Esa carita estaba demasiado triste como para estar hablando solo de trabajo.

Tina sabía que le estaba rompiendo el corazón a su representada, por eso mismo hablaba sin parar y como si no pudiese ver el dolor en su mirada. Se lo había dicho meses atrás, ¿¡en qué carajo estaba pensando esa muchacha!? De más estaba decir que el chico era un encanto y... No se permitió pensar en nada más. No tenía responsabilidad alguna sobre los sentimientos de la actriz. No era la primera vez que hacían esas jugarretas y casi siempre salían bien. Y entonces, ¿por qué se sentía tan mal y tan culpable?

Una vez que Tina se fue y las dejó solas, Noel pudo hacer la pregunta que no había podido quitar de su cabeza y maldijo la respuesta de su amiga.

—Sí, me enamoré. Y no, él no siente lo mismo.

Sonya se encaminó a su cuarto para cambiarse. Habían organizado la salida a comer y había podido convencer a Noel que invitara a David, su nuevo novio. La propuesta era prestarle algo de ropa para deslumbrarlo y aunque no había comentado nada, ella misma se pondría algo sin gracia para que la atención de David tuviese un solo destino, Noel.

El timbre sonó cuando ya estuvieron casi listas. Sabían que era Luis.

—Quiero hablar a solas con él por unos minutos. Necesito desilusionarme, Noel —dijo con la voz quebrada, y recibió una tierna caricia seguida de un abrazo.

—Ay, amiga... —no hicieron falta más palabras.

Luis entró acompañado de la maravillosa sonrisa que lo caracterizaba. Estaba tan guapo que Sonya no podía concentrarse y además estaba esa simpatía con la que ella no podía. Del buen humor constante y los abrazos que le daba, no hablaría.

—Cuánta sencillez —dijo él, al ver el simple pantalón negro, nada ajustado y una blusa cerrada. Estaba elegante sí, aunque no provocadora. Si no fuese por los zapatos y el collar, ese atuendo hasta carecía de estilo.

—No te gusta —dijo ella sin agregar nada más. Sus pensamientos estaban en David. El pobre también se sentiría como Noel al verse frente a semejante Adonis. No solo era impresionante, sino que era quien era. Noel estaba acostumbrada a disfrutar de las vistas y nunca se había sentido atraída, pero eso no era suficiente, a veces, para un novio celoso. Esperaba que no fuese así, ya pronto desvelaría sus dudas.

—Claro que sí. Nada puede quedarte mal a ti, preciosa.

—Vi la revista, Luis.

—¡¿Viste qué mierda?! No lo podía creer cuando lo vi —chilló él elevando los brazos y mostrando su contrariedad. Con lo que se cuidaba de que no lo atrapasen in fraganti justo lo habían visto con esa chica con la que nada tenía que ver.

—¿Quién es? —preguntó Sonya con un hilo de voz, era todo lo que podía lograr. El nudo de su garganta era demasiado grande y ocupaba mucho espacio.

—Una chica que salió con mi amigo y como él estaba trabajando la llevé yo a su casa. Es una modelo nueva de la agencia, no es de la ciudad y...

—Me imaginé que era modelo. —Luis, al ver que lo interrumpía, la miró a los ojos.

No estaban teniendo una simple conversación, no. Y él recién se daba cuenta. Estaba recibiendo una escena de celos. ¡Por todos los santos, no podía ser posible! Se odió. Lo sabía, claro que sí, pero la comodidad de no pensarlo lo alejaba de la realidad y eso no se hacía, porque tarde o temprano uno debía enfrentar las consecuencias y allí la tenía a su amiga, la única que alguna vez tuvo, sufriendo por él.

—¿Te gusta, Luis?

—Por favor, Sonya. No hagas esto. Dime que no es lo que imagino. Dímelo —pidió abrazándola con una mano por la cintura y con la otra acariciándole la cabeza que ella misma había apoyado en su hombro.

—Lo siento, no quise que pasara.

Esa frase murmurada, a Luis le oprimió el pecho.

—¡Lo sabía! ¡Mierda! Lo sabía. Esto no está bien —gritó enojado, y soltándola de golpe.

Él adoraba a Sonya, pero no en plan romántico. No quería que sufriera y mucho menos por él. Volvió a acercarse y le tomó la cara con las manos para que lo mirase a los ojos. Le dolería más a él poner en palabras el rechazo, porque eso era un rechazo en toda regla.

—Sonya, sabes que te quiero, pero...

—Shhh, no quiero escucharlo —lo interrumpió. Prefería ser consciente, como lo era, a tener el recuerdo de las palabras pronunciadas con la dulzura propia de un buen hombre que no la quería lastimar—. No voy a obligarte a decirlo tampoco. Yo lo sé, no te preocupes. Salgamos esta noche a hacer nuestro *show* y mañana hablamos con Tina y tu representante para abandonar esta mentira.

Aquella espantosa noche, Sonya había besado por última vez los labios de Luis. Un *paparazzi* les había rogado por un beso para la cámara y como siempre habían aceptado.

Ese recuerdo era doloroso y se reflejaba en su mirada. No podía quitar esa flecha envenenada de su corazón.

El amor era veneno. Mataba, consumía, acobardaba, vulneraba y dolía. Sonya nunca pensó que enamorarse sería una de las peores cosas que podría vivir. Y no es que no hubiese vivido algunas más dolorosas inclusive. Aunque, involucrar esa clase de sentimientos era algo novedoso en ella, involuntario, y por eso ingobernable. Un malestar demasiado fuerte..., pero no dejaría que la volviese débil. Nunca lo había permitido ni lo permitiría, ninguno de esos sucesos que escapaban de sus manos y gobierno podrían con ella.

Claro que todo este manejo frívolo y racional de sus emociones era inconsciente y actuaba a modo de escudo protector en su frágil personalidad camuflada de poder e indiferencia.

Ella ya sabía que querer sin ser querida era frustrante, pero a la larga se acostumbraba. Endurecía sus defensas y seguía hacia adelante. Así había sido siempre con su familia. Sin embargo, el amor que ahora debía acallar era diferente. Había anclado demasiado profundo entre besos y caricias, ayudado por ella misma, creyendo sus propias mentiras, agigantándolo de una manera ilógica y haciéndolo imposible de olvidar.

Tan triste estaba que ni siquiera había podido asimilar que su hermano había caído preso por vender drogas y que su madre había sido hospitalizada porque, por la angustia de enterarse, había tenido una subida de tensión. Por supuesto que después de una torpe caída en la que se había quebrado el brazo.

«Caída, ¡cómo no!», pensó Sonya, recordando los golpes tan potentes que su padre propinaba.

Según le había contado Noel, no querían verla aparecer por el hospital ni por la casa. Oscar había especificado, entre carraspeos y vaivenes inestables a consecuencia de la borrachera: «Las putas no son bienvenidas a mi casa». Aunque habían aceptado el cheque que había enviado y el pago de fianza para que Rolo pudiera volver a dormir en su cama y no en el catre de un calabozo.

Tina se había puesto furiosa al enterarse, no la quería mezclada con esa gente y ya no se trataba solo de mantener apariencias, sino de que esa hermosa sonrisa que había aparecido con potencia marcando arruguitas en el entrecejo de Sonya, no la abandonase jamás.

Por fin las grabaciones estaban llegando a su fin. Sonya rogaba por un poco de descanso, aunque solo tendría un mes porque su nuevo contrato así lo indicaba. Emprendía una nueva aventura, una que en su vida había imaginado. Tina le había conseguido una película. No sería la protagonista y tampoco lo pretendía, pero sí era un papel bastante relevante dentro de la trama con el que podría lucirse.

Aceptó actuar otra vez de mujer seductora, no obstante, porque el agregado le gustaba: sería la antagonista, la mala, la buscapleitos, la vengativa. Una mujer demasiado opuesta a ella misma, por lo que era un desafío imposible de rechazar.

—¡Última escena del día! —gritó el director, y Sonya tomó su lugar en la escenografía. Mar le guiñó el ojo y levantó el dedo pulgar para darle ánimo. Esos gestos eran de agradecer, porque la ausencia de Luis en su vida la tenía bastante desanimada—. ¡Acción!

Romero presenció la grabación del diálogo en silencio y se acercó al oído de Mar. Después de mirarle el trasero, por supuesto. Era una nueva costumbre que había adquirido y es que la nueva vestimenta y los kilos bajados, le quedaban de maravilla al *exadefesio*. ¡Vaya cambio el que había hecho la fea mujer! Él desconocía el motivo por el que una mañana había aparecido con un simple jean un poco más moderno y luego una camiseta más ceñida, otro día un par de tacones o una falda más corta, y así, el patito feo se había convertido otra vez en el cisne del que se había enamorado alguna vez.

—Quiero a Sonya en mi oficina —gruñó. Lo ponía de mal humor esa mujer. Tal vez porque no se animaba a asumir que con

151

ella hubiese sido todo lo feliz que no podía ser con su esposa. Pero de eso no se daba cuenta, porque su necedad y soberbia no se lo permitían.

—Hola, jefe... Sí, estoy muy bien, gracias. Siempre que haya un por favor de por medio cumplo las órdenes, señor Romero —dijo sin mirarlo.

—No me rompas las pelotas, Mar —escupió él, y ella soltó la carcajada.

—Idiota —murmuró para que no la oyera y siguiera despotricando.

Dos minutos después, la atenta asistente de producción cubría a la estrella con una manta para evitar que enfermase. Las escenas de acción le exigían mucho y como ella rendía, cada vez eran más fuertes. Esta vez había tenido que correr bajo una supuesta lluvia y lanzarse de lleno contra un corpulento hombre.

—Sonya, el jefe te quiere en su oficina.

—No pienso ir. Si Tina no está conmigo, no voy.

—¿Qué te pasa con Dany? Sonya dime que no te hizo nada.
—Imaginó como lo haría retorcerse de dolor si se enteraba de algo.

—No, no. Claro que no.

No le había hecho nada más que mezclarse entre sus recuerdos, creando nuevos fantasmas que no podía dominar, nada más que eso. Todavía no era capaz de reconocer que el sexo en el automóvil y en la oficina habían sido claros abusos de poder y por eso se mezclaba de forma inconsciente con la imagen de otro abusador. Su ignorancia e inocencia no lo podían ver. Porque ¿para qué mentir?, la edad, por sí sola, no daba experiencia ni conocimiento y Sonya todavía tenía mucho que aprender de los hombres, y de ella misma. No tenía una considerable experiencia para entender nada aún.

—Vamos, chica. Te estamos esperando en la oficina —dijo Tina, sobresaltándola, y estaba claramente enojada—. No tengo todo el día. Este hombre me hace venir para escuchar sus locuras y yo vivo con los minutos contados. Vamos, vamos, camina. Luego te cambias.

Sonya miró a Mar de reojo y asintió, no había tiempo de cambiarse, se había puesto una bata de toalla sobre la camiseta y el pantalón mojados. La verdad era que no tenía frío. Caminaron por la empresa a paso firme, casi corriendo en realidad, y entraron sin llamar a la oficina de Romero.

—Bien, bien. Ya están aquí. Tengo noticias…, no noticias sino propuestas —dijo Dany, sin saludar siquiera, y las vio tomar asiento. Sonya no lo miró, simuló acomodarse la ropa, prefería ser cauta y comenzar con su manejo de los nervios, todavía podía hacerlo con algunas profundas respiraciones. Ya sabía que cuando su corazón se apresuraba hasta aturdirla era el momento en que debía tomar distancia. El productor siguió con su discurso, parecía enamorado de su propia voz.

—Los guionistas pueden comenzar a escribir ya mismo si es necesario. Quiero tenerte para la temporada dos. La detective investigará otro caso, uno nuevo, algo dis…

—No —sentenció Sonya, interrumpiendo, y Tina la miró como para pulverizarla con los ojos.

Tenían la pelota en su jardín, podían exigir lo que quisieran y sabía que Dany se los daría. Tina no pudo entender esa negativa tan impulsiva.

—Creo que debemos hablarlo nosotras y luego darte la respuesta, Dany.

—No, no hay nada que hablar. No lo voy a hacer. Si era solo eso, me voy a cambiar que tengo mucho frío —sentenció Sonya, con una seguridad que no se le conocía.

Se puso de pie después del asentimiento de cabeza de Romero, estaba anonadado. Enmudecido. ¡Mocosa malagradecida! ¿Cómo se atrevía a semejante desplante? Sabía que eso pasaría. «Cría cuervos y te sacarán los ojos», habría dicho su abuelo.

—No sé qué puede haber pasado, Dany. Hablaré con ella. Tal vez es por la película, está nerviosa y asustada con lo que le espera.

—Tienes hasta pasado mañana. Sabes que no repito mis ofrecimientos.

Tina sonrió de lado. Sí, lo sabía y era cierto. Pero ella no le tenía miedo.

—¡¿Le dijiste que no sin hablarlo con Tina?! Deben estar furiosos y caminando por las paredes —rio Mar mientras acomodaba el vestuario para el otro día.

153

—No digas nada. Ahí viene Tina. Mira lo rápido que camina... Me mata, esta vez me mata. Vete, así no eres testigo —le pidió Sonya a su amiga.

—¡Me debes una explicación! —gruñó la mujer, incluso antes de llegar a su lado.

—Es cierto. Tina, no puedo trabajar más con el señor Romero. Me incomoda, no me gusta cómo me mira y, además, con la película voy a tener más que suficiente.

—No te entiendo, chica —refunfuñó, y se dio media vuelta para marcharse.

Tina estaba rabiosa y contrariada, pero intuía que, como siempre, la muchacha estaba guardando información. Esos secretos que no compartía con nadie la tenían preocupada, no obstante, se había cansado de querer saber. Esa mujercita era un negocio bien cobrado, con esa segunda temporada de la serie o sin ella. ¡Qué más daba! Su propia carrera como representante estaba llegando a su fin, ya no quería renegar. No le hacía falta demostrarle nada a nadie y el dinero le sobraba. Ya la llamaría por teléfono cuando estuviese más calmada.

Levantó el brazo a modo de saludo y sin volver a mirarla. No podía negar que estaba muy orgullosa de su chica. Esa idea le robó una casi sonrisa que inmediatamente desapareció de su rostro.

Sonya la vio caminar rápido y rezongando como cada vez que se enojaba, y tragó saliva. Por fin se había hecho valer por sus propios medios, si necesidad de ayuda. No podría soportar un día más en esa empresa. Trabajar bajo la mirada asquerosa de un hombre que se convertía en monstruo ante sus ojos se le estaba haciendo pesado. No entendía cómo podía haberlo visto tan atractivo y ahora tan repugnante. Hasta su perfume, ese que le había encantado, ahora le daba asco.

El señor Romero era su nuevo fantasma y a ella le aterraban los fantasmas.

Una vez que pudo terminar de cambiarse. Se recogió el cabello y se dirigió a su coche. Sí, ya conducía su flamante cero kilómetros y estaba orgullosa de hacerlo mejor de lo pensado. Con una gran ilusión le había escrito un mensaje a Alejo y le había enviado la foto invitándolo a dar una vuelta con ella al volante. La respuesta había sido tan escueta que hasta la había enojado. Ya no insistiría más. Si no quería ser su amigo ella se olvidaría de él. No era nada nuevo, era lo que venía pasando en su vida desde siempre. Salvo contadas excepciones la gente desaparecía de su lado.

Y pensando en eso, se encontró con Luis tocando el timbre de su departamento.

Hacía semanas que no lo veía más que en las fotos que se publicaban. Todavía guardaba el recuerdo de la última que había visto: él, bellamente sonriente, a la salida del lugar nocturno más concurrido por la farándula y siempre bien acompañado de hombres guapos y mujeres hermosas.

La gente de la prensa los había encontrado solos en la calle, más de una vez, y las habladurías habían estado a la orden del día.

Habían acordado responder a los reporteros que, a pesar de quererse mucho, no pretendían mantener una relación a distancia ya que Luis había conseguido un contrato para trabajar como actor en México.

La noticia no le había caído demasiado bien a Sonya, quien era propensa a fabricar sus propios castillos de naipes, y la esperanza de que Luis descubriera que la amaba había anidado en su corazoncito. Al menos los primeros días. Ya no.

—Hola. ¿Qué haces aquí? —preguntó contenta de verlo. Se reservaría para sí misma la aceleración de su pulso y el tembleque de sus rodillas. ¡Tenía tantas ganas de besarlo!

—Vengo a despedirme, como prometí. Mañana parto para México.

Parte 4:
La puta

Sonya cerró la revista, ya no quería ver más ese rostro precioso con esa sonrisa plena que no le dedicaba a ella sino a esa rubia platinada de pechos enormes; la misma que era la coprotagonista en la teleserie mexicana. A pesar del tiempo y la distancia, ella seguía amando a Luis.

No parecían poco, aunque no eran mucho tampoco, los más de dos meses que pasaron desde la despedida en el portal de su casa. Se le hacía más duro si nutría el recuerdo buscando a Luis entre las fotos de cada publicación que caía en sus manos, de eso no era consciente.

Los únicos momentos en los que casi no lo había pensado, habían sido aquellos eternos días en los que había disfrutado de sus paseos conociendo ciudades que en su vida había imaginado conocer. El mes de vacaciones había transcurrido entre viajes.

El primero lo había hecho con Mar.

Las dos se habían transformado en corazones rotos, en almas en pena, como decía Tina. El amor de Mar había durado lo que un suspiro, pero uno de alivio, de esos profundos y liberadores que la había hecho renacer o florecer o reencontrarse. Sonya no lo tenía muy claro porque no la conocía de antes, sin embargo, esta versión de su amiga era la mejorada, sin ninguna duda. Le había contado con pelos y señales todo el dolor que el frustrado amor por Romero había dejado en ella.

Sonya había pasado de quererla mucho como amiga a admirarla profundamente. Le parecía una mujer increíble, tenía la apariencia de poseer una seguridad aplastante; usaba palabras crudas y reales, sin adornos; y su sinceridad era una firma registrada... Si lo pensaba bien se daba cuenta de que la veía como un modelo a seguir, era el tipo de mujer que querría ser si supiera cómo. No daba consejos, le enseñaba a tomar decisiones y a errar para aprender y volver a empezar.

Uno de los destinos a visitar por ambas había sido París, y no solo por gusto, Romero le había encargado a Mar que contactase con un violinista que tocaba rock con ese instrumento y se había hecho famoso, no solo por ese motivo, sino por ser muy guapo también. Con pinta de rebelde, cabello largo, despeinado y un poco rubión, una simpática cara de chico-problema y una altura envidiable tenía a todos revolucionados. Por supuesto que, además, la música que salía de su violín erizaba el vello de la nuca de cualquier oyente. Incluso del de Sonya, quien jamás había reparado en los sonidos de ese instrumento.

Resultó ser que Dany lo quería como personaje fugaz en una de sus series y le había tocado a Mar contactar con él. Y al hacerlo, había caído en las redes de esa mirada pícara. En el mismo instante en que la había saludado, ella había suspirado perdida y lo peor de todo, sin disimularlo. Sonya se había tapado la boca para no reír a carcajadas al verla así: mareada por un mujeriego. Eso parecía y eso era el famoso violinista.

Mar lo había analizado bien la noche previa a la última reunión con él. Sabía la clase de hombre que era y también sabía la clase de mujer que era ella: una que jamás intentaría cambiar a un hombre y tampoco creía mucho en que los hombres cambiasen por una mujer. Sin embargo, la renovada Mar, por primera vez, aceptaría retozar en sábanas frías con un seductor apasionado. Eso esperaba, como mínimo. Y eso hizo.

Sonya quería aprender a vivir así, sin miedos, sin poner sentimientos en cada persona que conocía y, por eso mismo, la atosigó a preguntas cuando tuvo la oportunidad.

—¿Cómo te diste cuenta que quería…? Ya sabes, digo… ¿Cómo se te insinuó?

—Me preguntó si nos conocíamos. Yo le dije que no, que no lo hacíamos y entonces me dijo que no era una pregunta, era una propuesta… Y así, entre risas, terminamos en mi habitación.

Sonya tenía muchas preguntas atragantadas en su garganta. Y mucha vergüenza también, por eso no las hacía y se tomaba su café en silencio, intentando imaginar cómo podía ser.

Con sus experiencias tan bloqueadas y trastocadas en sus recuerdos, la suya no era una imaginación válida. Apenas si recordaba que el sexo se trataba de disfrute, de goce, de sentirse bien, de unirse por gusto a otra persona por el motivo que fuera. Se había olvidado de recordar que el sexo traía aparejado una mutua aceptación de compartir el placer.

—Mira, Sonya —dijo Mar, alejándola de sus pensamientos—, lo único emocionante, sexualmente hablando, que me pasó en la vida fue que un desconocido me mostró sus partes en medio de la calle. Eso fue hasta llegar a conocer a Dany.

—De él te enamoraste, por eso fue emocionante.

—Además, sí. Pero era todo nuevo para mí. Dany era apasionado incluso en su oficina o en el ascensor… Más de una vez me acarició por debajo de la falda mientras descendíamos a los estudios… Pero ya no quiero recordar eso. Como te decía, no tuve demasiadas emociones a nivel sexual.

Mar se quitó los modernos anteojos que ahora usaba y los limpió con el paño que tenía en la otra mano. Sonya sonrió ante el suspenso que creó con ese silencio y esperó con paciencia el remate de su monólogo. Además, no quería imaginar la mano de Romero debajo de ninguna falda.

—No voy a convertirme en promiscua por dejarme hechizar por un músico de pelo largo, pinta de chico malo y con la verborragia propia de un seductor. ¿Sabes qué me dijo cuando se estaba poniendo el abrigo? —Sonya negó con la cabeza —. Me dijo que me quería volver a ver «para repetir». A lo que le contesté que ese era un problema suyo, que yo nunca dije que repetiríamos. Con una sonrisa poco creíble me confirmó que no lo había dicho, que era verdad. Me di la vuelta y antes de cerrar la puerta murmuré: «Menos mal que te quedó claro».

—¿Le dijiste eso?

—Si no lo hacía yo, lo hacía él. Soy orgullosa.

Sonya atesoraba ese recuerdo como uno ejemplar. Ya le daría utilidad.

Por el momento, pensaba que era de las personas de mente antigua que veía el sexo como parte de una pareja y algo... algo... (según sus pocas prácticas) poco disfrutable para la mujer.

¿Y esa idea? Venía de su poco goce. Ella no lo había pasado tan bien con los hombres porque no habían sido buenos acompañantes de intimidad y con buenos quería decir que no había compartido gustos, sino todo lo contrario. Habían sido poco compañeros, no le habían dedicado mucho esmero al momento. Si analizaba sus experiencias, resultaba ser que el más inexperto de sus hombres había sido lo mejor que le había pasado, el que más placer le había regalado. Aquel muchacho flaco que la miraba con adoración la había adorado de verdad.

Lorenzo había sido su mejor amante, su mejor amor. El más sano y sincero. Por un fugaz momento se cruzó Luis en sus pensamientos y un pellizco le hizo doler el pecho. Él jamás la había adorado así... Ya se mostraba con otras mujeres y aunque dijera públicamente que ella había sido el amor de su vida, ambos sabían que no era cierto. Dolía mucho darse cuenta que seguía siendo parte de una farsa que ella misma había creado.

Después, como compañera de viaje le había tocado Noel. Sonya había corrido con todos los gastos esta vez. El descanso en un exclusivo hotel frente al mar era necesario y merecido, además de increíble, literalmente hablando. Ninguna de las dos creía que podía existir tanto lujo y buen servicio en un solo lugar. Sonya estaba un poco más acostumbrada, pero Noel..., ella había tenido la boca abierta por el asombro los dos primeros días.

Sonya había pretendido que su amiga disfrutara y no pensara en la pobre salud de Lina, que día a día desmejoraba. Ambas sabían que la viejecita estaba partiendo y hacían de los últimos momentos compartidos los mejores recuerdos. David colaboraba con su incondicional presencia. Eran una pareja muy unida y Sonya estaba feliz por ellos, no le había hecho mucha gracia que fuesen de vacaciones solas, pero lo había entendido. Las amigas ya no pasaban tanto tiempo juntas porque el mundo de cada una giraba a una velocidad diferente.

La vuelta a la rutina había sido abrupta para la actriz. Las clases de teatro y de inglés habían comenzado la misma semana en la que había regresado. Su nueva asistente, una asignada por la productora de la película, se presentaba en su casa todos los días para ayudarla con el guion y con las gesticulaciones y modales que se esperaban de su personaje. Le estaba costando más de lo pensado convertirse en mala, audaz, sexi y todo lo que se pretendía de ella. A lo enumerado se le sumaban las rutinas extenuantes con su preparador físico... Ya necesitaba otras vacaciones y recién comenzaba la nueva experiencia laboral.

Para conocer a parte del equipo, entre ellos a sus compañeros, se organizó un encuentro en el salón de eventos de uno de los grandes hoteles de la ciudad. Habían asistido actores, extras, técnicos, gente de dirección y producción... Todos, prensa incluida. Por fin había conocido a su director. Era un hombre sin mucha elegancia ni buena apariencia a quien apodaban el Tiburón. Sonya no se había animado a averiguar por qué el mote.

Los días pasaban y ella estaba, dentro de lo que cabía, feliz. Todo lo feliz que se podía con Luis en su cabeza, porque volver a vivir experiencias similares a las vividas con él, la obligaba a mantenerlo presente día y noche en su mente. Rememorando eventos, presentaciones con los periodistas, sonrisas cómplices, miradas fugaces ante una pregunta tonta o comprometida, la organización de las escenas a filmar... Extrañaba mucho una presencia amiga en el *set*, extrañaba mucho su presencia. Tampoco estaban Mar ni Alejo...

Para colmo de males, la noticia de que su hermano había caído otra vez preso había venido acompañada de una reprimenda de Tina. No podría enviarles más dinero, ya la habían llamado para reclamarle el cheque y ambas sabían que sería así siempre. Tina no quería que estuviese rodeada de chantajistas o aprovechados y en eso se habían convertido los miembros de su familia, desgraciadamente. Por eso la obligó a cortar definitivamente con esa relación enferma.

—Si los quieres ver, visitar, mantenerte en contacto… siempre que yo lo sepa y pueda vigilarte, ¿está bien?. Pero no quiero que te mientas. Si les envías dinero solo te querrán por eso —había dicho Tina con su mejor cara de mala y la voz más dulce que le conocía. Así de ambigua era esa mujer, pero ella sabía que la apreciaba y la cuidaba como nadie nunca lo había hecho.

—Ya lo sé, Tina. Tengo bien claro lo que es mi familia. Solo quería ayudar para sentirme bien yo.

—Puedes estar contenta, ya me encargué de cubrir sus deudas. Pero no sus vicios, eso no te lo permitiré, chica —había asegurado con una pequeña sonrisa condescendiente, y Sonya asintió.

Al menos, esta vez su madre no había sido hospitalizada, de todas maneras, lo sabía por Noel, luchaba a diario con su debilidad corporal.

Ana estaba delgadísima, demacrada y con muy poca capacidad pulmonar debido a una enfermedad que la estaba consumiendo en vida, pero la ignorancia y poca empatía que la rodeaba, además del mal manejo de la economía de la casa, la mantenía alejada de los médicos. Sonya, como todos, ignoraban el detalle. Incluso, la misma Ana lo hacía, ella solo susurraba: «Es cansancio acumulado, solo necesito dormir unas horitas más por día».

Mientras Ana adelgazaba e intentaba mantenerse en pie, Oscar engordaba y estaba cada vez más abandonado y mugriento. Además de indignado, furioso, enojado… Odiaba a su ingrata hija y agradecía que se hubiera cambiado el apellido porque se avergonzaba de ella. No quería volver a verla, todo lo que ella era ahora le producía asco y se sentía ridículo. Las voces de los hombres vociferando lo buena que estaba la nena, lo mayorcita que estaba… «¡El culo que tiene!», le gritaban los más osados. «¡Mira esas pechugas…!» Y su mente que le gruñía: «Ni un puto centavo manda, la desgraciada», ¿¡cómo no odiarla!?

Y Rolo… él solo pensaba en él mismo. Le importaba un carajo todo. La verdad era que no podía importarle nada porque sus neuronas estaban quemadas, la droga se lo estaba tragando y las palizas que recibía lo dejaban cada vez más perdido. Apenas si podía pensar, casi no comía, pero tomaba como si fuese la última vez y la gente del barrio le temía. Incluida Noel que, cada vez que lo veía, este la amenazaba asegurándole que una vez la seguiría para encontrar a Sonya y sacarle todo el dinero que tenía. No lo hacía en esas palabras, sino en una jerga que Noel suponía, era de delincuentes. Jamás se lo diría a su amiga, ¿para qué preocuparla?

Y en esa realidad lejana, pero suya de todas maneras, Sonya comenzaba su primer papel cinematográfico.

Llegó al estudio de filmación con su asistente y en un segundo estaba rodeada por tres personas de maquillaje, sonido y vestuario. Eran los de los departamentos que más invadían su espacio personal. No había uno que no la tocase. Era su trabajo y lo entendía, pero ¡vaya forma de arremeter con la privacidad! No importaba si eran conocidos o desconocidos, ellos agarraban, ponían y sacaban cosas de su cuerpo… Era muy molesto realmente. Y lo peor, algunos ni saludaban, como el nuevo, aparentemente, ella no lo había visto jamás.

—Hola, Charles —dijo Nino.

A él ya lo había visto y escuchado. ¡Cómo no hacerlo! Su extravagancia era un llamado a ser observado; y su voz, a ser escuchado. Ni hablar de sus ademanes y su colorido cabello.

—Carlos. Me llamo Carlos —gruñó el nombrado con cara de indiferencia, mientras le colocaba el micrófono pegado a la espalda. Nunca un dedo suyo le había rozado la piel en los minutos que había trajinado con el aparatito ese. Inmediatamente se le vino a la cabeza Alejo y sonrió ante el recuerdo de su amigo perdido.

—Charles tiene más glamour. En este ambiente se debe respirar glamour… y educación… Saluda a mi niña bonita —le pidió Nino, con risas y ademanes exagerados, mientras le probaba una y otra prenda por encima, para comparar.

—Hola, Carlos, es un gusto conocerte —susurró Sonya sin esperar que él lo hiciera primero, y le guiñó un ojo en complicidad con su petición de ser nombrado con su verdadero nombre.

Carlos levantó la mirada un instante demasiado breve, pero pudo ver el gesto amistoso y la boca sonriente. Escuchar esa voz sensual le produjo lo que siempre, repugnancia. Él era de los que odiaba el glamour, el estatus, la falsedad, la coquetería, las mentiras y la seducción del mundo donde se manejaba laboralmente. Sin embargo, que ella no dijera Charles le había robado una casi sonrisa, que ocultó con inmediatez.

Carlos prejuzgaba, siempre. Prefería pensar mal de la gente y sorprenderse si la cosa era al revés. Por eso le molestaban los actores y actrices en general, principalmente los de cine, que era a quienes más conocía. Eran vanidosos y se creían mejores que todo el mundo, como si trabajar delante de una cámara los convirtiese en especiales. Solo tenían un don, el de saber fingir con realismo que eran otras personas; al fin y al cabo ¿no era eso actuar? ¿Fingir? Y a muchos se les daba de maravilla, también pensaba. Por eso no le caían bien.

Si él tuviese un don trabajaría de otra cosa, pero el único que tenía era el de amar a su familia más que nada en el mundo y tener dos trabajos para mantenerlos y que no pasasen necesidades. Dos trabajos que no necesitaban demasiado conocimiento ni estudios. Él no los tenía, por eso ponía micrófonos y movía escenografías de día, y conducía un taxi de noche, dos veces por semana.

Volvió a mirar a la nueva actriz. Ya la conocía, la muchacha había sido un rotundo éxito desde el día número uno, había pisado firme en el mundillo farandulero, y eso podría haberle subido los humos, como a muchos. Tenía, ¿cuántos? veinte años, tal vez alguno más, y ya era toda una celebridad. Eso mareaba a cualquiera y suponía que mucho más a una jovencita bonita como esta. Bonita era poco decir, la niña era un bellezón, una bomba. Sonrió para sí mismo, negando con la cabeza. Sí, lo era, pero no permitiría que jugase con él, no admitía gestos coquetos ni miradas atrevidas o sonrisas sensuales. Debería hacérselo saber con su cara de culo tan conocida por todos, no obstante, la mujercita se lo ponía difícil. Colaboraba con él mientras le ponía el micrófono y parecía simpática, además lo miraba con curiosidad, no a él, a sus movimientos. Raro.

Podía admitir, con la humildad que lo caracterizaba, que era apuesto. Lo sabía, se lo habían dicho toda la vida. Tenía cabello oscuro; ojos verdes y boca carnosa; era altísimo; con buen cuerpo, que no fortalecía en un gimnasio, por falta de dinero y tiempo, sino que el trabajo mismo lo ayudaba a tonificar. Nada de eso le había importado nunca, solo cuando había querido conquistar el amor de su esposa y resultaba ser una mujer que miraba el interior y no el envoltorio de las personas. Tuvo que trabajar el doble para demostrarle que no era solo una cara bonita. De eso hacía ya casi diez años, tiempo que había traído consigo dos hijas preciosas además de una estabilidad emocional que nunca había conocido.

—Esto está listo, señorita —casi gruñó, y Nino negó con la cabeza.

—Si tus ojitos no fuesen tan bonitos… —susurró.

—¿Cómo dijiste? —Carlos no soportaba a Nino, y nada tenía que ver su homosexualidad ni sus lances constantes. A esos los ignoraba, pero su presencia no podía pasar desapercibida.

¡Hablando de vanidad! Nino la tenía al por mayor. Era el típico personaje que acompañaba al más iluminado, conocido, famoso… no importaba, él lo acompañaba para hacerse ver y pertenecer al mundo que adoraba. Hubiese querido ser todo lo que eran esos personajes, sin embargo, no les llegaba ni a los talones. Era un simple modisto, hijo y nieto de costureras de barrio, con poca creatividad incluso hasta para obtener buenas notas en una carrera de diseño que tuvo que abandonar por no alcanzar los objetivos. Lo único que se le daba bien era coser, zurcir, adornar y copiar modelos; además de elogiar, ser condescendiente con sus jefes y los actores más renombrados y mentir algo que no era. Era falso y chismoso, aunque todos lo creían buen amigo. Era como un buen gato astuto, siempre caía bien parado.

Sonya percibió la molestia de Carlos y le tomó el codo para calmarlo. Este la miró de mal modo y se alejó enojado.

—Déjalo, muñeca. Es rarito y gruñón. Solo es agradable a la vista —dijo Nino, sin sacar la mirada del trasero delgado enfundado en pantalones de trabajo gastados que se alejaba a paso ligero. Sonya sonrió divertida, auguraba buenos momentos al lado de Nino.

No lo conocía mucho, pero los pocos momentos compartidos habían sido entretenidos. Era un personaje peculiar que le caía bien.

—¡A trabajar! —gritó el Tiburón, tomando asiento en su sillón de director y todo el mundo obedeció.

El día había sido agotador y eterno, por fin llegaba a su fin y se iba a casa a disfrutar de un buen baño con sales aromáticas y si no se dormía antes, tal vez pondría una película para distraerse. Eso de vivir sola a veces la aburría sobremanera, aunque disfrutaba mucho de su intimidad y libertad. Lo que más le gustaba era el silencio y el poder administrar sus tiempos.

—¿Lista? ¿Puedo quitarte el micrófono? —murmuró Carlos a su espalda, y ella se sobresaltó—. Perdón, no quise...

—Estoy bien. Solo estaba pensando en lo agotador que es esto, por eso me asusté. Estaba distraída.

Carlos sonrió para sí mismo. Agotador, había dicho, y no había tenido que levantar muebles, subir escaleras, hacer fuerza, discutir con los vagos que no sabían ni poner un cable... Ella estaba cansada, ¡cómo no!

—Me abruma toda la gente observando, es demasiada. Deberían prohibir que estén sin hacer nada detrás de cámara. ¿Acaso no se dan cuenta de que es molesto y nos distrae?

—Que te miren unos cuantos más qué te importa. Si eso les encanta a los actores —gruñó él en respuesta. Ya comenzaría con sus requerimientos personales, la muy engreída. Se la imaginaba vaciando el estudio de gente. Si hasta podía imaginar el tono que pondría con esa voz sugerente que tenía y una postura altanera.

Sonya se alejó de él y lo miró de frente. No le gustaba que malinterpretasen sus palabras y Tina le había enseñado a mostrarse firme. Mar también le había dicho que debía hacerse respetar desde el minuto cero. Y eso haría. Además, le gustaba ese hombre, tal vez le daba confianza porque no había reparado en su escote ni lo había visto mirarle el trasero, como a muchos otros.

—Mira, Carlos, lo único que quise fue ser cortés contigo y conversar, como suelo hacerlo con la gente que no me desagrada. Supongo que nos veremos a diario y no está demás tener una conversación cada tanto. ¿No te parece? —dijo, y se felicitó en silencio por mantener la voz firme y no dejar que sus rodillas se vencieran. Podía caerle bien, pero la intimidaba con su silencio y su escrutinio.

Carlos asintió desconcertado. Tampoco es que hubiese sido un desubicado con su comentario como para que ella saltase como leche hervida. «Tan chiquita y tan arpía», pensó. Ya tenía la anécdota para sus hijas y esposa que esperaban ansiosas las noticias de la gran Sonya Paz. Su mente quedó en ese pensamiento y recordó la fiebre de su pequeña, menos mal, ya que tenía que comprar el antitérmico. Miró su reloj y, sin darse cuenta, con el movimiento rozó el trasero de Sonya.

—Perdón, fue sin querer.

—Te perdono —dijo ella, sonriéndole y volviendo a mirar la pantalla de su móvil. Hasta que la foto que vio la abofeteó fuerte, al menos así lo sintió, como una bofetada. Parecía que Luis no dejaba falda mexicana sin conocer. Un jadeo angustiado salió de la garganta de la actriz y Carlos no pudo no reparar en los ojos vidriosos y al borde de las lágrimas. Claro que él no podía saber que ella no lloraba.

—¿Estás bien?

—¿Eh? Sí, sí. Solo tengo que acostumbrarme —pensó en voz alta.

A Sonya le pesaba la soledad. Sus amigas estaban ocupadas la mayor parte del tiempo, conocía de sobra el horario laboral extensísimo de Mar y Noel estaba agotada con su nuevo puesto en aquella empresa en la que la habían contratado a prueba y con Lina convaleciente, no podía estar molestándola con su necesidad de contarle sus problemas.

—Supongo que son los primeros días. Además, ya estarás habituada a las jornadas largas de filmación. No debe ser nuevo para ti —dijo Carlos, y se sorprendió él mismo por haber largado semejante frase, no por lo buena, sino por lo extensa. Ya eran demasiadas las palabras cruzadas con un actor, actriz en este caso. Se desconocía.

—No me refería al trabajo, «Charles» —dijo enfatizando en el nombre.

A Sonya le gustó que por fin esa cara amarga desapareciera. Y se sintió cómoda para hacer la broma, remarcando el nombre que sabía que no le gustaba.

—Carlos —gruñó. Se lo merecía por hablar con quien no debía, pensó. Y entonces escuchó una carcajada tan sorpresiva como sincera. Levantó la vista y la simpatía que transmitía ese bello rostro era indescriptible. Quedó prendado de ella y se descubrió riendo. «Mocosa atrevida».

Sonya elevó los hombros y volvió a reír. Él afirmó con la cabeza asumiendo que la broma había sido buena.

—Listo, yo terminé.

—Gracias. Hasta mañana, Carlos.

—Hasta mañana.

—¿Eso que vi en Charles fue una sonrisa? —preguntó Nino, llegando desde su espalda.

—Si lo molestas es peor —murmuró Sonya, contenta con su logro.

—Vamos a tomarnos unas copas, muñeca. Te lo mereces por tu trabajo de hoy.

A Sonya le hubiese gustado ir a descansar, pero Nino no se lo permitió, era demasiado persuasivo.

Desde aquel día, Sonya había aprendido dos cosas: Carlos tenía una linda sonrisa y a Nino nunca podría negarle nada.

Sonya era buena con los niños y, por eso, el día que Carlos llevó a su hija al plató (porque la niña estaba con una gripe terrible y la madre no podía acarrear con ella porque trabajaba en la cocina de un restaurante y ese no era un ambiente para una niña que se sentía tan mal), la pequeña había quedado obnubilada con ella nada más verla; le había sonreído con los ojitos brillantes y con una vocecita apenas audible le había dicho, sin alejarse mucho de las largas piernas de su padre: «Eres más bonita que mi muñeca» Carlos la había cargado en brazos para acercarla a la actriz y esta, sin importarle cuánto moco podía contagiarle, le dio un sonoro beso en la mejilla, además, le sonrió de una manera que Carlos creyó celestial.

Esa mujer podía ser un demonio y un ángel al mismo tiempo, concluyó. Lo primero lo había pensado porque el vestuario que llevaba ese día la hacía lucir sensual y preciosa, era una invitación a pecar. Suponía que por primera vez le temblarían los dedos al colocar un micrófono.

—Tú eres más linda. ¡Mira esos ojazos que tienes! —le había dicho ella en respuesta, y la niña rio feliz.

Ese día Carlos comprendió que se había equivocado juzgando a Sonya. Ella había cuidado de su hija mientras él trabajaba y la pequeña no había molestado a nadie. Había dormido una siesta en el camerino de la actriz y luego la había observado grabar desde una silla, sin moverse. Por la noche, él había reído con su esposa porque la pequeña había sentenciado que sería actriz, como Sonya Paz.

A Carlos le gustaba la gente de buen corazón y Sonya lo tenía. Podía verlo en esos ojitos sinceros que lo habían conquistado desde el principio, aún sin saberlo.

Al pasar los días, ambos fueron conversando con frases más largas y metiéndose en temas que nada tenían que ver con el trabajo y hasta rozaban lo personal. Incluso habían salido a tomar un café una mañana en la que ambos habían coincidido en sus horarios de descanso.

En ese mismo bar se habían encontrado con Nino, quien los había vigilado con la mirada como buscando algo... solo algo. Un chisme calentito y apetecible hubiese sido lo ideal, pero no había visto nada que los comprometiera. Lo que sí había notado había sido ese pellizco de envidia que nacía en su interior.

Sonya era la actriz del momento y su compañía, las pocas veces que habían salido a algún club nocturno de moda, había sido la gloria. Una gloria que solo no podía tener. Nino adoraba la vida de los artistas, la deseaba y por ese mismo motivo coqueteaba con ellos, los seducía de alguna manera, no importaba de cuál. Si era metiéndose en la cama de alguno también aceptaba. Había mucho gay reprimido en el ambiente, mucho bisexual tapado y algún que otro «creativo» o aburrido de la rutina que disfrutaba de cierto tipo de morbo del que ni siquiera se espantaba ya. Habiéndose tenido que disfrazar de enfermera (en femenino) para lograr la erección de un productor, ya nada le llamaba la atención.

Los meses pasaban y Sonya se sentía cada vez más segura de sí misma y no solo en su labor como actriz, sino en todo lo concerniente a su vida. Estaba pletórica y era feliz, nunca había conocido de primera mano semejantes estados de ánimo. Tenía amigos, una vida social activa y un trabajo que le retribuía un buen pasar económico y le hacía olvidar las miserias de una vida pasada. Vida que apenas recordaba cuando le llegaban noticias a través de Noel y David. Solo entonces, su buen humor mermaba y por las noches algún fantasma rondaba sus sueños, convirtiéndolos en pesadillas.

Nino seguía como una sombra persiguiendo sus pasos y tanteando el terreno, acercándose demasiado, peligrosamente, aunque eso Sonya no lo sabía. Ella solo veía un amigo fiel y poco deslumbrado por su apariencia, si hasta le había hecho alguna crítica a su cuerpo y estilo de vestir. No podía gustarle más que alguien no le hablase sobre lo perfecta y bella que era. Nino, tan sagaz como era, había visualizado esa vulnerabilidad en Sonya y había aprendido a manejar el detalle a su conveniencia. También se aprovechaba de la confianza que ella había depositado en él y de la posibilidad de manipularla a su antojo.

La buena *performance* de Sonya la afianzaba en su profesión, tenía una corta carrera, pero todos la adivinaban prometedora y larga. Su hermosura, aunque no dejaba de estar en boca de todos y seguía siendo discusión y tema de actualidad en los medios de comunicación, ya no era un impedimento para que la aceptasen como lo que era: una brillante actriz en ascenso. Tanto, que había estado nominada a un premio de la televisión por su papel en la serie policíaca y también la habían invitado como jurado del certamen de precandidatas a Miss Universo, a nivel nacional, estaba claro. Sonya se había negado rotundamente a participar de ese tipo de actividades, todavía no perdonaba su beldad ni nada de lo que eso traía aparejado. Pagaba un precio caro por ser como era, había dolido mucho y todavía molestaba un poco, sobre todo, cuando las miradas bajaban de sus ojos y anclaban en otras partes de su cuerpo.

Su fama no había traspasado las fronteras. Era reconocida en países limítrofes y poco más, sin embargo, todavía no era una gran cosa y las oportunidades internacionales no aparecían. Ni las esperaba, nada sabía de eso, era Tina la esperanzada que trabajaba sin descanso para lograrlo como su última meta laboral. Le allanaría el camino todo lo que pudiese para que la chiquilla no tuviese problemas y la dejaría a su buena suerte. Estaba muy cansada de pelear con los leones de la industria.

Carlos se había hecho un huequito en la vida de Sonya, uno pequeño y silencioso. Era una presencia constante cargada de miradas con reproches, sonrisas sinceras y compañía incondicional. Veía en ella una niña asustada, incomprendida y asombrada con un mundo nuevo que, sin darse cuenta, estaba en sus manos. Tal vez era el

170

más realista de todos y con su callada observación veía en Sonya lo que realmente era, una joven inexperta metida en un carnívoro y demasiado frívolo mundo de fantasía que consumía lo mejor de las personas. Tenía una idea bastante parecida a la de Mar y por eso mismo, en su ausencia, Sonya se había acercado a él, de forma instintiva, claro estaba. Él también había notado como todo lo relacionado a su apariencia era una molestia en ella y podía comprenderla, había pasado por la nefasta experiencia de ser elegido el juguete deseado de más de una caprichosa actriz, solo por ser como era físicamente. No podía dejar de percibir lo perdida que estaba Sonya, la veía sin rumbo, mareada y podía afirmar que si ella se detenía a pensar estaría asustada, pero eso no pasaba. Sonya no se estaba deteniendo a pensar y ahí estaba el problema, según su punto de vista.

No obstante, ¿qué importancia tendría su «punto de vista»? Era un simple técnico frente a una estrella dorada que todo el mundo quería ver brillar y sin medir consecuencias. A ese nivel, las personas eran objetos de valor de mayor o menor valía y Sonya Paz era uno demasiado costoso al que no se animaba a cuidar más de cerca, porque no podía darse el lujo de perder nada de lo que tenía. Y sabía que si alguien supiese la clase de consejos que le daría a la muchacha su empleo desaparecería en un abrir y cerrar de ojos. Prefería estar y mantenerse expectante para cuidarla de las caídas, si podía.

Sonrió al verla acercarse, cansada y ojerosa, preciosa de igual forma y con esos movimientos tan sugerentes e incontrolables por ella misma. Preparó su mente para ver el precioso rostro sonriendo de la extraordinaria forma en que lo hacía y escuchar ese timbre ronco y seductor con el que murmuraba simples palabras que atacaban la cordura masculina sin piedad. No quería estar en los pantalones de ningún muchacho sediento de su atención.

—¿Te puedo dar un regalito para tus hijas?

—Prefiero que no les compres nada, me gusta criarlas sin darle importancia a lo material.

—No es nada caro, te lo prometo. —Y entonces sucedió, le mostró los dientes con ese gesto tan alegre y sincero... No pudo resistirse y largó la carcajada, lo llevaba de las narices, definitivamente, la cuidaría de todos los que no la quisieran bien, mientras pudiera.

Disuadir a Sonya para que hiciera algo que ella ni había pensado hacer era una tontería para alguien con la elocuencia y simpatía de Nino, lo sabía y lo hacía. Nunca había escuchado un «no» de labios de la jovencita preciosa que todos querían a su lado y que él acaparaba desde hacía casi un año.

Por suerte, algunos problemas técnicos habían retrasado la filmación y su niña bonita seguía cerca. La tenía tan convencida de sus buenas intenciones que ella le conseguía trabajo en los anuncios publicitarios en los que la contrataban.

Se había ganado el cariño de Noel también, no era demasiado difícil mostrarles su mejor lado: el divertido, el coqueto, el cómplice, el que todas las mujeres esperaban de él. Le encantaba ser el gay alegre, chismoso y adulador que daba consejos, cuchicheaba sobre moda y promovía su extravagancia al vestir y peinar. Con Mar, todas esas facetas bien ensayadas no funcionaban.

Una nueva noche de juerga lo tenía entusiasmado, como cada vez que se visualizaba siendo el centro de atención. Esa noche en particular, la fiesta estaba densa. Mucha cara conocida, mucha gente sin sus parejas y mucho profesional del sexo... Eso tenían las fiestas de los músicos..., de algunos músicos..., de los que él frecuentaba cuando necesitaba dinero.

La ingenuidad de Sonya no permitía que viese la realidad de las cosas y eso a Nino le convenía porque, definitivamente, estar a su lado le proporcionaba clientela y nuevos negocios.

Sonrió con pedantería y tomó las dos copas de *champagne* que le dio el muchacho de la barra de tragos. Se detuvo un momento, solo lo necesario para lograr su cometido, y siguió su camino rumbo a la mesa donde lo esperaba ella y toda su descomunal hermosura. Sonrió al ver a uno de sus amigos acercarse como un depredador y se le ocurrió una idea, una muy productiva y tal vez hasta necesaria.

Sonya no se sintió intimidada ante la presencia de Richi. Y después de dos copas de la burbujeante bebida, que Nino mismo le preparaba, mucho menos. Si hasta estaba encendida.

—¿De verdad trabajas de eso? —le preguntó Sonya con curiosidad a Richi, y este asintió con su enorme sonrisa de lado.

Era guapo, no se podía discutir eso, y el cuerpo estaba cincelado con horas de gimnasio. Era necesario para tener más interesados. Debía gustar y atraer. Él prefería las mujeres, pero si lo contrataba un hombre no le hacía asco, solo ponía las condiciones: daba, no recibía.

Nino los miró a uno y a otro, ¡eran tan opuestos! No había nada que Richi no hubiese hecho o visto y la chiquilla que estaba a su lado no había hecho ni visto nada. Ella misma se lo había contado la primera vez que se habían emborrachado juntos, y algo más. La muñeca no tenía cultura alcohólica ni de la otra y eso colaboraba con sus egoístas intenciones puestas en marcha desde ese mismo día.

Nino la miró con furia camuflada de lástima, la pobre infeliz no sabía cómo utilizar todos esos atributos que la noble naturaleza le había regalado. «Era injusto», pensaba Nino, envidioso como era de todo lo que los demás tenían y él no.

Sonya no había vuelto a reparar en un hombre, una vez que su corazón había sanado no quería que nadie más lo volviese a romper. Además, había estado demasiado ocupada con el trabajo y distraída. Y de seducir a conciencia poco sabía, jamás lo había hecho.

La vio dirigirse al tocador y sin perder tiempo, Nino contrató a su amigo para Sonya. La jovencita necesitaba unas clases privadas para convertirse en un mejor producto, había llegado el momento, y Richi era un buen maestro. Con las entradas a un par de *shows* y una orden de compra en aquel negocio exclusivo de ropa de marca, alcanzaba. Richi era caro, sin embargo, no para él que le conseguía parte de la clientela.

Al volver, Sonya estaba radiante con las mejillas sonrojadas y los labios brillantes que mantenía entreabiertos. Se sentía un poco… algo… Estaba confundida. Su cuerpo reaccionaba diferente como, por ejemplo, solícito con esa caricia en su muslo. La palma de la mano de Richi estaba tibia y era suave.

—¡Eres tan hermosa! —le susurró él, al ver que Nino se alejaba a bailar entre gritos y ademanes exagerados. Sabía que esa era la señal.

—No voy a contratar a un prostituto, Richi. No necesitas adularme y estamos en una fiesta, ¡por Dios! —dijo entre risas, y un poco asustada por su estado.

—Punto número uno —respondió él, acercándose demasiado a su oreja, tanto que el roce la estremeció y la obligó a cerrar los ojos ante la excitación, ¿cómo era posible?—, esto es seducción, no trabajo. Punto número dos, es una fiesta, pero hay muchos como yo que sí están en horario laboral.

—¡Eso es mentira! —sentenció incrédula.

—No lo es. Mira ese moreno de allí…, lo contrata esa mujer porque ella gusta de los muchachos «con equipo grande», supongo que me entiendes. —La vio taparse la boca con picardía, sí, lo había entendido—. Aquella rubia delgada, la del vestido violeta, es una compañera…, tenemos un cliente al que le gusta que estemos los tres juntos. Es un famoso actor retirado, pero vigente todavía. Y no te voy a decir quién es. Y esa mujer de allí es la exesposa de un futbolista, paga mucho y exige el doble. Creo que es ninfómana.

—¡Por Dios, Richi! —dijo avergonzada con todas las imágenes que tenía delante. No les importaba manosearse en público ni besarse con descaro. Claro que si su acompañante no se lo mostraba, ella no lo hubiese visto. Cerró los ojos y cambió la mirada al ver cómo la mujer de cabello corto, la supuesta ninfómana, acariciaba la entrepierna del rubio que la besaba metiéndole la lengua sin disimulo alguno. Se sentía acalorada y vulnerable.

Volvió a prender un cigarrillo, sí, había adquirido la costumbre de fumar cuando salía por la noche. Un vicio que Nino también tenía. Él le había enseñado que era glamoroso hacerlo, siempre que fuese con estilo, y ella lo tenía, uno muy sensual de hecho. Todo lo contrario pensaba Tina, estaba furiosa por ese tema.

Richi no se perdió el movimiento de esa boca roja y suculenta, si hasta se le escapó un suspiro. El trabajo mejor pagado de su vida sería el que haría esa misma noche.

—¿Quieres que te pague yo a ti? Con mucho gusto lo hago con tal de que me des la oportunidad de tenerte a mi disposición, en una cama, desnuda y expectante —le susurró y la vio inspirar profundo, ya casi la tenía convencida.

Richi sabía manejar sus manos, sus palabras y sus labios. Un roce por aquí y un beso por allá después de un murmullo, en el estado en que ella se encontraba, eran letales. La escuchó gemir bajito y largar el aire por esos labios que se entreabrían con un erotismo tan natural como la misma belleza que tenía toda ella.

Sonya no estaba cómoda con su necesidad de besarlo o de dejarse tocar, tampoco con la de querer refregarse contra algo. En su vida había sentido todo ese deseo y por ese mismo motivo estaba confundida. Vino a su mente, como una ráfaga de sensatez, la frase de Mar aquella mañana mientras desayunaban: «No me convertiré en promiscua por dejarme seducir...», o algo parecido... y se dejó vencer por la urgencia de su cuerpo. Sin pensarlo demasiado, asintió, cerrando los ojos al notar que él se acercaba para besarla.

Sonya pensaba que el último trago de *champagne* estaba haciendo demasiado barullo en su cabeza, no debería tomar tanto, normalmente no lo hacía, era por eso, pensaba. Estaba asustada, su inhibición había desaparecido y le daba paso al atrevimiento. Eso no era bueno porque su cuerpo respondía sin darle espacio a la razón. Nino había desaparecido; y sus ganas de frenar esa mano que amenazaba con meterse debajo de la falda, también.

—Aquí no —se escuchó decir. Y la sonrisa de Richi la desarmó por completo o, tal vez, había sido el beso que había incluido lengua y dientes. No lo podía confirmar.

Entre carcajadas, mareos y algún que otro manoseo, llegaron a una habitación, una de las tantas que en esa mansión había. Sonya tenía un mareo descomunal que solo se detenía si se recostaba, así mismo como estaba.

Los besos de Richi eran como para aplaudir, pero ella sabía que eran besos profesionales. Algo parecido a los que ella daba, pero estos excitaban de verdad, ella no metía la lengua de esa manera ni se la metían tampoco, alguna vez..., pero fue aclarado a tiempo y nunca más. No quería creer que los jadeos de él eran mentirosos, los suyos no lo eran. Estaba en llamas y esa mano no llegaba todavía a destino, se entretenía demasiado en sus muslos, en su trasero, en su ombligo y necesitaba apurarla de algún modo, por eso creyó que tocándolo primero...

—¡Oh!, sí, nena, qué linda sorpresa. Me pones como loco —ronroneó Richi, y entonces sí, la mano llegó a destino y un dedo se hundió en su interior desatando todo el frenesí que tenía comprimido.

Sonya gimió extasiada, como nunca lo había hecho, fue casi un alarido. Richi tenía claro que no era tan irresistible, pero le gustaban los sonidos de igual forma; el cuerpo retorciéndose, los ojos oscuros y brillantes, los labios entreabiertos, las manos juguetonas... Y si la dueña de todo eso era la inigualable Sonya Paz el espectáculo era casi pornográfico. Tomaría un par de fotos, después, ahora no estaba en condiciones.

—Hermosa —le susurró al oído, y volvió a invadirla con energía.

Sonya abrió los ojos y se vio desnuda. Él también lo estaba, ¿cuándo había pasado? No importaba, ya no. Solo necesitaba esa mano ahí o cualquier otra cosa que le sacase el ardor que tenía acumulado entre sus piernas. Volvió a retorcerse y agradeció las clases de yoga que le habían obligado a tomar, necesitaba exponerse para que él tuviese acceso.

Richi sonrió al verla tan necesitada. Ya hablaría con Nino, era demasiado, la pobre chica estaba sufriendo. Le daría lo que necesitaba y después comenzaría a enseñarle algo, así no podía; si de lo único que era consciente era del inminente orgasmo. Mientras disfrutaría de la escena. Si ella se viese y escuchase..., vergüenza sería lo mínimo que sentiría. Estaba enardecida. Vibraba, se retorcía, aullaba como loba y demandaba como gata. Su mano lo apretaba y lo acercaba al final. Tuvo que alejarse lo suficiente y seguir con su lengua satisfaciendo la urgencia de la mujercita febril en la que se había convertido.

«¿Esta mujer se perfuma aquí?», pensó, y después de sonreír se dejó llevar por el aroma cítrico y dulce que desprendía. El mismo que llevaba en su cuello y escote. Era exquisito.

Tuvo que mantenerle las piernas abiertas y como si de una lucha cuerpo a cuerpo se tratase, presionarle la cadera contra la cama. Sonya era una bomba a punto de explotar y lo tenía en el mismo estado.

«Tanta pasión encadenada por la inexperiencia y la timidez es un pecado. Hay tanto potencial en esta criatura...», pensaba.

Sonya estalló, creyó que había sido literal, tuvo que mirarse para verse entera. Solo tuvo que esperar que su cuerpo respondiese a la orden de levantar la cabeza. Richi estaba a su lado colorado, sudado, con una erección enorme y agitado. Se puso nerviosa cuando la miró con esa carga de lujuria que no esperaba. Fue demasiado rápido poniéndose el condón, ella no pudo verlo, pero sí pudo sentirlo sobre su cuerpo.

La cabeza de Sonya estaba dándole problemas. Un mareo que iba y venía, a veces, le obligaba a cerrar los ojos; y otras, no podía hacerlo. Contrario a lo que pensaba, que ya estaría bien por ahora, necesitaba más. Su cuerpo pedía más. Ver a su amante agazapado y estrujando sus pechos la puso en alerta otra vez. Intentó levantar la cadera para sentir el roce y él no se lo permitió.

—Tranquila, ahora vamos a ir más lento. ¿Qué te parece si te enseño a volver locos a los hombres? —dijo Richi, muy a su pesar tenía trabajo que hacer.

Adivinó que a ella no le gustaba la idea. Entonces se puso en acción, poco colaboraría de otra forma, ya había tenido la experiencia con un par de vírgenes inexpertas. Le tomó la mano y le pidió que se metiese los dedos en la boca y, a pesar de hacerlo sin gracia y casi sin voluntad, había sido un movimiento sensual. Es que esa boca de por sí lo era y rodeando sus dedos... Entró en ella en un solo movimiento, lento y profundo. La vio estremecerse y alejar la mano.

Odiaba a Nino, apenas si podía controlarse, pero había hecho la promesa.

—No. Imita este movimiento con tus dedos. A mi ritmo. Chupa los míos... —dijo, meneándose y disfrutando por fin. Era una delicia, pestañeó lento, el goce le obligaba a cerrar los ojos, pero quería ver a la mujer que avivaba sus deseos.

Sonya estaba terriblemente contrariada en sus pensamientos. Quería y no quería. Era todo muy estimulante, pero se sentía torpe y avergonzada haciendo lo que le pedía. No le gustaba chuparse los dedos, aunque los de él eran otra cosa y si la respuesta de verla hacerlo era esa acción enérgica, mejor que mejor. Levantó las piernas y las enredó en la cintura de él. Hacía lo que le pedía, solo por mantenerlo en movimiento, lo necesitaba. Pellizcó sus tetillas, le tiró el pelo, le mordió el cuello, elevó la cadera, clavó los talones, se pasó la lengua por los labios... y él no paraba.

Su propio grito la aturdió, su cuerpo se tensó desde la punta de los pies y al aflojarse, quedó exhausta. Cerró los ojos mientras Richi terminaba. Estaba sensible, varios escalofríos recorrieron su columna vertebral y alguna carcajada salía de su boca sin poder controlarla.

No sabía cómo había llegado a estar sentada frente a la majestuosa entrepierna de Richi, que le pedía entre jadeos que terminase con él. Sacudió la cabeza para avivarse y sonrió al escucharlo otra vez.

—Termina conmigo. Así —dijo hundiéndose en ella mientras le tomaba el pelo con las manos—. Toca aquí..., eso... Los hombres somos muy sensibles ahí —murmuraba él con la voz ronca y sin perderse ningún movimiento. Tenía los ojos entreabiertos y se mordía el labio gruñendo.

Ella comprendió que, por más profesional que él fuese, tenerla así (a ella o a cualquiera) le gustaba; como a todos los hombres. De eso no escaparía jamás y ¡qué asco le daba! Las náuseas eran espantosas y los recuerdos se volvían monstruosos. Por suerte, Richi estaba tan urgido que su suplicio duró unos pocos segundos o tal vez algún minuto, no lo sabía con exactitud, solo que había sido rápido.

Los días laborables se sucedían. La grabación había sido retomada y era extenuante e interesante también. Sonya aprendía y perfeccionaba sus técnicas viendo cómo lo hacían los actores consagrados que ella había visto alguna vez y hoy eran sus compañeros. Le gustaba verse mejorar y cada felicitación del director, si venía acompañada de la sonrisa de Tina y la invitación de ella a una cena en un restaurante, la ponía feliz. Su representante no felicitaba porque sí y tampoco lo hacía el Tiburón.

La noche de aquella fiesta había quedado en la memoria de Sonya como una nebulosa. Podía afirmar que se había acostado con

Richi, recordaba que había sentido muchas cosas nuevas, sensaciones que nunca había disfrutado en su cuerpo. Si cerraba los ojos podía volver a ver ese torso perfecto y a ella acariciándolo con las manos bien abiertas y susurrándole lo bello que era, también se le venían otras imágenes a la cabeza, y algunos sonidos. Él sonriendo mientras la ayudaba a colocarse el vestido y sus labios besándola al despedirse en la puerta de su departamento.

Lo que jamás olvidaría, porque había sido espantoso, sería el ardor de su sexo, el dolor de sus piernas y la resaca al despertarse al otro día. Nino no le había hecho demasiadas preguntas y ella no le había querido contar tampoco.

Jamás se imaginó que su amigo había pagado ese servicio para que ella espabilase y aprendiese; y tampoco, que él se había asustado cuando Richi le había contado cómo había alternado entre estados de seminconsciencia y enardecimiento.

Se le había ido la mano y por eso mismo no se animaba a hablar con ella. Estaba manejando la situación como podía. La niña era más sana que el agua mineral, ¡¿cómo lo podría haber sabido él?! Ahora ya estaba al corriente y eso era bueno. Más vale tarde que nunca. Ya había tenido la oportunidad de probar otras maneras y había encontrado la fórmula. Al menos no había repetido esos episodios y la había visto lo suficientemente extrovertida y animada... Era tiempo de volver a intentar y hacer un dinerito extra.

—¡Sí que se lo pasan bien los fines de semana! —dijo Carlos, mientras acomodaba unos objetos que habían sido movidos en la escena filmada. Sonya estaba acompañándolo porque no le tocaba actuar todavía. Le extendió una foto arrugada para que la viera —. La prensa no perdona, Sonya.

—Es que Nino es muy divertido y sus amigos también lo son —dijo intentando defenderse y disimular.

—Debes tener cuidado con los lugares a los que vas. ¿Te drogas, Sonya? —le preguntó él, tomándola del codo. Quería presionarla para que no le mintiera.

—No, y me lastimas, suéltame.

—Perdóname. ¿Y qué es esta basura, ahora fumas en el trabajo? No se puede dentro del estudio.

—No eres mi hermano ni mi padre. A ellos no les importaría, de todos modos —murmuró, y Carlos la abrazó por los hombros después de quitarle el cigarrillo y apagarlo.

Como cada lunes volvía a trabajar con ojeras, mal dormida y más sensible de lo normal. Semana tras semana lo había notado, había sido así cada vez que trasnochaba por asistir a algún evento fuera de la agenda que la empresa productora le había asignado. Y lo sabía, no solo porque era observador, sino porque apreciaba a Sonya. No podría ser su padre, apenas le llevaba una década y poco más, pero sí su hermano mayor. Ella le había contado que su familia la repudiaba y más se había propuesto acompañarla. La veía demasiado sola y desvalida. Si no fuese por Tina (a quien conocía, respetaba y temía a veces) y por esas dos amigas que ella misma nombraba, no parecía tener a nadie más.

—No lo soy, aun así, soy tu amigo.

—Lo sé.

Sonya volvió a mirar la foto y se tapó la boca. No recordaba que hubiese posado para ella, sin embargo, eso parecía. Su cara estaba demacrada, su vestido subido casi a una altura impúdica, si hasta podía ver un poco de su tanga (era la rosada de encaje, la reconocía), jamás hubiese sacado la lengua de esa manera para una foto y ¿qué les pasaba a sus ojos? No obstante, no le diría nada de eso a Carlos, no quería que la reprendiese otra vez.

Esa noche llegó a su casa y se recostó en el sofá, se abrazó a sí misma, con la manta que tenía para cubrirse mientras miraba películas con Noel, y suspiró. Le daba miedo su nuevo mundo. No sabía qué debía hacer y qué no. ¿Qué estaba mal? ¿Quién le daba los consejos más sinceros? ¿En quién debía confiar?

Cada tanto le pasaban esos pensamientos por la cabeza y era cuando alguien le demostraba cariño sincero, como Carlos. O cuando pasaba el fin de semana con Noel y volvía a ser Sonya, la humilde chica de barrio que alguna vez había sido y parecía estar desapareciendo. Como su amada Lina, de solo pensarlo se le partía el corazón, ya estaba ingresada en un hospital geriátrico, a la espera de su último aliento.

Cuando se estrellaba con su otra realidad se daba cuenta a la velocidad que estaba yendo y esos golpes la sumían en un estado que no entendía muy bien. Su desasosiego la confundía y pasaba de la felicidad a la tristeza en un pestañeo. Lo peor de todo era que no podía conversarlo con nadie.

Noel no conocía los detalles de su trabajo ni los pormenores de estar entre famosos, no era tan simple como: «Si no te gusta, no lo saludes. Si te sientes incómoda, te vas. Si no tienes ganas de ir, no vayas». Todo era más complejo. Tina le había enseñado que en el ambiente se daba muchas vueltas y una vez estabas arriba; y otra, abajo, por eso había que quedar bien con todos. Nino le había aconsejado que se divirtiese, que una vez que tuviese más de treinta, todo se volvía aburrido y monótono. Ella nunca se había divertido tanto ni había tenido amigos... Pero entonces, aparecía Carlos y la asustaba con lo que le decía. O Mar y sus palabras directas: «Amiga, espero que sepas lo que haces».

No, no lo sabía... Su cabeza estallaría un día de estos.

Ojeó otra vez la foto. La odiaba, no quería verse así. No se reconocía. Tina la reprendería, lo sabía y por ese motivo ya estaba nerviosa. Se le retorcían las entrañas de solo pensar en lo que le gritaría.

Nino la hacía bailar y reír, el calor en esos lugares la obligaba a refrescarse y ¿quién toma soda o bebidas sin alcohol en las fiestas? Aunque debería probar hacerlo, tomaría agua... Era cierto que el alcohol no le caía bien, por poco que tomase al otro día se sentía rara y hasta olvidaba cosas.

Tampoco había estado bien eso de fumar marihuana... Había criticado a su hermano y ahora ella... No obstante, ¡la sensación era tan buena! Sentirse feliz era algo que no conocía y si esa inmundicia la hacía sentir así... ¿por qué no? «Porque no», gritaba su mente. Y como si fuese una película, lo que había hecho esa noche, aparecía tras sus párpados cerrados: Un muchacho simpático (el cantante de una banda en ascenso), un apretón en su trasero, un cigarro oloroso en sus labios, la risa tonta de ambos, una mano en un lugar inapropiado, un beso apasionado, un gemido ronco, una pastilla de quién sabe qué...

Y a más tardar, una hora después, había terminado en la cama con el músico ese. Estaba tan drogado que ella había tenido que hacerlo casi todo, eso también estaba en su mente, como el deseo que ese chico había logrado avivar en ella. Ahora caía en la cuenta de que no le había gustado su aspecto, solo le había parecido amable y atrevido, ¿cómo demonios había terminado teniendo sexo con él? La droga, seguro que había sido eso, pensaba.

No podía contarle nada de eso a nadie. Ni a Mar, por más cambio que hubiese hecho no era tan liberada como para entenderla. Ni ella misma lo hacía… y tampoco era tan liberada como hacer las cosas que hacía. Cosas que solo podría hacer y compartir con Nino, él conocía la noche y sus costumbres, todo lo que ocurría en esas fiestas y clubes nocturnos y, ciertamente, no se espantaba con nada.

No podía llegar a otra conclusión más que a la de conservar una amistad para cada necesidad. Aunque se sintiese egoísta y mala amiga eso haría hasta tener las cosas más claras.

Le estaba costando demasiado el cambio. No era fácil ser Sonya Paz, la gran actriz que facturaba mucho dinero, dinero que nunca había tenido en su pasada realidad y un poco la mareaba; que atraía gente nociva como si fuese un imán, aunque también de la buena, pero en la mezcla no podía dilucidar quién era quién; que estaba expuesta fuese donde fuese; hiciese lo que hiciese sería juzgada, criticada y, a veces, con muy malas intenciones. La envidia corroía y la humildad estaba desvalorizada en ese ambiente de egocentrismo y conveniencia. Y todo esto le ocurría a una humilde jovencita solitaria que apenas si había cumplido la mayoría de edad y había pasado por muchas cosas, que todavía anidaban en su interior creando una telaraña de inseguridad y necesidad de, por fin, un día pertenecer a algún lugar. Ella, simplemente, buscaba que la quisiesen, ser aceptada y ser querida, no solo ser mirada.

Fiel a su decisión, Sonya se mantenía en contacto con las pocas personas que le hacían bien. Algunos eran más invasivos que otros. Tina, por ejemplo. Sonya ya estaba cansada de oírle decir que no se mostrara tanto en esos clubes nocturnos donde concurría la gente para hacerse ver.

—Ya no lo necesitas, chica. Elije otra cosa. Hay algunos más reservados, más discretos donde la diversión es buena y el peligro es menor. Tu carrera depende de tus elecciones. No lo olvides, Sonya.

Tina estaba impotente ante tanta explosión hormonal de la chiquilla. Estaba rebelde y con esa rebeldía, ella odiaba trabajar. Ya no tenía paciencia ni ganas. Estaba con un pie fuera del negocio, ya lo tenía organizado, si retrasaba la partida era justamente por su pequeño diamante en bruto, que todavía necesitaba aprender a pulirse. Aunque así no. Había hablado con el Tiburón y todavía no tenía quejas, es más, estaba encantado con todo lo que la hermosura de Sonya le daba a la película. Había exprimido de ella un poco más de lo pensado; además, se había soltado bastante y dado más de lo esperado también.

—Mira, tengo este guion. Es una película que tendrá dos partes a filmar una por año. Yo creo que es muy buena, si no lo pensara no te lo pasaría siquiera —dijo Tina y le extendió dos pilas enormes de papeles.

—Ya lo sé. Confío en que me conoces bien.

—Sí, aunque últimamente no sigas mis consejos.

—Tina, lo que haga de mi vida privada no debería importarle a nadie —rezongó Sonya, tomando un cigarrillo. La costumbre ya había mutado a vicio, aunque dijese: «es el último del día», nunca podía cumplir su promesa.

—Importa, de esto se trata ser una persona pública. Lo siento, si no te gusta, erraste la carrera. Estás bajo la lupa, chica, y no dejarás de estarlo mientras hagas algo para llamar la atención. Ya eliges tú la forma de hacerlo y ahí es cuando puedes fallar. Y creo que lo estás haciendo. Sin embargo, parece que quieres tomar tus propias decisiones y estás en tu derecho.

Tina estaba harta, la chiquilla transformada en mujer hacía y deshacía a su antojo. Contestaba a desgana y con mal humor. Intuía lo que pasaba y con eso, ella no lidiaba. Ya había visto mucho famosillo entrar en rehabilitación por una u otra cosa y vivir entre recaídas. No soportaría verla a ella pasar por semejante mierda, ya demasiado había hecho por esa criatura, su corazón estaba blando y la edad no ayudaba a sentirse menos sensible. No menos, como antes, si siempre había sido una insensible, ¿por qué ahora no podía? La observó leer en detalle, concentrada en lo que hacía, no estaba todo perdido, algo de esa hermosa criatura simpática y querible estaba ahí, pero escondiéndose en las sombras.

«¿Quién carajo la está llevando por el mal camino?», se preguntó.

—Me gusta, Tina. ¿Crees que puede funcionar?

—Sí, estoy segura. Las opciones que se manejan para director son fantásticas y la producción espera una respuesta antes del viernes. Tenemos la puerta abierta para hacer cambios y pedir lo que queramos. Ellos te quieren a ti, no importa qué... Aprovecha.

—Bien, ya sabes mis condiciones, me conoces mejor que yo. Y agreguemos a Nino para vestuario, ¿crees que nos lo acepten?

—¿Nino?

—Sí, Nino.

Sonya no había realizado buenas elecciones de un tiempo a esta parte, pero esta sería la peor de todas y nadie lo había adivinado. Ni la sagaz Tina con su mirada de lince podía adivinar lo que ese hombre estaba tejiendo a espaldas de todos.

La filmación había finalizado hacía varios meses, la película ya tenía fecha de presentación y el nuevo rodaje comenzaba en dos o tres semanas. Sonya todavía mantenía una rutina que ocupaba sus días de semana y eventos a los que asistir promoviendo el estreno inminente o campañas publicitarias. Para esas presentaciones había contratado a Carlos, no en el taxi sino en su propio automóvil, para que la llevase y trajese, y en alguna oportunidad habían alquilado una limusina. «A veces es necesario presumir», le había dicho Tina, aunque él no quería saber nada de volver a conducir un coche tan largo, no se sentía seguro.

El ofrecimiento, a Carlos, le había venido como caído del cielo. El dinero extra nunca estaba de más y si se trataba de cuidar a la muchacha mejor aún. Aunque odiaba ver que ella invitaba a Nino a esos eventos. No siempre. Había llevado a Mar y a Noel también y descansaba en la idea de que esas chicas ayudaran a mantenerle los pies en la tierra.

Los días pasaban rápido y ocupados.

Ya con la nueva filmación en curso, Carlos también la acercaba a las ubicaciones de exteriores donde se filmaban algunas escenas. Ella lo prefería para no estresarse conduciendo y él le ahuyentaba los curiosos una vez que llegaban al sitio acordado.

«Eres mi guardaespaldas, Charles», le había dicho en broma un día, robándole, como solía hacer, una carcajada.

Era callado, pero no sordo y oía conversaciones, hasta podía atar cabos y hacerse ideas. Una tal Lina había fallecido después de ir apagándose de a poco. Sonya y su amiga sufrían la pérdida con mucho dolor, pero asumiendo que era necesario que esa viejecita dejase por fin de sufrir.

La sincera mirada de la muchacha había mantenido un brillo diferente por varios días, sin embargo, jamás le había visto una lágrima rodar por las mejillas. Tampoco cuando la escuchó contarle que su madre había fallecido por una enfermedad no tratada a tiempo y que su padre había desaparecido por dos días; apareciendo después borracho, sucio y golpeado en un descampado del barrio donde vivía. También había escuchado en una conversación telefónica que de su hermano nada se sabía y su corazón se había estrujado horrorizado, adivinando una niñez espantosa en Sonya. No era muy comunicativa al respecto y podía entenderla. Al menos se dejaba consolar con un abrazo silencioso.

Sonya se había vuelto malhumorada, exigente y taciturna. El dolor estaba haciendo mella en ella. En su garganta se había formado un nudo enorme que apenas le dejaba espacio para respirar, ya casi no comía. Había olvidado la espantosa sensación de ahogarse con la que ahora vivía. No estaba pasando por su mejor momento. La gente partía de este mundo y ella no podía hacer nada, su madre ya no estaba y si bien no la había vuelto a ver, conocer los motivos de su fallecimiento le había afectado. Dinero le sobraba y bien podría haber hecho algo para curarla.

Volvió a odiar a su padre con una fuerza sobrehumana y no quería odiar así. No le hacía bien a su alma. No quería sentirse mala persona odiando a tanta gente, la lista se engrosaba: Osvaldo, su padre, su hermano, Dany…y ella misma a veces.

Suspiró con fuerza y encendió el cigarrillo de marihuana que mantenía a resguardo en el cajón de su mesa de noche, quería olvidar un rato y mentirse con una alegría que no sentía.

Todavía no se animaba a esa pastilla que Nino le había dado. La miraba fijamente como buscando un coraje que no tenía. El efecto que pudiese tener le asustaba, sin embargo, necesitaba estirar los músculos de su cara en una sonrisa que aliviase su tristeza. No importaba que fuese por un rato, pero que lo hiciese.

Miró su reloj y decidió que ya no se quedaría lamiendo sus heridas, encerrada entre cuatro paredes. Le dijo a Nino que quería divertirse y por eso lo esperaba en aquel lugar bailable que ponía música que le gustaba y le hacían un especial lugar donde nadie la molestaba. Ya estaba cansada de salir en fotos para las que no posaba, y si para evitarlo debía recurrir a sus influencias, lo haría.

Se puso el vestido ajustado que siempre odió, los tacones más altos que tenía, mucho más maquillaje del que acostumbraba y se tomó la diminuta pastilla. Quería sentirse lejos de ella misma y todo lo que la hacía parecer tan poca cosa, tan fuera de eje, tan poco «ella misma», la de antes, la que sonreía y fingía felicidad, la que quería volver a ser y no sabía cómo.

La depresión de Sonya no era nueva, estaba agigantándose diariamente, entre autógrafos y flashes, entre las fiestas, el *champagne* y la droga, oculta entre el glamour y malas amistades, inadvertida por los ignorantes afectos verdaderos y camuflada por la mentira y la indiferencia de los que veían en ella un negocio rentable.

Nadie podía socorrerla, nadie sabía de sus verdaderos sentimientos, nadie conocía su verdadera historia.

La noche prometía diversión, las risas eran exageradas y el calor agobiante. Nino supo aprovechar la oportunidad e hizo un par de llamadas telefónicas. Estaba esperando el momento, se lo debía al amigo de ese actorcito de pacotilla. Eran buenos clientes, de los que tenían el dinero y les gustaba gastarlo en buena mercancía que pagaban por adelantado.

Los vio al instante, no pasaban desapercibidos, eran hermosos y lo sabían. Les guiñó el ojo y se alejó después de entregarle el trago a Sonya.

—Creo que te buscan, muñeca, y ni se te ocurra negarte. Es un bombón, mira esos músculos —dijo al ver a ese Adonis acercarse a Sonya. La envidiaba, más si cabía. ¡Un hombre así desperdiciado en una noche que no recordaría siquiera…!

—Hola, preciosa —dijo el muchacho con voz gruesa y sonrisa enorme. Sonya casi pierde el equilibrio al darse la vuelta. El alcohol se sumaba a lo que ya había consumido, entre otras cosas que desconocía—. Cuidado.

Sintió los brazos de ese gigante apresando su cintura y la sensación le produjo un escalofrío. Los pechos se le alzaron apuntándolo como flechas ardientes y tuvo la necesidad de apoyarse sobre él para aliviar la sensación de quemazón. Otra vez esa excitación incontrolable la atacaba cuando un hombre la tocaba. La asustaba la idea de no poder controlarse, y tampoco quería.

Entre risas y bromas subieron a la pista de baile y comenzaron un sugerente meneo con roce de cuerpos incluido.

Víctor, así se llamaba ese ricachón, hijo no reconocido de un famoso productor, estaba embelesado. Esa mujer lo traía loco desde hacía meses y se había enterado por conocidos cómo podía acercársele. No lo dudó. No podía dejar de pensar en ella y en la forma en que la tocaría y la besaría. Adoraba cada centímetro de esa figura, admiraba la piel de esas eternas piernas y soñaba con ese trasero divino que imaginaba firme y suave. Se deleitaría primero con los pechos, porque eran como le gustaban: bien redondos y de un tamaño perfecto, le encantaba no poder abarcarlos con las manos, hundir su cara en esa unión sensual y lamer y morder durante eternos minutos. No le importaba si ella gozaba o no, no buscaba la aprobación sino el desahogo, como todo joven harto de degustar mujeres que se les regalaban a diario. No sería la primera actriz en tener entre sus piernas. Modelos también habían pasado por ahí, no obstante, ninguna de la talla de Sonya Paz. La inalcanzable, la perfecta, la maravillosa Sonya Paz. Demasiada sensualidad y belleza como para ser tomada en serio, las mujeres candidatas a novia no andaban así vestidas ni hablaban queriendo seducir todo el tiempo ronroneando como gatita en celo ni se dejaban tocar así, tan rápidamente.

Sonya sintió una mano apretando su glúteo y sonrió ante la electricidad que le recorrió la espalda. Deseaba esa mano más abajo y adentro, solo un poco más. Su cuerpo exigía atención, una que no demandaba demasiadas veces y por eso no comprendía muy bien el motivo de semejante demanda. Con un atrevimiento impropio acercó sus labios rojos al cuello del muchacho y lo besó aspirando su perfume. Dos manos estrujaron su cadera y sintió cómo comenzaba a restregarse contra ella. Era una sensación maravillosa, levantaría la pierna para poder aliviarse también.

Víctor la tomó de la mano y la guio a los sanitarios. En dos minutos estuvieron dentro y unos segundos después había perdido su tanga. El escote de su vestido estaba estirado y sus pechos al aire eran contemplados con lujuria, le dolió el primer pellizco, pero el alivio fue inmediato cuando sintió el latigazo en su sexo. No se demoró nada en bajar los pantalones del chico y comenzar a acariciarlo para que le devolviese el favor. Estaba muy entretenido con sus senos y ella lo necesitaba más atento. Le tomó la cara y le mordió los labios, el chico soltó un insulto y un chasquido sonó en el ambiente y picó en su trasero.

A partir de ese instante un huracán de deseo y placer los azotó con furia. Sumidos en la necesidad del momento gemían, insultaban y se manoseaban. La cadera de Víctor golpeaba sonoramente contra la de ella avivando los sentidos. El equilibrio era precario, Sonya no estaba en un estado ideal para hacerlo de pie. Terminaron acostados en el suelo, entre alaridos y exhalaciones. Ella no podía comparar fehacientemente si había sido su mejor orgasmo, pero podía afirmar que había tenido uno y muy bueno, recordable. Tal vez. Ya lo sabría después de eliminar todas las sustancias nocivas que su cuerpo procesaba en ese momento.

Se asustó al escuchar el primer «clap». El resto de los aplausos solo la inquietó y se vistió con apuro y torpeza. Víctor la siguió entre carcajadas. El hombre mayor se acomodó su cinturón y se lavó las manos mientras felicitaba a la pareja exhibicionista.

—Ha sido maravilloso, valieron cada centavo —dijo el regordete hombre, y se marchó sin más comentario.

Sonya no pudo pensar demasiado, entre el susto, la risa y la mente tan nublada como la tenía, esas palabras se habían esfumado en cuestión de segundos.

Carlos la evaluaba con la mirada, parecía avergonzada. Sus mejillas estaban rojas y le esquivaba los ojos. Estaba preocupado, aun así, ante el hermetismo de ella poco podía hacer. Le había preguntado mil veces si estaba bien.

Sonya se sentía humillada, atemorizada y molesta consigo misma. Recordaba lo que había hecho en ese mugriento baño, con ese chico que la había maltratado un poco con sus insultos. A la mente se le venían algunos que no era capaz de reproducir. En el momento de enardecimiento habían estado bien, pero a ella no le gustaba eso, y entonces ¿por qué lo hacía? Porque su cuerpo se lo pedía. La urgencia era tal, que hasta se acariciaría en público con tal de saciar ese ardor, podía rememorarlo, sin embargo, no lo podía revivir en la piel. Se preguntaba si había sido el efecto secundario de esa pastilla o la mezcla de las dos drogas. Qué podía saber ella de eso ¿y adivinar?, mucho menos. ¿Quién podría adivinar una bajeza semejante de un supuesto amigo? ¿Cómo podía saber que existían sustancias que exacerbaban la libido hasta ese punto y escondían el pudor bajo un manto de irreflexión?

Los días se sucedían unos tras otros, el trabajo era abrumador, largas horas de filmación diarias y, a veces, nocturnas. El nuevo director parecía obnubilado con su musa. Escenas repetidas se acumulaban en las máquinas, desde distintos ángulos y ponía de mal humor a todos los actores que se agotaban de hacer siempre lo mismo. Suponían que valdría la pena al final. Las películas de este hombre eran éxitos asegurados solo por llevar su nombre en la cartelera.

Las fiestas, salidas y noches de sexo olvidado también se repetían, Sonya a veces recordaba y a veces no. Había jurado no volver a combinar las drogas, pero no se había podido resistir y la insistencia de Nino porque repitiera, que no era peligroso no ayudaba.

Tina había dejado de representarla y se había autodespedido como siempre, con su bandera de sinceridad en alto.

—Así no puedo contigo, chica. Te estás complicando la vida y me la complicas a mí. Estaba dejando pasar el tiempo, pero ya es hora, lo dejo todo. No renovaremos contrato. Quedas libre en dos meses —le había dicho, y esos dos meses habían pasado volando.

Ella no sabía de sus nuevos gustos, pero los intuía.

«El zorro sabe más por viejo que por zorro», le había dicho un día en el que Sonya le había negado que consumía drogas.

Sonya se sentía cada vez más sola. Noel, casándose de un día para otro, se había ido de la ciudad. David había tenido una propuesta laboral muy tentadora y, por supuesto, la aceptó. Mar, por fin, había conocido al hombre perfecto y estaban conviviendo. Él la adoraba, y ella a él, tanto que hasta dejó de trabajar para disfrutar de su embarazo no buscado. Se visitaban seguido, sin embargo, ella rehuía cualquier conversación que tuviese que ver con la industria televisiva o cinematográfica, porque según ella, le habían consumido la vida.

El día posterior al final de la filmación habían organizado una fiesta en una piscina. La mansión del director era majestuosa y enorme. Ya estaba oscureciendo, no obstante, nadie se quería ir. El alcohol y la diversión la rodeaban. Algunos de sus compañeros, los que estaban en pareja y los más serios, ya se habían despedido con alguna excusa y otros habían llegado en su reemplazo: más jóvenes y alocados, tal vez, también algún músico y otros desconocidos. La música ensordecía y las luces confundían.

Un hombre mayor, simpático y risueño se sentó con Nino y le susurró algunas palabras. Sonya no hizo caso, qué le importaba a ella.

—No creo que acepte, ¿qué dices Sonya? —gritó su amigo para que lo escuchase.

—¿Sobre qué?

Nino se inventó un juego de apuestas que involucraba tequila y de entre todos los presentes, Sonya perdió. El hombre mayor pondría el castigo y se lo susurró al oído. Se horrorizó al instante y se puso de pie, trastabillando se alejó, solo unos pasos. Los suficientes para apoyarse contra una pared. Nino llegó para ayudarla con un vaso de agua que le supo raro, tal vez porque había tomado demasiado y su gusto estaba atrofiado.

—Quédate un rato aquí, hasta que se te pase un poco la borrachera —le dijo riendo, y ella asintió arrodillándose para descansar las piernas. Nadie la veía ahí, a un costado de la casa, por suerte.

—¿Qué pasa preciosa, te sientes mal? —preguntó el hombre simpático al que le debía el castigo del juego. La miró con una ladina sonrisa dibujada y los ojos se posicionaron en su boca—. Me debes, linda. Abre la boca.

En dos segundos lo tenía bombeando entre sus labios, moviendo la cadera con frenesí y sin reparar en las arcadas y las lágrimas involuntarias de Sonya, que tenía atrapadas las manos en alto; pegadas a la misma pared con la que se golpeaba la cabeza en cada embestida. Todo terminó antes de que se diese cuenta. El hombre terminó dentro de su boca obligándola a tragar y a vomitar después.

No supo cuándo perdió el conocimiento. Solo supo que despertó en su casa con la cabeza adolorida y una resaca descomunal. Lo último que recordaba era al señor sonriente entregándole el dinero de la apuesta a Nino y el sabor nauseabundo que había quedado en su lengua.

Sonya volvió a largar la carcajada y apagó el cigarrillo en el cenicero. El lugar ya se estaba tornando demasiado raro y escandaloso. Ella sabía que debía dejar de tomar esos tragos coloridos que Nino le daba, supuestamente y a pedido suyo no contenían una alta graduación alcohólica, no obstante, la suma de varios se le subía a la cabeza.

Desde la fiesta en la piscina, no había consumido más droga. No le gustaban las consecuencias: ni el malestar posterior ni lo que era capaz de hacer intoxicada. Muy a pesar de Nino prefería divertirse sanamente.

Había tocado fondo, la tristeza la había llevado a cometer errores y a perder mucho más que lo que había ganado. A Tina, por ejemplo, y parecía que a Carlos porque ya no era el mismo. No había aceptado llevarla más a eventos y fiestas desde una vez que la había visto volver borracha. Ella lo había llamado para que la recogiese y no se acordaba ni donde había dejado estacionado su coche.

Se abanicó con la mano, estaba agobiada por el calor, la gente bailaba y saltaba. El lugar estaba lleno de gente, la inauguración había sido un éxito. Negando con la cabeza absorbió el fresco del líquido multicolor y suspiró por el alivio que le daba. Se rio de ella misma.

Un moreno apuesto le guiñó el ojo mientras se sentaba junto a Nino y un amigo de este. Estaba en ese momento en que tanto guiño y mirada libidinosas le producían asco en la misma medida que deseo. Eran los tragos. Ya era suficiente. Le devolvió la sonrisa, solo por simpatía, mientras abandonaba su copa en la mesa. Nino volvió a la carga con una de sus tontas bromas y su risa se llegó a escuchar más allá, sobre el lateral de la barra, la música se había silenciado un momento.

Luis se dio la vuelta al instante ante ese sonido tan descarado y la vio. Una vez más su belleza lo cautivaba, esos ojos rasgados ahora demasiado maquillados podían con su cordura, observó los pómulos altos que la hacían parecer arrogante y esa boca rellena y pintada de rojo le robó un suspiro. Los años le habían agregado belleza, pensó. ¿Acaso eso podía ser? Ahora mantenía una postura digna y sugerente, el cuello largo que siempre le había gustado, los hombros rectos, la espalda erguida y esos presuntuosos pechos…

«Es preciosa», se dijo en silencio, «como ninguna otra».

La vio tomar la copa con esos lentos movimientos elegantes y felinos que hipnotizaban. Seguía siendo pura seducción. Entrecerró los ojos al ver al muñecote de pelo de colores poner algo, con disimulo, en la copa que luego le tendió a ella. Aunque Sonya se negaba, él entre risas la quería convencer. No le gustó mucho lo que veía, por no decir que nada. Se puso de pie y caminó con zancadas largas.

—Buenas noches, preciosa.

Sonya elevó la mirada, y al ver esos maravillosos ojos celestes, sonrió y su rostro se iluminó. En dos segundos estuvo abrazada a él con su cuerpo pegado al pecho masculino. Luis la rodeó por la cintura con ambos brazos y le besó la sien.

—¡Te extrañé tanto…! —dijo ella, y le besó la mejilla sin dejar de observarlo.

Estaba muy apuesto, con un poco de barba, el pelo más largo y su sonrisa perfecta… era una hermosura de hombre.

Luis se tuvo que recomponer al escuchar la sugerente voz ronroneando en su oído. Sonya siempre había tentado su libido con esa voz ronca.

—Y yo a ti —le dijo él acariciando su mejilla. Sus ojos se miraron y no hizo falta decir nada. El cariño estaba intacto y era sincero, venía desde lo más profundo de sus corazones. Sonrieron a la vez y volvieron a abrazarse—. Estás preciosa. Tomemos algo.

Nino estaba fuera de sí por dos motivos: Uno, la indiferencia de Sonya, es que *debía* presentarlo; y dos, por estropearle el negocio. El moreno no dejaba de gruñir improperios. Había pagado bastante y no estaba contento con que su tiempo lo disfrutase otro.

Sonya se dio vuelta sin soltar las manos de Luis y con una felicidad que hacía mucho no se le veía en el rostro, le dijo a su amigo y a los demás que se retiraba.

Tomaron asiento en un sillón que había en una sala de reservados y pidieron una bebida sin alcohol.

—¿Qué haces aquí?

—Un poco de trabajo y visitas —dijo él, sonriente.

—Te vi en las revistas y los desfiles, en todas esas campañas publicitarias... No paras.

—Ni tú. Vi la película, ¡estuviste increíble! —Sonya se sonrojó recordando algunas escenas que habían estado un poco subidas de tono. La compañía de Luis la llevaba a un pasado que parecía demasiado lejano e inocente.

—¿La novela?

—Más o menos, no fue todo lo bien que se esperaba. ¿Cómo estás? —preguntó Luis, con seriedad. Mirándola no encontraba mucho de la Sonya que había dejado con el corazón roto.

Las noticias de Sonya Paz ya importaban en varios países y las fotos de sus deslices también. Luis sabía que Tina tenía la suficiente influencia para acallar rumores y aplacar escándalos y ni hablar de los empresarios y directivos de las productoras que la habían contratado. Pero sin Tina, Sonya estaba vulnerable y expuesta y le habían llegado las novedades de que no había contratado todavía nuevo representante.

No comprendía los motivos por los que la dulce Sonya Paz se había convertido en ese tipo de actrices escandalosas y noctámbulas que bebían de más y se la pasaban de fiesta en fiesta.

—Bien —respondió Sonya, y Luis volvió a ver esos ojitos sinceros que no sabían mentir.

—Vamos, te llevo a casa —le dijo al ver como el amigo de Sonya discutía con demasiada vehemencia con el moreno alto y la señalaban a ella. Optó por alejarla de allí.

Sonya asintió feliz. Volverlo a ver era el golpe que necesitaba para advertir lo poco que quedaba de la mujer que quería volver a ser. Luis había sido un amor doloroso, pero real, al menos lo había sido para ella. Ya no dolía, no lastimaba ver esos ojazos celestes y esa sonrisa perfecta. Ahora, su presencia le acariciaba el alma volviendo a traer los recuerdos abandonados en un arcón lleno de polvo en algún remoto lugar de su mente. El tiempo los endulzaba y los seleccionaba, por supuesto, le hacía creer que todo había sido maravilloso y lo que no... ya no importaba... Todo había sido maravilloso.

No habían tenido una relación verdadera, aun así, había sido la mejor relación que había tenido con nadie. De todas las personas que la conocían, tal vez fuese la que más piezas del rompecabezas de su vida tenía. Faltaban las más importantes, con las que lo armaría completo, a pesar de que para ella seguía siendo una información irrelevante, vedada y hasta olvidada de forma inconsciente.

Conversaron por horas. Las risas de Sonya fueron demasiado explosivas y liberadoras. Había vuelto a estar contenta, feliz no era la palabra. Las sombras todavía estaban ahí, no desaparecerían por reencontrarse con una persona importante de su pasado. Sin embargo, ella lo vivía como una aparición sanadora que traía eso, justamente, el pasado; el mejor que había tenido.

Sonya se había recluido en su casa y como si de un refugio se tratase, no dejaba entrar a nadie. Quería curarse sola. Creía que podía. Ya hacía dos semanas que no salía por la noche, más que a los eventos asignados para promover el inminente estreno de la película.

Nino estaba muy ofendido con ella porque ya no quería salir de juerga y no entendía sus razones o no las quería entender. A Sonya le dolía que no lo hiciese, si era su amigo debía comprender lo asustada que estaba de querer, incluso necesitar, mentirse una falsa alegría con alcohol o drogas. Y sin ahondar demasiado, le había contado que ella creía que no era la misma desde hacía un tiempo y no le gustaba verse así.

A Nino no le importó tampoco.

La verdad, desconocida por ella, era que él debía servicios contratados. Comenzando con el moreno de la disco, y estaba haciendo todo lo necesario para lograr que ella volviese a las andadas para poder cumplir. El último pago lo había recibido de un pez gordo que estaba esperando agazapado y no podía desdecirse, ya no. Peligraba su trabajo y tenía gastos, muchos gastos.

Carlos compensaba el enojo de su amigo felicitándola por la buena elección y había vuelto a trabajar con ella llevándola a los eventos. Lamentablemente para él, alquilaron una limusina para el estreno de la película que había sido récord de venta de entradas en las tres primeras horas.

El film ya estaba vendido a varios países. Sonya necesitaba una reunión con el director porque el contrato firmado para el episodio dos ya quedaba obsoleto. Tina le había dado algún que otro consejo por si eso pasaba y no contaba con un representante nuevo. El abogado con el que ella trabajaba le había ayudado con los cambios contractuales y modificado varias cláusulas necesarias para la conveniencia de la muchacha. Sonya estaba encantada con su presente laboral y el personal parecía encaminarse.

La angustia que a veces le oprimía el pecho y le cerraba la garganta estaba mermando, las pesadillas llenas de recuerdos adornados con grotescas escenas, inventadas o exageradas por el inconsciente, ya no la despertaban por la noche y hasta había bajado la cantidad de cigarrillos fumados al día. Sentía que a veces hasta podía manejar la ansiedad que la mareaba y la obligaba a pensar que ella jamás pertenecería a ningún lugar. Así era desde pequeña, habiendo nacido en una casa donde nadie la había querido nunca y luego irrumpiendo en un ámbito de esnobismo y engaños en los que jamás logró sentirse cómoda.

Aunque eso no era del todo verdad, tuvo pequeños períodos de tiempo en los que no había estado tan mal. Como el ahora, en el que Sonya se encontraba acomodándose en un pequeño rinconcito del éxito, ganado a pulso y con gran esfuerzo. Por fin podía sentir que su vida estaba empezando a pertenecerle y a ser la que quería que fuese.

La reunión pautada con el director, en su mansión, la tenía nerviosa. Sabía que sus solicitudes eran justas, el abogado amigo de Tina la había convencido de ello. Lo valía, era la protagonista principal, sin ella no habría historia ni ventas ni periodistas interesados, tampoco fanáticos. Se había convertido en lo que todo actor o actriz soñaba: una estrella consagrada e indiscutida. Adorada por el público y la prensa en la misma medida.

—Tú puedes —se susurró al ver la puerta abrirse, y el hombre canoso y sonriente, que se había acostumbrado a ver detrás de las cámaras, le abrió la puerta.

—Bienvenida.

—Muchas gracias.

Caminaron por la enorme casa hasta la puerta oscura que daba a un despacho muy elegante. Los nervios iban en aumento y explotaron en el mismo instante que él le extendió los papeles y le pidió que los leyese. No hacía falta, ya los conocía casi de memoria. Observó los puntos que el abogado le aconsejó vigilar y se inclinó sobre el escritorio para estampar la firma.

—Este culo me pone cachondo —susurró la voz ronca del hombre que Sonya había respetado hasta ese mismo segundo.

Sintió su corazón acelerarse al momento y el frenético golpeteo la ensordeció. Sus ojos se llenaron de lágrimas que sabía que no se derramarían y el nudo de su garganta le impidió gritar. Sintió las enormes manos apretando su trasero con demasiada fuerza, le dolía. La tela de su precioso vestido estaba en su cintura, arrugado, para no estorbar la mirada asquerosa del hombre que se refregaba con descaro y sin permiso.

—No —pudo pronunciar Sonya, pero apenas fue un sonido ahogado.

—Tantos meses masturbándome y pagando putas por ahí para saciar mis ganas de ti... Ya no aguantaba más... Eres tan malditamente hermosa —dijo él, mientras sus dedos hacían lo mismo que una vez le habían hecho a una pequeña asustada e inexperta.

Ya no era pequeña, no tenía ropa interior de algodón con florecitas de colores y ahora sabía que eso no estaba bien. Sin embargo, su cuerpo actuaba de la misma manera. La inmovilidad no era su elección, sino del pánico que dominaba su mente.

El hombre se apoyaba en ella con fuerza, con la misma que ahora apretaba sus pechos con una mano y los dientes contra su cuello. Sonya gimió de dolor y percibió como su cuerpo giraba hasta quedar de frente a Osvaldo…, no, a Dany Romero… Cerró los ojos, el pánico la dominaba, al abrirlos se encontró con un hombre desconocido, aunque con la misma cara de degenerado que los otros dos. De un solo movimiento le rompió el vestido que llevaba puesto y la dejó expuesta en toda su gloria. Sonya jamás creyó aborrecer tanto el fino encaje que hasta ese momento usaba en la ropa interior.

Los jadeos, gruñidos y susurros del hombre, eran nauseabundos. Sonya percibió que su mandíbula estaba demasiado tensa, así como sus brazos al costado del cuerpo y las rodillas apenas la sostenían en el instante que su tanga comenzaba a deslizarse hacia abajo. Por fin despertaba del letargo y dominada por la furia, el miedo y la angustia, gritó.

Un «no» largo y desgarrador abandonó su cuerpo. Una robusta mano le tapó la boca. Ya no podía controlar su fuerza y con un empujón se deshizo del cuerpo fofo que se refregaba contra ella. Con los puños golpeó sin saber dónde.

—Tranquila. ¡No me obligues a pegarte! —le exigió él con la voz gruesa, y la tomó por los brazos a la vez que le daba una bofetada en la mejilla—. ¡Te calmas, carajo!

Estaba demasiado excitado como para dejarla escapar, qué más daba si se dejaba o no. Ya no podía con sus ganas.

—Vamos, putita, no te hagas de rogar.

—¡O me sueltas o te mato! —gritó Sonya, apuntándole con un cortapapeles, o eso creía, que había encontrado entre tanto manoteo desesperado.

El hombre bufó apretándose la entrepierna. Su erección era monumental, así como su deseo de terminar, aunque fuese por la fuerza, con su cometido.

—Antes de hacer una estupidez, lee tu contrato. Puedo acabar contigo, no me obligues. Mantén la boquita cerrada, putita. Por tu bien —le dijo golpeando varias veces su mejilla y mirándola con ganas retenidas.

Sonya lo vio salir y soltó el aire acumulado, dejó el objeto que tenía en la mano y con un gemido lastimero se dobló hacia adelante, abrazándose el cuerpo. Le dolía todo, hasta el alma.

«Eres malditamente hermosa». «Malditamente hermosa». «Malditamente hermosa», repetía su mente como si fuese un eco.

Una mujer menuda, mayor y con cara de cansada entró al despacho con una bata de seda en las manos. Sonya supuso que sería del dueño de la casa porque era masculina y enorme. La señora la guio, tomándola por los hombros y, en absoluto silencio, hasta un dormitorio donde le ofreció algo de ropa. La ayudó a vestir y con la misma indiferencia con la que le había auxiliado, le dijo que no era necesario que devolviese esas prendas. La acompañó hasta la puerta de la casa y cerró tras verla salir, sin decir nada más.

Sonya seguía como ausente, estaba en *shock*. Sus movimientos eran mecánicos. Condujo el coche hasta su departamento y sin quitarse la ropa se metió en la ducha. Dejó que el agua cayera por su cara, sus cabellos, su cuerpo... No se dio cuenta de que estaba llorando hasta que se ahogó con las lágrimas y la angustia. El dolor era lacerante, ardía, quemaba, desgarraba. Ya no lo soportaba. Furiosa y gruñendo improperios, se arrancó la ropa y se arañó la piel. El odio hacia su cuerpo volvió agigantado y ahora se sumaba el odio hacia su incapacidad. ¿Cuántas veces tenía que vivir algo parecido? ¿Cuándo aprendería a defenderse?

—¡Inútil! —gritó alargando las letras, entre sollozos incontrolables, y se derrumbó en el cubículo mojado. El agua caía como agujas sobre su piel lastimada, pero no le incomodaba el dolor.

Pasó la noche tirada en el sofá, desnuda, lastimada, llorosa y sintiéndose demasiado poca cosa. Miserable.

Su móvil tenía varias llamadas y mensajes. Todos querían saber de su nuevo contrato. Mar se escuchaba feliz en su mensaje de voz, quería contarle algo además de saber cómo le había ido, sin embargo, Sonya no estaba para escuchar. Noel le pedía que la visitase porque la extrañaba y Carlos quería saber si lo necesitaba porque quería ir al parque con sus hijas ya que tenía el día libre.

La vida seguía... Sonya sonrió con ironía y se puso de pie. Debía ir a trabajar, tenía obligaciones. Pero antes camuflaría su dolor, tenía que esconderse, y solo conocía una forma. Empuñó las tijeras, volcó su preciosa cabellera hacia adelante, la tomó con una mano y con la otra la cortó. Se incorporó y se miró al espejo, solo por costumbre, y con un broche recogió su nueva y corta melena.

Era momento de enfrentar el día. Prendió un cigarrillo y salió. Así, con ropa informal, el cabello despeinado, la cara demacrada y la voz ronca, dijo buenos días a sus compañeros. Todos la miraron extrañados. Antes de dirigirse a vestuario quería cruzar unas palabras con su director, solo para que tuviese claro algunas cosas. Cumpliría con su obligación, había leído su contrato y estaba obligada a hacerlo, pero lo haría con sus condiciones.

La voz de Nino la obligó a frenar su andar. Conversaba con el abusador asqueroso en su oficina y no parecía que lo hiciese en buenos términos.

—Te dije que esperaras a que te avisara. Sin la droga que le doy no lo hace. Con ella se desinhibe y hasta se pone cachonda —le explicaba Nino con exasperación.

—¡Te pagué, maricón de mierda! Y bastante caro me cobraste. Además, me obligaste a contratarte como vestuarista —gritó el director apuntando con su índice a Nino.

—Dame otra oportunidad, ahora cuando Sonya llegue...

—Cuando llegue ¿qué? —preguntó la nombrada, entendiéndolo todo—. ¿Me vas a drogar o a convencer?

Sonya no reparó en que sus lágrimas caían por sus mejillas, no las podía incorporar todavía, eran demasiado nuevas. Imágenes que parecían inocentes entonces se fueron sumando a su nueva claridad; comenzaba a entender de qué manera su amigo la había vendido al mejor postor.

La discusión fue tomando volumen y las palabras comenzaron a escucharse por todo el estudio. La gente que por ahí pasaba se agolpó en la puerta de la oficina, actores y técnicos se mantenían en silencio atando cabos y tomando partido. Lo que se escuchaba era digno de una película de terror o policial, según sea el punto de vista del oyente.

—No voy a escuchar más tus mentiras —le dijo Sonya a Nino, en voz más baja de lo que pretendía. Y le giró el rostro de una bofetada—. Me voy. Anulo el contrato.

Los murmullos se fueron sumando unos a otros, la mayoría le pedía que no lo hiciera. Muchos trabajos dependían de su decisión, pero también su cordura.

—Sería el error más grande de tu vida —la amenazó el director, con el teléfono en la mano y preparado para llamar al productor y los abogados. La mocosa no se saldría con la suya.

—No, no lo sería —afirmó ella, desafiante, ya nada le importaba.

—Todo lo que eres se acaba si lo haces.

Sonya miró a cada uno de sus compañeros. Sus ojos no dejaban de derramar esas lágrimas que jamás había llorado, les pidió disculpas en silencio y luego miró a Nino que estaba pálido y asustado, como el cobarde que era. Sonrió con asco y en un grito que nunca creyó emitir soltó su dolor.

—Mejor así, porque me convirtieron en algo que no quiero ser. ¡Yo quería ser actriz, no puta! —La última frase la gritó desgarrando su garganta y estallando en un llanto sin control.

Y ante un silencio aplastante, se fue dando un portazo.

Parte 5:
La mujer

Sonya volvió a mirar el departamento. Era pequeño, sí, pero perfecto para ella. Había descubierto que temía a los lugares amplios, trabajaría en ello. Después.

Estaba contenta, por fin se animaba a volver a echar raíces. Asintió con la cabeza mirando al agente inmobiliario y sonrió sin mostrar los dientes.

—Lo tomo.

—Bien, solo queda hacer los papeles y unas cuantas firmas. Podrá mudarse esta semana si todo sale bien.

«Si todo sale bien», se repitió mentalmente, y una vocecita suave y convincente le susurró en su mente: «Así será».

El hotel no estaba lejos, nada lo estaba demasiado, a decir verdad. Era una ciudad pequeña. Fue caminando y cerrando los ojos cuando el viento le acariciaba el rostro, el ambiente olía a flores; los responsables eran los hermosos jardines delanteros de las casas bajas.

Las mujeres que conversaban en el porche vecino la saludaron al verla llegar y levantaron la mano.

—¿Conseguiste lo que buscabas, querida? —le preguntó una, y ella afirmó con la sonrisa enorme dibujada en su rostro.

—Es pequeño, pero muy luminoso —dijo después.

—Te felicito. Te lo mereces —le respondió la señora palmeándole la mejilla.

Llegó a su habitación, la misma que había sido su hogar durante tres meses. ¿Ya tres? «Ni más ni menos», pensó, y se recostó en la cama después de quitarse las enormes gafas de sol y el sombrero con el que a veces se disfrazaba de desconocida. No estaba segura si lo era todavía, nadie había comentado nada. Pero no volvería a huir, no otra vez.

Se quitó el pantalón y se quedó solo con su camiseta y la ropa interior, ya no le molestaban tanto sus curvas o el largo de sus piernas, tampoco su belleza. Se miró los pies y sonrió ante el blanco de sus uñas, reparó en sus manos y negó con la cabeza. Iba siendo hora de retomar algunas costumbres. Tomó el neceser donde guardaba su escaso maquillaje y sacó el pintauñas, no era de un rojo carmín como el que solía usar, sino de un rosado suave. Para empezar, estaba bien, y se pintó.

Los recuerdos no eran amenazantes si no los convocaba. Estaban ahí, todos y cada uno, más claros que nunca y más reales. Su terapeuta le había ayudado a encontrar los verdaderos y a separarlos de los inventados. Las pesadillas eran engañosas a veces y le habían hecho creer muchas fantasías.

Le envió el mensaje a Carlos contándole que ya tenía un nuevo hogar y sonrió ante la respuesta exagerada con tantos signos de exclamación y dibujitos. Hizo lo mismo con Noel y Mar. A Tina la llamaría por la noche, sabía que odiaba los mensajes de texto.

Sonya había desaparecido de la noche a la mañana aquel lejano día en que su vida había explotado en su cara.

Carlos fue quien la ayudó, con la furia cargada en la mirada y la impotencia haciéndole arder los ojos. Sus puños necesitaban golpear, y si era a un estúpido egoísta disfrazado de gay divertido, mejor. Juró verse cara a cara con Nino y vengarse. Sin embargo, lo haría después. La humillación y el dolor que él vio en Sonya eran alarmantes, no quería dejarla ir. No obstante, ella no le había preguntado, lo había asegurado: «Me voy, quiero desaparecer».

Le dio un permiso legalizado para disponer de la venta del coche y la casa, abandonó su teléfono móvil, cerró sus redes sociales y se convirtió en fantasma por casi dos años. Él sabía que, después de un tiempo a solas, había comenzado a visitar a una terapeuta y poco más. Nunca le dijo dónde estaba y aunque se lo había suplicado, no logró ni la más mínima información. Solo se comunicaba para anunciar que estaba bien o mejorando.

Lo mismo había hecho con Noel y Mar. Nadie sabía dónde o cómo de bien estaba Sonya Paz.

Se había subido a un tren esa misma noche, cargada con dos maletas y la esperanza de que nadie la reconociese. Iba disfrazada con ropa vieja y sencilla, una gorra con visera que tapaba el desastre que se había hecho en el cabello, gafas de sol muy grandes y la mirada baja. Su destino era un pueblecito perdido en la distancia y el tiempo, del que nada sabía, ni el nombre.

Un hotel barato y mugriento fue su hogar por varios meses en los que se dedicó a llorar tanto como nunca lo había hecho. Se sentía perdida y hundida en un pozo oscuro sin salida, fumaba sin parar y comía poco. Un día, alguien golpeó la puerta de su cuarto, le preguntó si estaba bien y acto seguido y sin esperar respuesta, le dijo que estaban hablando de ella en la televisión. Aparentemente, la habían reconocido.

Por las noticias se enteró de las habladurías y conjeturas. Había muchas hipótesis: un embarazo; la huida con un hombre casado; una sobredosis; la internación para desintoxicarse de una supuesta adicción a las drogas que, dependiendo de quién daba la noticia, podía variar en alcoholismo; y algunas necedades más. Ninguno decía la verdad.

La última vez que había hablado con su abogado, el único que tenía contacto con ella, le había confirmado que las amenazas de denuncia dieron sus frutos y el contrato quedó anulado sin necesidad de pagar la desorbitante suma que le pedían, no obstante, debía mantener el silencio para que eso ocurriese. Aceptó el pedido de que firmase esa petición, ella sabía que el silencio traía olvido.

¡Mentira! El silencio corroía, se pudría adentro, enfermaba el cuerpo y la mente, y oscurecía el alma.

Esa misma noche abandonó el pueblo y se dirigió a la ciudad más grande y cercana que había.

Otro hotel, más anonimato y muchísimas más lágrimas. La soledad la sumía en una desesperación absoluta y el día que pensó que todo terminaría... fue cuando todo recomenzó.

Despertó en una habitación blanca, impoluta, limpia y silenciosa. Como lo era su terapeuta: una mujer muy rubia, muy pálida y muy meticulosa que susurraba en vez de hablar y sonreía en vez de saludar. Ella fue quien le contó cómo la encontraron: sin conocimiento y sangrando, después de haber ingerido grandes cantidades de somníferos.

Había caído contra la mesa de noche y el ruido alarmó al encargado del hotel. El golpe en la cabeza fue muy fuerte y despertó casi veinte horas después, en una cama de hospital.

Con el lavado de estómago hecho, las curaciones de su herida y el vendaje en uno de sus brazos, había comenzado su terapia. Esta vez, internada en un centro psiquiátrico ambulatorio, por propia voluntad. Se había asustado, ya no quería morir y le temía a la soledad, no parecía ser buena compañía en su estado. Padecía una profunda depresión de la que estaba dispuesta a salir porque quería conocer al bebé que Noel llevaba en su vientre. Esa noticia le había despertado la necesidad de curar su dolor, uno que silenciaba desde el mismo día que había nacido.

Un año y medio después, por fin, se animó a volver a vivir, a recomenzar, pero resolvió que sería en otro lugar; uno diferente, desconocido, y ahí estaba... En otra ciudad no tan pequeña, aunque más cerca de la capital.

Se había comprado un teléfono móvil y había retomado el contacto con sus allegados, los pocos verdaderos. Se había reconciliado con su imagen, más delgada tal vez, pero igual de hermosa. Su cabello ya lucía largo y precioso como siempre y la sonrisa espontánea brotaba de sus labios como una respuesta natural. Sus ojos brillaban sinceros y transparentes y su estilo al caminar había vuelto. Ya no se encorvaba ni se escondía entre los hombros para que nadie la notase... y hasta se había comprado algo de ropa.

Había aprendido que la voluntad se entrenaba y la valentía era muy útil por la mañana. Practicaba yoga y meditaba a diario, no obstante, no había podido dejar de fumar. Un vicio perdonado por su psicóloga bajo promesa de abandonarlo tarde o temprano. ¡Qué difícil se le hacía cumplir!

Renacer era duro, no obstante, necesario. Enfrentar consecuencias era crecer; y aceptarse, madurar. En eso estaba. Mudarse a su propio espacio era avanzar un paso en su largo camino y ese departamento, mínimo, aunque acogedor, sería su hogar. Uno que nunca había tenido y si no era ese, sería otro. Se había jurado a sí misma que no se cansaría de buscarlo o, si era necesario, inventarlo, pero quería un hogar.

Tenía dinero, mucho, como para vivir una vida sin complicaciones. Siempre que no lo malgastara. «Deberías invertir en algo. Yo no puedo ayudarte con eso, hay gente que sabe, Sonya. Déjate aconsejar», le había dicho Carlos, en una de sus largas charlas nocturnas, cuando no podía dormir y él le hacía compañía en la distancia.

Repasó el cuarto de hotel con melancolía, hasta olía a ella, a su perfume cítrico y a cigarrillo, tal vez también un poco a su champú. Inspiró profundo y sonrió, había cumplido una etapa y comenzaba la siguiente.

Recordó su nueva adquisición: la cocina tan pequeña, aun así, cómoda; el baño precioso pintado en ese tono verde claro que no se le hubiese ocurrido; la sala donde apenas entraba el sofá, el mueble del televisor y el juego de comedor; no le importaba, era un espacio precioso y estaba decorado con buen gusto; por último, el dormitorio, empapelado en rosa pálido y amueblado solo con la pequeña cama, las dos mesas de noche y el gran espejo de pared. Volvió a sonreír recordando lo que era sentirse plena, ¿feliz? ¿Ya podría decir que lo era? No, claro que no, todavía era pronto, no obstante, iba por el buen camino.

Sonya levantó la mano por última vez para saludar y cerró la puerta. Las visitas habían dejado su casa patas para arriba, y es que era poco lo que se necesitaba para eso, tan solo un par de vasos y un plato fuera de lugar se hacían notar en el pequeño espacio.

Las hijas de Carlos lo habían tocado todo y la hija de Mar era un pequeño diablillo inquieto. El bebé de Noel había dejado su pañal oloroso y el perfume de David era rico, aunque demasiado invasivo, por eso abrió las ventanas. Por suerte, su amiga había limpiado los utensilios de la cocina mientras ella se dedicaba a hacer dormir al niño que la tenía loquita de amor. Solo quedaba poner todo de vuelta en su lugar.

Rio con una carcajada demasiado sonora al ver los cuatro paquetes de galletitas de chocolate, sus preferidas desde que era una pequeña, las que esperaba para su cumpleaños hasta que supo que jamás las recibiría. Noel se las había traído como regalo. Después de todo era su primer festejo.

¿Eso sí era ser feliz? Reír hasta que las mejillas doliesen; gritar de alegría ante la comunicación de Tina (con camarita incluida) desde un lugar remoto del mundo para cantarle el feliz cumpleaños; hacer planes futuros; rodearse de afectos verdaderos. Inspirar profundo y sentir que los pulmones se llenaban de aire y la garganta no estaba obstruida por ningún nudo molesto... ¿Ya sería feliz? Su nueva vida se asemejaba un montón a la teoría de la felicidad que había leído por ahí.

No todos los días se volvía a cumplir años después de intentar no volver a hacerlo. Atrás había quedado esa fatídica noche. Hoy, sus veintiséis años eran bien recibidos.

Terminó con los quehaceres domésticos y se puso ropa un poco más... elegante, si cabía esa palabra para una falda ajustada y una simple blusa blanca. Sí, era la adecuada para sus tacones negros. Le quedaban pocos de su época glamorosa. Se había acostumbrado a andar con jeans y ropa deportiva o cómoda, a pesar de que todavía conservaba algún que otro vestido o falda. No necesitaba mucho más.

Ella sabía que se pusiese lo que se pusiese estaría preciosa y ya no le molestaba; de lo que no era consciente ni lo sería jamás, era de su natural sensualidad. Por eso, cuando salió arreglada como usualmente no lo hacía, todas las miradas se desviaron hacia ella. Su radiante sonrisa obligaba a imitarla y a pesar de que la gente de su barrio sabía quién era, nadie nunca le había dicho nada fuera de lugar. Se había ganado el cariño de todos. Estaban intrigados y chismoseaban por aquí y allá, sin embargo, no preguntaban y la respetaban.

Un personaje público de semejante envergadura jamás había pisado la ciudad y por eso no sabían cómo tratarla. Al principio, la habían mirado raro y entre susurros querían indagar si alguien sabía los motivos de su estancia allí, no se acercaban y apenas la saludaban. La prensa había dicho tantas cosas…, no obstante, con el correr de las semanas, la carita preciosa de mirada franca ya no inspiraba habladurías ni cotilleos. Al verla pasar lo olvidaban todo y solo le sonreían. Bueno, los hombres suspiraban también, adorando ese elegante caminar lento.

Sonya se frotó las manos un poco sudadas y empujó la puerta de cristal. Era tiempo de arreglar sus finanzas. Así le había dicho Carlos, y solo para no volver a escucharlo con su regañina, lo haría. Muchas veces había visto ese letrero de letras doradas: «Enrique Ortega. Asesor financiero». Y al escuchar las palabras de Carlos lo recordó.

—Buenas tardes —murmuró, intentando no olvidar lo que tenía que preguntar. Le había dado vergüenza hacerse una lista escrita—. Necesito hablar con el Señor Ortega.

La secretaria, una mujer alta de cabello corto y ojos demasiado maquillados, la miró con sorpresa, luego simuló una sonrisa natural y la saludó con cortesía. Tomó el teléfono y le avisó a su jefe que lo buscaban.

En cinco minutos, Sonya estaba entrando en un despacho con olor a madera, tinta y perfume. Mucha luz natural rodeaba al hombre, sentado en un sillón de cuero negro, que estaba finiquitando unos números.

—Puede tomar asiento. René, le sirves café, ¿café? —preguntó él, levantando la mirada y entonces fue cuando todo se volvió confuso. Quiso ponerse de pie para presentarse extendiendo la mano, los papeles volaron y con la intención de levantarlos volcó su vaso de agua empapando un par de folios importantes. Maldijo en silencio y cerró los ojos, se sentía impotente. La palabra torpe se repitió una decena de veces en su cabeza, entonces volvió a dibujar una sonrisa y extendió la mano.

—Perdón por el desastre que hice. Soy Enrique Ortega —dijo fijando su mirada en los ojos de ella, no podía alejarlos, tenía que hacer un esfuerzo sobrehumano para lograrlo. Ella tenía una mirada preciosa, además de toda la belleza que se había expresado en ese rostro y ese cuerpo de una manera exquisita, eso también lo había notado. No obstante, su mirada... ¿Cuándo carajo había reparado en la mirada de una mujer como ella que tenía tanto para observar?

—Sonya —respondió suavemente, y se dejó apretar la mano con delicadeza.

Enrique la había reconocido al instante, sabía que era una mujer famosa de esas que ni en sus sueños más descabellados imaginaría conocer. No obstante, pensar en el nombre sería intentar adivinar, poco conocía él sobre programas televisivos o películas. Lo suyo era leer. Sin embargo, eso no lo salvaba de que se le secase la garganta al saberla en su despacho. Jamás, en sus treinta y cuatro años, lo había intimidado la presencia de una mujer. Pero ¡carajo!, esa presencia era inquietante y distraía. Veía una mezcla de soberbia y perfección que lo dejaba alucinado. El atractivo de esa muchacha iba más allá de la hermosura casi perfecta de ese rostro o la sensualidad de sus curvas..., mucho más allá.

—¿Cómo lo toma? —le preguntó sin volver a mirarla, no quería volver a pasar vergüenza, prefería relajarse un poco para poder parecer profesional. Además, la forma de mirar de ella era desquiciante y si lo hacía con esa sonrisa de labios perfectos...

—Negro y con una cucharada de azúcar, gracias —respondió Sonya, asustada. Se había demorado unos segundos extras en contestar o eso creía.

Se había perdido en la observación del tal Enrique. El cabello oscuro, la piel curtida, la sonrisa fácil... Le había secuestrado la mirada. Reparó en el triángulo que la camisa dejaba a la vista, ese trozo de pecho y el cuello bien masculino la habían distraído. Nunca jamás había reparado en un detalle tan poco... ¿Tan poco qué? Estaba fascinada con ese pedacito de piel y esa nuez de Adán tan prominente. Volvió a subir la mirada, lentamente, no quería perderse detalle y no lo hizo. Los labios eran demasiado finos, el de arriba casi ni se veía, aun así, le parecieron tentadores. La nariz larga y fina y esos ojazos oscuros, tanto como las tupidas cejas... Era muy atractivo. Tenía unas líneas de expresión marcadas que le daban un aspecto astuto e inteligente y las mejillas se hundían cuando sonreía de una forma tan varonil que la ponía nerviosa.

Hacía tanto que no reparaba en la buena apariencia de un hombre que, el reconocerse atraída por uno, la puso en estado de alerta. Se removió en el asiento, estaba inquieta y quería huir.

—Usted dirá —dijo Enrique, una vez acomodados con las tazas de humeante café delante y ajeno a los pensamientos perturbados de su interlocutora.

Sonya no se animó a pedirle que la tutease, no era relevante; además, la distancia de ese trato la hacía sentir mejor.

—Necesito asesoramiento para hacer algunas inversiones. —Casi suelta un suspiro de alivio al recordar las palabras.

—Y ¿de qué tipo? Digo, las inversiones..., qué tipo de inversiones. ¿Con rentabilidad mensual, anual, a largo plazo? —El titubeo puso nervioso a Enrique. No estaba acostumbrado a ponerse nervioso por nada ni por nadie. La chiquilina lo había logrado, porque eso parecía, una jovencita con experiencia y un camino andado, pero jovencita al fin.

Mientras ella hablaba, él solo podía pensar en los motivos por los que una persona así podría estar sentada en su oficina y pidiéndole consejos. No se consideraba malo en su trabajo, todo lo contrario, sabía que lo hacía bien. Sus clientes, en algún caso, eran gente importante de la capital y movían bastante dinero con sus consejos. Casi nunca se equivocaba y por ese motivo sus inversores confiaban en su visión de negocios. También era consciente de que vivir en esa pequeña ciudad lo alejaba de personas como ella, si no venían por recomendación, casi era imposible que llegasen a él.

Pero ahí estaba ella con toda esa simpatía y desparpajo. Su mirada era curiosa y rogaba respuestas, y esa voz... ¿Por qué susurraba? ¿O no lo hacía? No, definitivamente no, esa era su forma de hablar; no estaba coqueteando. Podía notarla nerviosa e incómoda con el tema, lograba entenderla. Hablar de dinero no era grato y mucho menos con un desconocido. Estaba acostumbrado a la escasa información al principio. Ya cambiaría si lo contrataba. Casi sonríe pensando en su amigo Mateo, probablemente, sabría quién era la increíble mujer que lo tenía hiperventilando y lo ponía tan inseguro. Por momentos parecía arrolladora e imperturbable, a pesar de que su mirada le decía que era muy vulnerable.

Frenó el suspiro que le provocó la sonrisa plena de la preciosa boca y afirmó decidido.

—Claro que puedo ayudarle. A eso me dedico.

—Es un alivio —dijo Sonya llevándose la mano al pecho. De verdad era un alivio haberse podido explicar.

Odiaba hablar de cosas que no sabía. Además, esa mirada oscura la había estudiado con demasiada intriga. Sabía que él la había reconocido y también sabía que así reaccionaría. Carraspeó al ver que tragaba el último sorbo de café, ese cuello la había vuelto demente. ¡Un cuello! ¡Por el amor de Dios, es un cuello!

—Le voy a explicar cómo trabajo y los papeles que debemos firmar. Por supuesto que todo lo que aquí se habla es confidencial y solo le pediré información detallada una vez que el contrato esté vigente.

Casi un mes, tres reuniones y muchas llamadas telefónicas después, Enrique seguía sin poder mirarla a los ojos y no era por falta de ganas precisamente, todo lo contrario. Estaba fascinado con lo que esa muchacha provocaba en él.

No había sido un hombre de muchas mujeres. Desde muy jovencito se había enamorado de los números y se había vuelto estudioso, muy estudioso. Los profesores le decían que tenía una mente privilegiada, que no la desaprovechase, y eso hizo. Nunca quiso conocer su coeficiente intelectual para no sentirse un «cerebrito» como le decían sus amigos. Todos auguraban que lo tenía más alto de la media y él creía que también, aunque su humildad le impedía reconocerlo en voz alta.

Los estudios retrasaron su juventud y recién a los veinticuatro años, poco más o poco menos, se alocó y conoció la diversión, y las borracheras. Tuvo dos novias y hasta una secretaria con «derecho a roce» que duró poco en su puesto. Estuvo enamorado, eso creía, y había sufrido por amor como todos alguna vez. Hacía dos años que estaba sin pareja y aunque no le era difícil encantar a una dama para pasar un buen rato, prefería las cenas largas y las charlas con amigos. Se consideraba un hombre como todos que no le temía a las mujeres, que gustaba de ellas y disfrutaba de su compañía cuando se lo proponía; hasta pensaba que a ellas les atraía su apariencia, no era un Adonis, pero mal no estaba. Sin embargo, Sonya Paz le había hecho pensar que estaba equivocado, no le había dicho nada, su sola presencia lo había conseguido. Temblaba, titubeaba, se ponía torpe y dubitativo… Nada le gustaría más que invitarla a tomar un café, uno de verdad no el de la oficina. Tener una cita sin temas laborales que tratar. Su coraje había desaparecido, ¿desde cuándo lo necesitaba para invitar a una chica? ¿Coraje? Sí, eso mismo.

Veía en ella un poco de interés, no podía negarlo. Y no era su imaginación, la había descubierto mirándolo y podía notar un poco de ansiedad en la voz de ella al escucharlo por teléfono. Su risa era exagerada cuando le hacía una broma y venía demasiado arreglada. Ante la duda le contó a Mateo alguna de sus conversaciones y este se lo había confirmado. No quería decirle de quién se trataba, no todavía, porque le haría tantas bromas que hasta se pondría insoportable.

Esa misma tarde tenían una reunión y se había prometido no perdonarse si no aprovechaba la oportunidad. Caminando por la calle el viento le había traído el perfume de cítricos que le había recordado a la mujer más interesante que había conocido, ya no era sano pensarla tanto, era molesto recordar cada detalle, hasta su perfume. No esperaría a tener valor para hacerlo, lo haría sin él si era necesario. La invitaría a cenar esa misma noche.

Sonya no podía creer que Kike, así le había pedido que lo llamase después de decirle que prefería que lo tuteara, no la mirase. Se vestía para él, se maquillaba para él y hasta se perfumaba más para que pudiese notar su presencia. No era inmune a ella podía verlo en la incomodidad que le producía o en la inseguridad de sus palabras al hablar de cosas que no tuviesen que ver con inversiones; o en las manos que no sabían qué tocar, no podía mantenerlas quietas mientras ella estaba presente. Le divertía la situación. Los hombres no eran así en su presencia y él la ponía a ella en un lugar que tampoco había estado. ¿Debía tomar la iniciativa?

No era buena para eso, los miedos volvían a hacerse presentes y se ponían indomables. La vulneraban más de lo que podía reconocer y no le gustaba. Mirarse en el espejo otra vez le estaba costando, las sombras del pasado molestaban. Tenía temor de volver a todas esas inseguridades y de no aceptar su belleza una vez más. No quería sentirse otra vez un cuerpo y un rostro bonito, quería ser valorada por lo que era no por lo que se veía.

Su terapeuta le había dicho que era normal que el primer contacto fuese visual y quería creerlo, lo había hecho una vez, pero...

—Por supuesto que te va a mirar, Sonya, ¡eres preciosa! No pretendas que no lo vea —le había dicho Carlos—. Ya después te conocerá y le gustarás más. Como me pasó a mí.

—¿Te gusto? —dijo en broma y lo escuchó reír a carcajadas. Había sido el único hombre que había visto en ella algo más que su aspecto, y Alejo, todavía lo recordaba con cariño.

—Mucho, pero lo que llevas dentro. Lo sabes, chiquilla caprichosa. Quiero que tu próxima comunicación sea para contarme que ese tal Kike te dio un beso y lo dejaste loquito.

—Noel me dijo algo parecido y que si era necesario, yo lo bese primero.

—Y no es mal consejo. Sonya, no te verá como zorra por eso, lo sabes, ¿no?

Sonya afirmó primero con la cabeza y ante el silencio, Carlos, la obligó a decírselo. ¡Qué difícil era luchar contra monstruos invisibles!

Llegó a la oficina de Kike a la hora indicada y ahí estaba él, con ese traje sin corbata que la hacía transpirar. Si por lo menos se prendiera ese maldito botón, pensaba Sonya perdida en la imagen de ese pequeñito trocito de piel. Hacía demasiado tiempo que no deseaba a un hombre, tal vez nunca lo había hecho de verdad. En desear incluía miradas y besos, palabras bonitas y sonrisas cómplices, no solo sexo. Aunque eso también lo deseaba y estaba un poco ansiosa porque no se animaba a dar ese primer paso. No ella y no con él. Recordaba lo que los hombres eran capaces de hacer en la intimidad y no quería que la imagen hermosa que había creado de Kike se desvaneciera si no le gustaba como la trataba mientras estuviesen en la cama. Sus experiencias, borrosas, pero no por eso menos espantosas, estaban en sus recuerdos y a veces, en sus pesadillas, que por suerte ya estaban desapareciendo.

—Como siempre tan puntual —murmuró Kike al saludarla, y ella le sonrió con la esperanza de que por fin la mirase de frente y le dijese algo bonito. Hasta le perdonaría que le dijese que era preciosa.

Él estaba aterrado, pero incentivado a hacerlo sí o sí. Le gustaba mucho esa mujer, como hacía tiempo que no le gustaba ninguna. La mirada cristalina y la sonrisa rápida que le daba cada vez que lo veía lo tenían soñando despierto. No quería pensar en la voz ronca y los labios rojos porque entonces sus sueños se convertían en pesadillas húmedas y calurosas. Levantó la vista para ver justo ese movimiento lento con el que se llevaba el cabello hacia atrás y tuvo que retener un suspiro.

—Me preguntaba si te gustaría salir conmigo, podemos tomar un café o si te parece ir a cenar, tal vez…

—Sí, me gustaría —lo interrumpió al notarlo tan nervioso, y entonces pudo ver esa mirada directa anclada en la suya. La sonrisa de labios finos y las arruguitas en las comisuras de los ojos la marearon un poco, pero pudo sonreír a pesar de eso.

—¿Esta noche?

—Esta noche.

—Ponte el vestido azul. Es simple y te queda muy bien —le aconsejó Mar.

—¿No es demasiado?

—No, claro que no. Hey, sin miedos. Ya te demostró que es un hombre serio y no busca nada de lo que estás imaginando.

Era fácil decirlo, pero hacerlo… Le gustaba mucho Kike, todo él, incluyendo sus dudas y tartamudeos nerviosos. Inspiró profundo y se prometió a sí misma dejarse llevar por el instinto.

Kike se había quitado un peso de los hombros, ese primer paso había sido difícil, aunque necesario para tomar confianza. Demasiada confianza, ahora no podía despegar su mirada de la de ella. ¿Cómo podía hechizarlo de esa manera? Podría reparar en el carmín de sus labios carnosos o en el escote generoso y las curvas de la cadera. Tampoco era para despreciar la imagen de las piernas al descubierto que terminaban en unos zapatos muy elegantes y sensuales. Todo lo había visto y le había gustado, aun así, sus ojos lo tenían atrapado, solo los desviaba para mirar la sonrisa enorme que ella dibujaba cada tanto.

—Entonces, ¿cómo llegaste a mí? —preguntó después de una charla irrelevante.

—¿Prefieres el cuento largo o corto? —preguntó Sonya, le gustaba el nuevo Kike, le daba la posibilidad de dejar de pensar en qué hacer o decir.

—Largo, me gusta escucharte —estaba encantado de hacerlo. Los matices de su voz lo volvían loco y las pausas que hacía mientras le daba una calada al cigarrillo eran tan sensuales...

—El día que fui a tu oficina era mi cumpleaños. Entre mis pocos invitados me convencieron de que tenía que hacer algo con mi dinero si no quería perderlo. Me puse ropa acorde, ya que mis fachas de ese día no eran las más apropiadas...

—Estabas preciosa —interrumpió él, no quería perder la oportunidad.

—Gracias —dijo ella, y reconoció que era bueno estar sentada, esa palabra en la voz de Kike sonaba muy halagadora y sincera, le gustó—. Cada vez que caminaba hacia la panadería veía tu oficina y no había reparado en tu trabajo hasta que mi amigo me explicó quién podría ayudarme con las inversiones y esas cosas.... Asocié mi necesidad con tu profesión y me arriesgué.

—Y yo te lo agradezco mucho. Me gustó conocerte, lo digo como hombre, no como asesor.

Sonya se quedó sin palabras. No se animaba a decir nada más. Se sorprendió al ver la sonrisa pícara de él, parecía disfrutar de haberla sorprendido. Vio los ojos de él viajar de un lado a otro de su rostro y le encantaba advertir ese escrutinio, era placentero ser observada así, sin ningún atisbo de lujuria. No había olvidado esas miradas espantosas que le habían dedicado alguna vez, las aborrecía.

—Tus ojos son muy bonitos y curiosos —dijo, sin pensarlo dos veces. Y los vio achicarse y arrugarse mientras escuchaba la risa ronca de Kike.

—¿Curiosos?

—Sí, lo son. Investigan todo el tiempo, buscan mirar más allá de lo que ven.

—No me doy cuenta.

Los dos quedaron en silencio, la conversación de pronto se tornó un poco incómoda. El mesero trajo la cuenta y sin demorarse mucho, Kike abonó y extendió la mano para tomar la de Sonya y salir de ahí. Se estaba ahogando, le faltaba el aire.

Una vez afuera y de camino al coche, Kike contó mentalmente hasta cinco y dijo las palabras que tenía retenidas por cobarde:

—Tu boca lo es también, es provocadora además de linda.

—Sonya dejó de caminar y lo miró desconcertada, ¡vaya atrevimiento! Desconocía a ese hombre.

—¿Provocadora?

—Mucho —susurró y la vio acercarse en silencio. Debía ser él quien hiciese ese movimiento y ¡demonios!, estaba paralizado.

—¿Puedo? –preguntó ella, vacilante.

«Eso no se pregunta», pensó Kike, y acortó la distancia para unir su boca a esos labios preciosos que deseaba besar desde que los había visto.

El roce los obligó a cerrar los ojos, la sensación era maravillosa. Un poco inquietante tal vez y desesperante porque las manos querían acariciar y los brazos abrazar. Sin embargo, no hacían nada. Fue rápido y con sabor a poco. Al alejarse se sonrieron, el próximo beso fue con sonrisa incluida y se pusieron serios cuando una inquieta lengua acarició la otra. Kike pasó un brazo por la cintura femenina y con la otra mano le tomó el cuello acariciándolo con dulzura. Sonya inspiró profundo y dejándose abrazar, pasó ambas manos por la nuca de él pegándose al pecho masculino.

Esta vez el beso fue duradero y despertó muchas sensaciones diferentes. Algunas dormidas y otras imprevistas, pero todas divinas.

Sonya fue la primera en alejarse y sin quitar las manos del cabello de él, volvió a sonreír.

Kike no podía creer que esa maravillosa sonrisa fuese más placentera que el beso que se habían dado, y es que estaba aterrado. Una mujer como esa era mucha mujer para alguien tan sencillo como él y no se consideraba poco hombre, para nada, no obstante, Sonya era tan... Sonya.

—Eres muy buen *besador* —dijo ella. Estaba encantada con todas las cosquillas que tenía en su estómago.

—Creo que es a consecuencia de la compañía que tengo.

La tomó de la mano y comenzaron a caminar hacia el coche.

—¿Qué pensaste cuando me viste? —quiso saber Sonya, era una inquietud que tenía.

—Que te conocía de algún lado y lo obvio: ¡qué mujer preciosa! Sabía que eras una actriz, pero poco más. No veo televisión ni voy al cine. La sola idea de que fueses una celebridad me ponía nervioso, ¿sabes?

—Se te nota.

—Es vergonzante —dijo riendo, y no pudo no detenerse a robar otro beso de esa boca sonriente—. ¿Vamos a tomar algo por ahí o quieres volver a tu casa?

—No quiero volver.

Las horas que le siguieron fueron para descubrirse. Cada vez que Sonya escuchaba a Kike contar su historia quedaba fascinada. Su vida no había tenido nada de eso, se había perdido todo lo lindo de vivir, la sencillez y la inocencia de crecer le habían sido robadas.

—Piensas y hablas como alguien mayor, eres muy madura. Me gusta.

—¿Será la vida que me tocó vivir que me hizo así? Tal vez —dijo Sonya, elevando los hombros y restando importancia al comentario, se lo habían dicho varias veces—. Me gusta que te describas como un hombre que alguna vez amó, que tuvo una juventud tardía y que le fascina su trabajo. Esa simple frase te describe. Yo no puedo agrupar pocas palabras para describirme.

—¿Por qué no?

—Para empezar, no tuve una buena infancia, al menos, no la que todos los niños tienen. Mi adolescencia no estuvo mal, aunque mi juventud fue desastrosa. También me fascinó mi trabajo. Un día mis decisiones se convirtieron en consecuencias nefastas y tuve que dejarlo todo. Fui presa de mi belleza y malgasté mi vida en una forma de vivir espantosa que no pude soportar y por eso terminé huyendo y escondiéndome hasta que… Dicen que la vida es un rato y yo lo estaba derrochando. Ya no.

Sonya se había entusiasmado con su oyente y casi termina hablando de más; no quería asustarlo, no quería que conociera sus debilidades, al menos, no todavía. Por eso suspiró y cortó su relato para ponerle a sus palabras esa carga de ilusión con la que última-mente se inyectaba.

—Yo sí podría describirte en una sola palabra entonces: Lu-chadora. Y si me pides otra, diría valiente.

—No me conoces.

—Eso se arreglará.

Sonya miró ese rostro sincero y estiró la mano para acariciar-lo. La vida sorprendía gratamente a veces. Kike era una sorpresa inesperada. Todavía no le contaría que había aprendido a disfrazarse de felicidad consumiendo drogas, que cuando estaba borracha se sentía capaz de reír a carcajadas, que los hombres habían usado su cuerpo como una mercancía y que había mendigado amor a las per-sonas menos apropiadas. No quería explicarle que no extrañaba para nada ese nudo doloroso que había tenido en su garganta durante años por no saber llorar, porque su padre le había enseñado a no ha-cerlo por la fuerza. ¿Acaso podría hablarle de Osvaldo y sus dedos asquerosos?, no, de ninguna manera ensuciaría esa nueva esperanza con su roñoso pasado. Ya elegiría el momento de contarle cuán can-sada había estado de vivir así.

—Quiero que sepas que se me da muy bien mentir con la mi-rada. No lo permitas.

—No te engañes, no eres tan buena actriz —dijo Kike, y besó sus labios—. Tu mirada es lo más puro que tienes, me cautiva, me atrapa, me puede. No mientes con ella, no sabes cómo. Creo que deberías volver a mirarte al espejo sin tanto prejuicio ni miedos. Pa-reces un ser frágil, aunque con una fuerza interior arrasadora. No me puedes engañar tanto, no puedo creer que no aprendí a leerte en es-te tiempo. No te conozco, es cierto, quiero hacerlo y lo haré si me dejas. Sin embargo, lo que veo en ti es hermoso. Tu belleza pone a las demás mujeres en vergüenza, no lo niego, aunque lo que me gus-ta de ti no es eso. Es todo lo que no se aprecia a simple vista.

Los ojos de Sonya se cubrieron de lágrimas, ¿cuántas veces había soñado una escena así? Alguien que le dijese cosas parecidas, que la mirase de esa forma y le sonriera con tanta dulzura, que le acariciase las manos y las mejillas y no sus pechos o su trasero.

Tal vez era hora de alejarse de ese sueño cumplido, temía que despertar fuese doloroso. Por el momento estaba bien. Ya era suficiente.

—Creo que quiero irme a casa.

Kike se asustó, algo pasaba, algo había dicho y el idílico momento se había hecho añicos. Tal vez había sido demasiado sincero, sus palabras habían salido sin pensar demasiado. Ella no le permitía conectar las ideas, lo obligaba a manejarse por instinto. Nunca le había pasado algo así. No era ni tan romántico ni tan sincero como lo había sido en su primera cita. La había cagado, estaba seguro.

—Lo siento. Sea lo que sea que hice mal, lo siento. Te llevo a casa.

El viaje en coche, corto y silencioso, llegó a su fin. Sonya no podía frenar sus pensamientos y se sumaban los sentimientos, tantos de ellos... ¿podía enamorarse en una sola noche, en una sola charla? Negó con la cabeza y se recriminó en silencio, lo estaba volviendo a hacer. Unas palabras bonitas y sus necesidades de cariño se disparaban. ¿Y...? ¿Cuál era el problema? Quería que Kike la conociese, tenía ese presentimiento que jamás había tenido de, por única vez, estar haciendo lo correcto.

Al bajar del vehículo lo miró sonriente y suspiró atemorizada.

—Entra en mi vida, Kike, te lo ruego —dijo, y huyó corriendo por miedo a la respuesta.

Parecía que Sonya se estaba escondiendo y Kike estaba confundido. Dos días sin responderle un mensaje de texto o devolverle la llamada, no pretendía ya que le atendiera la suya. ¡Pero qué se creía esta mujer! ¿Qué lo dejaría así, que se olvidaría de todo? Estaba loca si eso pensaba. Volvió a tocar el timbre con insistencia. Claro que quería entrar en su vida, si lo dejaba.

Sonya volvió a mirar por la mirilla de la puerta. Ahí estaba la respuesta a todas sus plegarias. Le había querido dar el espacio y el tiempo necesarios para pensar. ¿O se lo había dado a ella misma? Era incapaz de darse cuenta de lo asustada que estaba. No quería repetir historias y no importaba lo que dijesen sus amigos, tenía miedo, no confiaba en sus decisiones, esas que la habían hundido en el fango una vez. No podía comprender que ya no repetiría aquella historia porque no era la misma ingenua e insegura muchachita en busca de afecto, por más que su espejo averiado le devolviese esa imagen.

—Hola —dijo al abrir la puerta. No se animaba a sonreír y a expresar su alegría de verlo porque él no parecía alegre precisamente.

—¿Cómo quieres que entre en tu vida si desapareces?

—Estás enojado.

—Mucho. No sabes cuánto —dijo, tomándola por la cintura para pegarla a su cuerpo y fundirse con ella en un beso desgarrador. Inspiró aire mientras se apretaba contra ella, se había aterrado con la idea de perderla.

La realidad es que no sería perderla porque no la tenía todavía, sin embargo, algo le decía que sí, que ella era tan suya como él lo era de ella, desde aquel primer beso casto, seco y hermoso. No hablaba de propiedad sino de sentimientos, unos que mareaban y aturdían, que se volvían imperiosos y urgentes. No podía decir que estaba enamorado, mentiría, aunque algo más había; Sonya no era solo una mujer que le gustase, era algo más.

Sonya lo abrazó con desesperación y las mariposas comenzaron ese fabuloso revoloteo en su estómago. Los ojos se le inundaron y cortando abruptamente el beso lo abrazó fuerte.

—No me sueltes —dijo susurrando.

—No me alejes —pidió él en respuesta.

Sonya volvió a besarlo y el ambiente se puso denso. El deseo se hacía presente en cada roce y caricia. Los recuerdos de Sonya la pusieron en el lugar que estaba acostumbrada: los hombres disfrutaban de su cuerpo y lo necesitaban para quererla. Nunca lo razonó, solo siguió el impulso y llevó sus dedos a la camisa de él para desabotonarla lentamente y sintió las manos de Kike deteniéndola.

—No. Primero quiero conocerte.

Sonya sintió que sus piernas no la mantenían, cayó de rodillas y él la siguió, otra vez asustado. Cada vez que creía que hacía algo bien, ella reaccionaba de una manera que no entendía. La miró descubriendo su llanto.

—Hey, hey, ¿qué pasó? Otra vez hice algo mal. ¡Por Dios! Me resulta tan difícil entenderte.

—Lo haces más que nadie, Kike. Lo que consideras que haces mal es lo que siempre esperé de un hombre. ¿Me abrazas? Que no te asusten mis lágrimas.

Kike sonrió y la abrazó fuerte. Así, arrodillados en la alfombra, Sonya lloró en brazos del hombre de sus sueños, no lo sabía todavía, pero su instinto se lo gritaba tan alto que el corazón se le aceleraba de una forma alarmante.

—Háblame, dime por qué lloras —le rogó él, sin romper el abrazo y acariciando su precioso cabello una y otra vez.

—Quiero un hombre que tenga una vida ya construida sin mí, que sea feliz y alegre, seguro de sí mismo y que no vea en mí solo lo que está a la vista, sino que descubra ese algo más que seguramente tenga y que nadie se interesó en descubrir.

—No digas eso.

—Sí, lo digo porque es cierto. Nadie quiso nada más que mi cuerpo, Kike, nada más que mi estúpida belleza o mi fama. Belleza y fama fueron el par más nefasto que me tocó conocer, el mismo que me arruinó la vida.

—La vida, mi preciosa Sonya —le dijo atrapando su rostro con las manos y acariciando sus mejillas con los dedos—, te la arruinas tú por no aceptar lo que eres. —Le besó los labios con infinita dulzura y volvió a perderse en el marrón de sus ojos—. Amarte será mi desafío, conocerte y enamorarme de ti; y mi meta, lograr que me ames. Ahora ponte más bonita y salgamos a dar un paseo.

Sonya no había podido frenar su lengua y sus ganas de que la conociera de verdad y con toda la carga que llevaba sobre sus hombros. Kike parecía maravillado con la idea; no, por supuesto, con lo que le contaba. Había comenzado con sus días como actriz y ya estaba concluyendo mientras recordaba las trastadas de Nino.

—¿Fue solo una expresión o así te sentiste?

—Eso fui, Kike. Una puta. Una ramera, una buscona, una basura que descartar después de usarse, una cosa... ¡Una idiota! Una tonta... ¡Qué tonta fui!

Recordar era doloroso, y contarlo más. Sentirse tan tonta era espantoso, porque suponía que podría haberse dado cuenta. ¡Debía asumir tantas cosas todavía! Su negligencia, por ejemplo; era casi imposible de entender cómo había podido estar tan ciega.

—Y hoy, ¿qué sientes? —quiso saber Kike, mientras le acariciaba la mano.

—Lo mismo, aunque sé que ya no puedo cambiar nada. Ya no me avergüenzo como antes y lo asumo, lo fui. Fui una zorra que cobraba por sexo, no lo sabía, no era consentido, es cierto, aun así, lo fui. No obstante —dijo sonando más sensual de lo esperado, y provocando la sonrisa pícara de esa boca preciosa que mimaba la suya con dulzura—, si le busco el lado bueno a las cosas, lo encuentro en que gracias a eso yo huí para esconderme de todos y me encontraste. Hoy estoy aquí.

—Convertida en una diosa —susurró Kike besando sus labios.

—Convertida en una diosa —repitió ella sin creérselo del todo.

—¿Y de amores...?

—¡Uf, amores! Tuve uno que me rasguñó el alma, otro que me desgarró el corazón y uno hermoso, el primero, que me dejó el recuerdo más bonito.

—Pero bueno, bueno, a quién tenemos aquí... ¡Carajo! —exclamó Mateo al ver a Sonya Paz.

Su intención era bromear con su amigo, al que había visto y escuchado, días enteros, nervioso por una mujer que hasta ese mismo instante desconocía. Lo que no esperaba era verlo besándose con ella y que fuese justamente quien era: la gran, maravillosa y ardiente Sonya Paz.

—Tranquilo y sin gritar —dijo Kike, levantándose para darle un abrazo. Mateo no quitaba la vista de Sonya.

—Te odio. No, no..., te envidio. No, tampoco, creo que te admiro, eso mismo. Eres mi ídolo, amigo. ¡Mi ídolo! Mi nombre es Mateo, soy el amigo del hombre más suertudo del mundo. De verdad, ¿lo viste bien?

Sonya nunca pensó que podía reír tanto. No podía parar de hacerlo al escuchar la cantidad de palabras por minuto que decía ese hombre. Kike solo susurraba que bajase la voz y la miraba rodando los ojos como disculpándose.

—Háblame, dime algo. Espera que cierre los ojos... Ahora sí —le pidió divertido.

—Hola, es un placer conocerte, soy Sonya...

—Paz —murmuró alargando las letras—. Permíteme decirte que eres preciosa, la más bonita de todas y tu voz es... Mejor olvida lo de tu voz porque a Kike no le va a gustar. Te vi trabajar, y me enamoré de tus personajes, la verdad es que es mi madre quien te adora y yo por consecuencia.

—¿Eva? —preguntó Kike sin poder creerlo.

—Sí, claro, mi madre, Eva, no tengo otra. Mira lo que le hiciste, no lo dejas pensar con claridad.

—Ya déjate de hacer el payaso —le pidió Kike.

—Tienes razón, ¿qué va a pensar la dama? Pero y ¿qué hace alguien como tú en una ciudad como esta y de la mano de un hombre como este?

—Vivo aquí desde hace un tiempo, lo que pasa es que no salgo mucho o no lo hacía. Este hombre es un poco el responsable de que ahora me guste pasear, y me toma de la mano porque se lo permito —dijo jugando con sus dedos, y Kike se los besó.

—No deberías permitírselo. ¿Por qué desapareciste? No, perdón, tienes razón. ¡No me mires así! —le dijo a Kike, y este elevó los hombros y las manos. Mateo era imposible. No tenía frenos ni vergüenza ni filtros—. Se dijeron miles de cosas supongo que lo sabes.

—Sí, lo sé. Nunca descubrieron los motivos ni los descubrirán. Estoy bien, no tuve una sobredosis ni estuve en rehabilitación.

—¿Lo del hijo con un hombre casado? —ella negó con la cabeza —. Tampoco, obvio. Mi madre no creyó nada de eso. Dijo que te habían hecho algo feo y que siendo el ángel que eras, no lo habías soportado; palabras textuales.

—Eva es un sol —murmuró Kike, y Sonya lo miró sonriente. Ya quería conocer a esa mujer.

—Dice que no hay otra como tú, que fuiste y seguirás siendo un ícono de belleza. Como la Loren o Marilyn, a ese nivel te puso mi madre; y dice que como actriz pudiste llegar más lejos, pero no te dejaron. Que hiciste historia, que dejaste huellas y que nuestros hijos todavía hablarán de ti.

Sonya miró a Mateo tragando el bendito nudo de la garganta que le producía el llanto retenido, se puso de pie y abrazó al hombre.

—Quiero conocer a tu madre. Exagera, pero yo estoy agradecida por que lo haga.

—No estás llorando, ¿cierto? —le preguntó mientras se dejaba abrazar.

—Ahora lo solucionas, ¡la hiciste llorar! —dijo Kike, y le acarició las mejillas. Estaba feliz de verla así de contenta. Lo que le había contado antes de que llegase Mateo era de no creer. Esa mujer noble había vivido lo que no debería vivir nadie y suponía que todavía tenía más para narrar.

—No te preocupes, son de alegría.

—¿Esta dulzura es quien te tenía tan asustado? —le preguntó a Kike, y este lo quiso sacar a empujones de allí. Pero era Mateo y su maldita verborragia sin límite.

—Yo no asusto. ¿Asusto? —le preguntó Sonya a Kike, no entendía. Elevó una ceja a modo de repregunta y Kike quiso besarla y no detenerse. Maldijo a su amigo en silencio.

—No sé si esa sería la palabra adecuada, Sonya —carraspeó después de decirlo.

—Bueno, creo que mejor me voy. Te dejo mi número de teléfono, me llamas y organizamos la visita a mi madre. Espero que no le de algo al verte, te adora, te ama. Ha sido un placer conocerte.

—Lo mismo digo. Ten por seguro que te llamaré —dijo, y una vez que este abandonó la mesa miró a Kike—. ¿Te asusto?

Mateo sonrió de lado, con esa sonrisa tan suya, y negó con la cabeza. Ahora comprendía todo. Esa mujer acojonaba, intimidaba. No querría estar en los zapatos de Kike. ¡Vaya valentía la de su amigo! Le gustaba la pareja, sí señor, le encantaba.

—¿Cómo te explico? —respondió Kike—. Eres una mujer con ciertas implicancias y connotaciones, despiertas algunas sensaciones que no cualquier mujer despierta. Eres una criatura especial.

—En palabras sencillas, Kike.

—Asustas.

Los días habían sido implacables con ellos. Se habían sucedido sin darles respiro, hundiendo ponzoñosamente la necesidad de verse a cada instante, provocando demasiadas emociones diferentes y enérgicas, imparables e indescriptibles.

Sonya no podía creer que ese hombre le robase los sueños de esa manera tan vergonzosa. La estaba convirtiendo en una depredadora hambrienta. Deseaba cada beso, cada roce de cuerpos, cada caricia, cada palabra que quisiese susurrarle. Cada mirada que le dedicaba la disfrutaba y la anhelaba.

Para Kike la cosa era al revés, la deseaba con locura, ¿cómo no hacerlo?, si era preciosa y sensual como ninguna. Sin embargo, lo que pretendía era conquistarla, embelesarla como ella lo hacía con él. No quería estar en inferioridad de condiciones y no era por orgullo, sino por lo contrario, miedo. Uno irracional y egoísta que le consumía la seguridad que siempre había tenido. Ya no le era ajena la sensación, si desde el mismo día que la había visto la tenía.

Sonya era reticente a decir lo que sentía, se guardaba las palabras. Le hablaba con la mirada, eso sí. Le contaba que necesitaba de su contacto y que cada beso que le daba le gustaba. Pero sus labios se cerraban cuando de verbalizar se trataba y eso..., eso le daba incertidumbre. No quería avanzar demasiado rápido. Ya lo hubiese hecho, con cualquier otra mujer no hubiese pasado de la primera cita, pero Sonya era especial en todos los aspectos, no había otra como ella.

Esa noche la había invitado a su casa después de cenar en un restaurante y estaban en camino. La conversación era como siempre: amena y exquisita, teñida de sensualidad e intimidad por momentos, y de complicidad y diversión. Nada le indicaba que negaría su avance.

Sonya no quería dejar de hablar porque escuchar sus pensamientos en el silencio la aterraba. Hacía demasiado tiempo que no estaba con un hombre y no quería que su castillo de arena se derrumbase. Kike era dulce, amoroso, sensible y así pretendía que fuese en la cama, no obstante, su experiencia decía que los hombres eran diferentes en uno y otro lado. Recordaba muy bien a Luis y su rudeza mientras mantenían relaciones sexuales o, mientras él lo hacía, y ella... ella hacía el amor. No quería pensar en nadie más porque entonces los fantasmas comenzaban a acechar.

Ya estaban en la sala del luminoso y amplio piso. Le gustaba la decoración y la pulcritud que reinaba.

—¿Café? —preguntó Kike.

—No, te lo agradezco. Tal vez un beso te acepto —le dijo sonriente. Estaba muy nerviosa y sabía que la simpatía y bromas de Kike colaborarían para que esos nervios desapareciesen.

—Sabes que no soy como esos hombres, ¿verdad? —le dijo al notar el susto con el que lo miraba. Ella afirmó en silencio mientras se dejaba besar la mejilla y acariciar el cabello—. También sabes que no podemos demorar más lo inevitable.

—Sí.

—¿Entonces?

—No tengo quejas, solo... ¿me prometes que esta relación no se acabará en el desayuno? —le pidió.

—Te lo prometo. Ven aquí, abrázame que me tienes alterado como adolescente virgen.

Ambos rieron a carcajadas y se miraron fijamente. Solo eso necesitaron para comenzar la primera de las batallas de besos y caricias atrevidas. Los suspiros y gruñidos retenidos dentro de la boca del otro eran los únicos sonidos del ambiente. Eso, y la ropa al caer. Unas tras otras las prendas desaparecieron entre los pasos enérgicos que los llevaron al dormitorio y por fin se encontraban disfrutando de la desnudez del otro. Abrazados, pegados, así estaban.

—Voy a apagar la luz, Sonya. Quiero enamorarme de ti, no de tu belleza, quiero sentirte y escucharte sin distracciones.

—Me gusta la idea. Y yo voy a morder esa sonrisa tuya.

—¿Me vas a permitir faltarte el respeto después? —dijo divertido. Y Sonya dejó escapar una carcajada ante las cosquillas inesperadas que él le hacía.

—Solo hasta mañana.

—Me parece que me tienes mucha fe —le dijo mientras se recostaba sobre ella y la besaba como si no existiese ese mañana.

Sí, Sonya le tenía fe, una fe ciega. Estaba segura de que una vez que la tensión se hubiese roto lo demás sería hermoso. Kike sacaba lo mejor de ella.

Entre risas y bromas la puso a arder. Las caricias juguetonas le quitaban el miedo a no disfrutar. Y la media oscuridad se había vuelto sensual. Un beso en el cuello fue el preámbulo y la agitada respiración sobre su sien le dijo que era el momento.

—Dime algo —le pidió Kike entre jadeos. Estar unido a Sonya le provocaba tantas cosas que se sentía vulnerable. Su meneo lento era solo un recordatorio de su presencia—. Dime que te gusta, no quiero ser el único enloquecido aquí.

—No lo eres. No dejes de abrazarme —susurró ella, y lo apretó a su pecho.

No sabía si era incómodo para él o si podría moverse si lo mantenía así de pegado a su cuerpo, aun así, no le importaba. Su necesidad de creer que todo era distinto, de que por fin un hombre la adoraba a ella y no a su cuerpo, la tenía pletórica. Ni el mejor orgasmo de su vida podría compararse con ese placer.

El estremecimiento le sacudió el cuerpo ante la inesperada electricidad que la había recorrido de pies a cabeza. Abrió los ojos para verlo y se encontró con la mirada más bonita del mundo. Negó con la cabeza y le besó los labios.

—Eres bello, muy bello —dijo entre beso y beso. La sonrisa de él le dijo que le había gustado el piropo.

El placer explotó en el aire. Sonya no podía creer lo que había sentido y no porque no hubiese tenido un éxtasis largo y abrasador alguna vez, sin embargo, no tener el cuerpo contaminado con sustancias que modificaban las sensaciones la había hecho sentir diferente. Una ola de placer interna le recorrió el cuerpo, le hinchó el pecho en una eterna inspiración y exhaló con los ojos cerrados.

¿Eso era hacer el amor? ¿Quedaría mal gritar de felicidad?

—No, no quedaría mal y me harías feliz —dijo Kike, entre risas y sin salir de ese huequito perfumado que tenía el cuello de Sonya. Le encantaba que su perfume lo envolviese y lo empalagase de esa forma.

—¿Lo dije en voz alta? —Sonya tiró del cabello de él para que la mirara a los ojos. Y le confirmó con un beso corto en los labios. Luego se dejó caer hacia el costado enfriándole el cuerpo con su ausencia. Fue cuando se tapó la cara, ¡qué papelón!

—Deja de pensar y abrázame.

Sonya acarició el pecho de Kike, tenía vello, poco y suave. Era una linda sensación mezclarlo entre sus dedos. Nunca había estado con un hombre con pelo en el pecho, al menos, no los que había visto. Estaban todos depilados. Recordó con nostalgia a Luis, su piel bronceada y lisa, sus músculos trabajados y el rostro tan precioso, esos ojos… Ya no había dolor al pensarlo, solo bonitos recuerdos de una amistad que había sido importante y un cariño que todavía sentía, nada más. Su corazón estaba vacío de aquel sentimiento que la había ahogado, era libre de amar a otro hombre. A uno bueno, de ojos oscuros, labios finos y pocos músculos, aunque con una dulzura que la desarmaba y un buen humor que le daba energía; uno que no tenía tanto compromiso que cumplir o apariencia que cuidar. Sus caricias eran firmes y sus besos perturbadores ¿qué más podía pedir?, ¿palabras lindas?, también las decía. No quiso pensar en cómo era su forma de hacer el amor, porque se estremecía.

Mientras su mano lo acariciaba, ella lo admiraba. El vello desaparecía a la altura del tórax y renacía en una fina línea debajo del ombligo. Con un solo dedo la cubría perfectamente y la dibujó hasta toparse con la tela de la sábana. Abrió la mano y acarició todo a su paso para rodearle la cintura y pegarse más a él, dejando salir un suspiro y besándole el pecho. Kike la apretó sin despertarse, el abrazo se hizo más firme y apoyó la mejilla en la cabeza de ella.

Sonya sonrió feliz, parecía que hasta dormido era capaz de reconocer su presencia. En ese instante se sintió un volcán en plena erupción, una fuerza incontrolable hacía presión en su vientre y crecía expandiéndose en su interior, abultándole el pecho y obligándola a entreabrir los labios para liberar un suspiro profundo, demasiado visceral. Se sacudió por completo y volvió a sonreír. Así se quedó dormida.

Kike amaneció acalorado. ¡Qué más daba!, si era por el cuerpo de la bella mujer que lo abrazaba soportaría temperaturas más altas. Como la de la noche anterior en la que creyó derretirse ante la pasión que había sentido. Un fogonazo ardiente le había atravesado el pecho al verla encendida bajo su cuerpo, con esa maravillosa carita de goce. La penumbra había dado un ambiente ideal a su primer encuentro, uno demasiado ansiado, tanto que hasta había tenido miedo de que no fuese tan especial ¡Carajo! Había sido más que eso.

Le acarició el rostro a Sonya y se levantó para darse una ducha. Al volver con su pantalón de deporte puesto y nada más, se quedó prendado de su belleza. Apenas podía creer que ese ángel precioso que yacía en su cama, con toda esa sensualidad encantadora, era quien era y ahí estaba, con él. Una realidad que superaba cualquier expectativa. La vio removerse y abrir los ojos.

—Buenos días —le susurró, y extendió los brazos para que la abrazara, no se negaría. Se acurrucó sobre el pecho de ella y se dejó acariciar el cabello.

Se sentía raro, pero raro para bien. No solo era una mujer bella, era más que eso. Ella despertaba fantasías en los hombres y mujeres, las más variadas, la deseaban y la admiraban, tal vez, hasta la odiaban y envidiaban. Era una mujer con una historia tan diferente a la suya, casi era la trama de una película que ella misma podría protagonizar. ¿Cuánto podían compatibilizar? ¿Importaba? No tenía la menor idea, sin embargo, sí sabía que valdría la pena intentarlo, ver de lo que eran capaces juntos. Y todavía no había analizado que era la mujer más hermosa que jamás había visto y estaba desnuda en su cama, acariciándolo con una infinita dulzura. Elevó la cabeza para mirarla y apoyó el codo en el colchón para incorporarse.

—¿Cómo dormiste? —le preguntó admirando sus ojitos hinchados y esa boca perfecta de labios carnosos. ¡Era tan bonita y sexi!

—Muy, muy bien. ¿Vas a darme un beso de buenos días, o no?

—No lo sé, ¿lo quieres? —le encantaba ver la sonrisa juguetona que le encendía la mirada. Si tenía que ser un payaso lo sería para ver cómo brillaba ante sus ojos.

—Por supuesto, ¿quién no lo querría viniendo de tus labios?

—Voy a tener que dártelo entonces.

—¡Gracias, Dios mío! —gritó al aire y Kike largó la carcajada. Era una fantástica actriz.

Un beso casto le siguió al otro, y otro más hasta que se convirtieron en besos provocadores, húmedos e intensos.

Kike llegó tarde a trabajar, aunque no tan tarde como para hacer desistir a Mateo de abandonar su oficina. Era demasiada energía la que tendría que soportar y estaba muy cansado. Sonrió al verlo elevar los brazos con cara de enojado.

—¡Por fin! Hace más de media hora que te espero.

Kike asintió en silencio a la pregunta de su secretaria si quería café y dejó pasar a su amigo. El muy caradura se sentó en su propio sillón y él lo hizo en un sofá que había a un costado.

—Necesito saber. ¿Cómo puede ser que cerebrito, mi querido amigo, esté queriendo seducir a Sonya Paz? Escucha bien, ¡Sonya Paz!

—No lo estoy queriendo hacer. Escucha bien, ¡lo hice! —dijo riendo, y Mateo lo acompañó—. ¿Podemos hablar en serio?

—Adelante.

—Es una mujer increíble. No es solo esa cara bonita.

—¡Y ese cuerpazo!

—Eso mismo, y ya no puedes mirarla tanto. Vas a tener que aguantarte las ganas.

—¡No me pidas eso! Y ¿qué hace aquí? ¿Sabes que desapareció de la noche a la mañana dejando una película sin protagonista? ¿Está metida en algún lío? —quiso saber Mateo. Le preocupaba que su amigo, demasiado bueno como era, fuese embaucado y lo metiesen en problemas ajenos.

—No, no, nada de eso.

Kike le contó lo que pudo, sin romper la confianza que Sonya había depositado en él. Sabía que Mateo no diría nada, se conocían de casi toda la vida, sin embargo, su conciencia se lo impedía.

—No te rías por lo que voy a decir. Para mí supone todo un desafío estar con ella. Su vida es muy distinta a la mía, tiene veintiséis años, le llevo ocho. Es quien es o quien era; y yo, un simple tipo de barrio que sabe sumar y restar. No sé si tengo algo para ofrecerle o si cubriré sus expectativas. No lo pasó bien con los hombres, tuvo experiencias de mierda, pero igual me da miedo que ponga en mí demasiada esperanza y después se de cuenta de que no valgo lo suficiente.

—Me das ternura, te gusta mucho.

—¡No me jodas! Habla en serio, vamos.

—Bien. Tienes muchos huevos para animarte con una mujer así, lo reconozco, yo no los tendría. Pero ¿no te parece que si está aquí es porque poco le importa el ambiente en el que vivía y si te dio lugar en su vida es porque le gustas también?

—Puede ser.

—¿Te vas a animar?

—Ya no puedo no hacerlo. Me gusta, sí, y mucho. Y no es por lo que ves.

—Si tú lo dices.

Sonya no se había levantado de su sillón. Se le había pasado el día entre una comunicación telefónica y otra. Su sonrisa boba no se desdibujaba y todos habían notado que su voz estaba cargada de una alegría que hacía mucho tiempo no tenía.

—¿Podemos dejar de hablar de tu amorcito un momento? Tengo una sorpresa para ti —dijo Mar—. El fin de semana te voy a visitar y llevo invitados.

—¿Luis? —Quería verlo y contarle lo bien que estaba. Siempre se había preocupado por ella y quería que supiese que por fin era feliz. Estaba agradecida con él, nunca la habían querido bien, solo él y las chicas. Después había llegado Carlos y tal vez alguna que otra persona perdida por el camino, igualmente eran tan pocos que podía contarlos con las manos.

—No, y no insistas porque no te diré.

Faltaban dos días para el fin de semana y era de ponerse ansiosa, no llevaba bien las sorpresas, tal vez por la falta de costumbre. En su pasado no hubo sorpresas. No, al menos, de las buenas. Pensar en eso le recordó las últimas noticias sobre lo que quedaba de su familia, casi nada. Su padre había fallecido en silencio y solo, hacía ya una semana y no se lo habían informado. Nadie sabía de ella y Noel se había enterado de casualidad por una amiga del barrio que la había cruzado por ahí. Se sentía miserable por su falta de dolor. No le dolía que su padre hubiese muerto, no lo extrañaría ni le modificaba nada de su presente. Tal vez eso la colocase en el mismo lugar que a las malas personas, pero ¿quién podía culparla? Tampoco le había afectado que su hermano estuviese preso, esta vez, por varios años. El idiota se había metido en una reyerta y uno había terminado asesinado, no él.

Un par de días después, y con lágrimas en los ojos, la había encontrado Kike. Entre abrazos y caricias le había contado todo sobre su infancia y su familia, recordar ciertas cosas le producía un dolor agudo del que costaba reponerse y más si veía en los hermosos ojos de Kike el odio y el sufrimiento. No quería su lástima, no la quería.

—No me tengas lástima, no lo hagas.

—No, preciosa, no es lástima. No puedo dejar de sentir tu dolor, lo lamento. Dime que ese hijo de puta tuvo su merecido —dijo, refiriéndose a Osvaldo.

—No, no lo tuvo.

Intentando reponerse para esperar su sorpresa se dio una rápida ducha, mientras él preparaba algo de comer.

—¿Por qué una cama pequeña? —le preguntó curioso, mientras la veía elegir ropa, envuelta todavía en una toalla.

—No pretendía que hubiese hombres en mi vida. Además, ella me recordaba los motivos por los que había huido, no pensé en volver a compartir una.

Supuso que sus pensamientos habían sido bastante fatalistas por momentos y no la juzgaba. Solo ella era capaz de volver a vivir sin sus miedos. Él solo la apoyaría y acompañaría.

Kike la observó vestirse. No ocultaba su cuerpo, pero tampoco se exponía seduciéndolo. No es que lo necesitara, la verdad era que no, sin embargo, suponía que esa falta de coquetería intencionada tenía que ver también con su pasado. Su ropa interior no era provocativa tampoco, sino de un sencillo algodón blanco.

—¿Qué? —le preguntó al encontrarlo observándola desde el marco de la puerta.

—Tu ropa interior…, te imaginaba toda una *femme* fatal con encajes y transparencias —murmuró curioso. Algunos detalles podía comprenderlos, pero muchos se escapaban de su comprensión y quería saberlo todo de ella.

—Tuve mis hermosos conjuntos de todos los colores, me encantaban. Hasta el día que... —tragó saliva. No lloraría más por ese energúmeno, no lo haría—. Cuando aquel hombre intentó violarme tenía un conjunto precioso de encaje y cada vez que volvía a ponerme uno parecido, me sentía sucia. Los tiré todos. Lo mismo me pasó con mi perfume preferido, uno que olía a flores. Los recuerdos solían meterse en mi cabeza y...

—Ya. Entiendo. No me digas nada más. Y no se te ocurra cambiar tu perfume porque me enloquece cómo hueles. Déjame olerte —le pidió abrazándola, su intención era hacerla olvidar. Si lo dejaba, él le regalaría nuevos recuerdos, con encajes o sin ellos, oliendo a flores o a cítricos, no importaba.

El timbre sonó y rompieron el abrazo. Kike fue a abrir la puerta mientras ella se ponía la ropa que le faltaba.

Sonya se cambió apurada, confiaba en que Kike se presentaría solo, pero le encantaría ver la cara de Mar al conocerlo. Estaba segura de que se llevarían bien. Mar era un sol. Salió de su habitación con una sonrisa enorme en el rostro y se puso seria de golpe al ver quién estaba en su sala. Una lágrima brotó sin poder frenarla, los ojos le ardían y la comisura de su boca quería bajar sin poder controlarla.

—Pero ¿qué...? ¿Cómo...?

—¿Eso es todo? ¿Así me saludas?

—No, no. Quiero abrazarte, pero primero tengo que luchar con las ganas de darte un buen azote.

—Prefiero el abrazo —dijo Alejo, y se acercó a ella para cumplir su cometido—. Tan preciosa como siempre.

—Y tú tan adulador.

—Hay cosas que no cambian, ¿cierto? Así que ya sabes conducir —dijo Alejo, para romper la tensión del momento.

—Hace varios años de eso, sí. Como nunca volviste, ya no te lo mostraré.

—No podía volver. Fui un tonto lo sé, pero aquí estoy. Ya no tengo motivos para mantenerme lejos. Ahora... —dijo extendiendo el brazo hacia atrás, y entonces Sonya vio a la mujer que se acercaba y reparó en la abultada barriga— te presento a mi esposa y a mi futuro hijo.

La dulce jovencita la miró con admiración y la abrazó con timidez. Sonya pudo notar un parecido con ella misma, el cabello, los ojos, la boca. Vio las manos de Alejo abrazándola desde atrás y acariciando su vientre mientras la miraba. Parecían felices, se los notaba enamorados.

Mar apareció como un torbellino y la abrazó.

—Quise sorprenderte y fui la sorprendida. ¿Y desde cuándo es Kike quien abre tu puerta?

El nombrado sonrió. Había estado atento a todo y hasta se hubiese puesto celoso si no le hubiesen contado quién era ese muchacho que la miraba con tanto cariño.

—Yo también tengo secretos, ¡qué te piensas! Pero no me distraigas, quiero saber los motivos por los que desapareciste, Alejo. Te extrañé.

—Y yo a ti y a Mar.

—Se alejó de ti porque se enamoró —dijo la mujer, con una sonrisa preciosa y la mirada anclada en su esposo. Parecía adorarlo. Él le besó los labios.

Ahora, Sonya se sentía mal. Kike se rio y la abrazó besándole la cabeza. Mar le dio un beso en la mejilla y rio también. La incomodidad era visible para todos.

—La dejaste atontada, mujer, qué desconsiderada eres —dijo Mar bromeando e intentando que volviese a la normalidad—. Ya no te quiere, Sonya, no te preocupes. Se consiguió una muñequita preciosa con la que jugó al doctor y mira... Aquí la tienes embarazada de siete meses.

—No fue así. Nos casamos antes y después jugamos al doctor —explicó Alejo entre risas.

Sonya no podía creer lo que había escuchado, jamás lo hubiese imaginado. Miraba a Alejo convertido en un hombre casado y pronto, en padre; buscaba a Kike con la vista y ahí estaba sonriente apoyándola y acariciándole la mano; la muchachita parecía incómoda en su presencia, pero porque veía a la actriz Sonya Paz y no a la simple Sonya, eso le había explicado Alejo, y Mar acaparando la conversación con sus divertidas anécdotas. En ese instante fue demasiado consciente de sus malas elecciones del pasado. Y también fue consciente de que no repetiría los mismos errores. Había aprendido la lección.

La tarde no podría haber sido más perfecta. Entre conversaciones varias se pusieron al día y la exactriz se enteró de cómo Mar se había tropezado con Alejo a la salida de un centro comercial y entre broma y algún regaño, le había contado que Sonya seguía extrañándolo. Sin dudarlo, programaron la visita y ahí estaban.

—No desapareceré, lo prometo.

—No sé si creerte.

Así fue la despedida, después de un abrazo apretado. Parecía que todo estaba mejorando en la vida de Sonya y eso la ponía feliz.

—¿Vamos a casa? —preguntó Kike, un poco mimoso y otro poco celoso. Estaba acostumbrado a ser el centro de atención de Sonya y no había sido el caso—. Me debes caricias, miradas y muchos besos.

—Yo no te debo nada, atrevido. ¿Con qué derecho me recriminas? —dijo juguetona, y abrazándolo por el cuello.

—Es cierto, ¡maldita sea! Se me pasó el detalle. ¿Sonya, quieres ser mi novia así puedo recriminarte tu falta de atención y abandono?

—Déjame pensarlo unos días.

Sonya frunció el ceño y negó con la cabeza. Había cosas para las que no estaba preparada aún.

—No, no —dijo tomando la cara de Kike entre sus manos y frenando el descenso de los besos por su abdomen. No podía permitir que hiciese eso.

—¿No te gusta? —preguntó intrigado, podía ser, era raro, casi imposible, pero podía pasar.

—Es que no me gusta hacerlo y sé que tú lo harías esperando que yo te devuelva el favor.

—¡¿El favor?! ¿Tú crees que besarte, hacerte el amor, tocarte... es un favor por el que espero una devolución?

—No, no es eso lo que quiero decir, sino que… No me gusta que me violen la boca. No me gusta la sensación de ahogo y las náuseas —dijo con los ojos cerrados y mucha vergüenza, sin embargo, prefería sincerarse de una vez.

Kike, apoyado en sus codos, la miraba a los ojos.

—Entiendo —dijo, suponiendo que las experiencias de Sonya en el sexo oral no habían sido buenas, ya cambiaría de opinión—. Deberíamos tener una libreta de notas en la mesa de noche, así vamos anotando los favores que debemos devolvernos, ¿no? Ya me debes un beso en el cuello y unos cuantos mimos en el pecho derecho, me gusta que me besen las tetillas y las acaricies, ambas, no importan si es la derecha o la izquierda.

—¡No seas tonto! —dijo ella entre risas, y le dio un golpecito en el hombro. Se sentó en el borde de la cama, saliendo del hueco en la que él la tenía y Kike la rodeó con sus brazos y piernas por detrás.

Sonya suspiró resignada, ese hombre lograba bajar todas sus defensas y penetrar en su corazón demasiado rápido.

—Tuve un novio que me dijo que la imagen de una mujer arrodillada frente a su bragueta era la mejor que podría tener.

—Y ¿qué edad tenía tu novio?

—Veinte —respondió, estremeciéndose por el beso en el cuello que Kike le había dado.

—Todavía le faltaba mucho por ver y saber. No te voy a negar que es una imagen excitante, pero las hay mejores. Por ejemplo: verte retorcer de placer entre gemidos porque yo te estoy besando o tocando… —Sonya se puso de pie entre las piernas de él y le acarició el cabello, parecía saber siempre lo que ella necesitaba escuchar—. Tu cuerpo desnudo tendido en mi cama es una imagen mil veces mejor que tenerte arrodillada frente a mi bragueta.

Kike hundió su cara entre los pechos de Sonya y besó la piel que sus labios rozaban. Fueron besos castos, secos…, sinceros, con una carga de amor que Sonya pudo sentir en sus entrañas. Gimió bajito y los besos se humedecieron convirtiéndose en apasionados. Con un brazo la rodeó por la cintura y girando un poco el cuerpo, la recostó en la cama. No dejó centímetro de piel por mimar, mientras descendía poco a poco, lamiendo y rozando con su boca.

Sonya inspiró profundo al sentir el aliento tibio debajo del ombligo y las manos grandes y ásperas recorriendo sus piernas. ¡Confiaba tanto en él! El primer contacto fue un beso y su cuerpo entero se tensó.

—¡Por Dios! —gimió, y soltó la carcajada seguida de la de él.

—Hermosa —susurró Kike, antes de abrir la boca y dedicarse a satisfacerla.

Sonya era un volcán. Su interior bullía incontrolable y sus gemidos eran demasiado sonoros.

¡Cómo le gustaba lo que estaba sintiendo! Siempre había sido así, pero pocas veces había disfrutado tanto. Los hombres de su vida habían preferido ser egoístas. No dar, pero sí recibir. No los culpaba, porque ella nunca había sabido pedir lo que quería o necesitaba.

—Sí, me gusta. No pares. —Ahora sí lo hacía. Con Kike lo hacía porque se sentía libre, querida, protegida, respetada. Lo miró desde arriba y lo vio guiñarle un ojo mientras seguía dándole placer. El muy descarado la conocía mejor que ella misma. Le sonrió y se acomodó con los codos apoyados en el colchón—. Guapo.

—Gracias —respondió él sin dejar de estimularla con la lengua y los dedos.

—Te quiero.

Kike retiró su boca, pero no sus dedos. La admiró un instante mordiéndose el labio inferior. Estaba loco por ella, era una maldita adicción que no quería dejar, su corazón se aceleraba cada vez que ella lo miraba de esa manera tan suya, tan sensual, tan provocadora y tan sincera. Y si le sonreía, como en ese instante, mientras gemía y batallaba con sus ojos para mantenerlos abiertos, más todavía.

—Yo también te quiero. Ahora, ¿me dejas terminar? —dijo sonriendo.

—Por favor.

En cinco minutos, Sonya estaba entre las nubes del placer, gimiendo y retorciéndose, entregando todo al hombre que le daba lo mismo: Todo.

Kike se incorporó después de exprimirle todos los gimoteos y espasmos que ella le tenía reservados y le besó los labios. El rostro de Sonya era una delicia y así como estaba más aún: rebozando de placer, sudado, sin maquillaje, con las mejillas sonrojadas y con una sonrisa grabada que llegaba a sus ojos. La vio cerrar los párpados y suspirar.

—¿Qué?

—Quiero hacerlo —dijo ella, mientras se posicionaba sobre él y con besos recorría su pecho—. Quiero intentarlo. Necesito hacerlo.

Kike no dijo nada, ella estaba bastante decidida a juzgar por los labios tibios llegando a su entrepierna. Gruñó al sentirla. Los suaves movimientos ascendentes y descendentes lo estaban enloqueciendo. Levantó la cabeza para mirarla y se encontró con que ella también lo hacía, le sonrió negando en silencio.

—Eres una diosa. Mi diosa —Le tomó la cabeza entre las manos para mover la cadera y Sonya se tensó. Sin embargo, él nunca fue agresivo ni bruto. Sus embestidas tenían un límite que no le molestaba en su garganta, su agarre era cariñoso, sus gemidos eran estimulantes… Así sí, le gustaba, repetiría cientos de veces si el resultado era el placer de su amado, un placer compartido.

Kike se tensó, no quería terminar así, no la primera vez que ella le había confiado sus miedos. Le tomó la cara para elevarla hasta la suya. Y una vez que la tuvo sobre su cuerpo le besó los labios.

—Hazme el amor.

Él le había dicho que era su diosa y así se sentía con esas miradas. Cabalgó sobre su vientre mostrándose, todo su cuerpo era para él. Nunca se había sentido tan conforme con él como en ese instante en que era acariciada y lo satisfacía.

Él estaba embelesado, obnubilado, encantado y enamorado. La pegó a su pecho y con su boca sobre la de ella, se acopló al meneo de cadera para terminar lo que ella había empezado. Lo consiguió en pocos segundos.

Sin despegar sus cuerpos ni abandonar ese lugarcito conquistado, volvió a besarla, por eternos minutos.

—Kike, me haces sentir realmente hermosa. Me haces ser la mujer que quiero ser.

Kike nunca había recibido una declaración de amor más bella. Sus dudas habían desaparecido por completo. La entrega de ella era incondicional, en cuerpo y alma, se abandonaba segura en sus brazos. Todos sus miedos y secretos, todas las dudas y los desafíos los compartía con él y sin mediar palabras, le pedía ayuda para resolverlos; uno a uno iban desapareciendo y la perfecta sonrisa que él adoraba era cada vez más enorme. ¿Cómo no amarla?

—Tengo los labios dormidos —dijo entre beso y beso. Ella se alejó ante el comentario.

—Perdón —le susurró sonriente.

—Me gusta tenerlos así, no te alejes. También me gustaría una ducha —dijo, sin apartarse demasiado.

—A mí me gustaría hacer el amor en la ducha —murmuró ella, sabía que, a él, esas salidas de tono lo divertían.

—¡Gracias, Dios, por enviarme esta mujer! —gritó entre risas.

—Y en una bañera llena de espuma también. —Ya estaba más atrevida y le mordió el cuello haciéndolo jadear.

—¿Y qué tal sobre la alfombra de la sala?

—O la mesa de la cocina.

—Deberíamos analizar lo de la libreta de notas en la mesa de noche y hacer la lista.

Los días se sucedían, y las semanas, meses…, casi un año que volvía a sentirse valorada, amada y renovada. Sonya creyó que ya estaba entera otra vez y no conocía las suficientes palabras para agradecerle a su amado todo el apoyo recibido. Sin él no lo hubiese logrado. Sin él y sin sus amigos, que habían estado a su lado sin abandonarla ni en los peores momentos. Porque los había tenido.

Su mente estaba inquieta, ya no estaba analizando cada cosa que hacía y libre como se sentía, quería volar. Había comenzado a pensar que tenía que hacer algo más que sus rutinas de yoga y gimnasia, sus paseos por el parque y las visitas a Eva, la madre de Mateo era una hermosa compañía, no podía negarlo; pero necesitaba algo más. También disfrutaba de su tiempo libre y de estar con Kike y sus amigos. Los había conocido y eran un grupo muy divertido. No obstante, su falta de una actividad con compromiso y responsabilidad la hacía sentir inútil.

Las inversiones que su novio le había aconsejado hacer daban sus frutos y no necesitaba el dinero de un salario mensual para vivir. Era una de las pocas cosas buenas que le había dejado su vida de actriz. Su abogado, cada tanto, le enviaba las ganancias que todavía percibía por cada vez que su imagen era televisada o las películas reposicionadas en el cine. Propuestas no le faltaban, aunque en eso no volvería a caer, por más que fuese lo más fácil.

Había aparecido algún periodista, en la ciudad, averiguando sobre su vida y nadie había dicho mucho, no obstante, eso significaba que ya sabían dónde estaba y no quería volver a escapar. Ella agradecía de corazón que la gente que la rodeaba la protegiese. No quería su vida otra vez en las revistas y expuesta para las críticas de la gente que no la conocía. No se creía lo suficientemente fuerte para soportar esos comentarios todavía. Según sabía, por Mar, la prensa la criticaba por haber desaparecido tildándola de desagradecida. Algunas actrices resentidas que se habían guardado el rencor hacían leña del árbol caído y muchos aspirantes a famosos opinaban sin saber, solo porque les ponían un micrófono delante.

La ansiedad la llevó a tomar clases de pintura y no se le daba mal. Retomó las de inglés y de informática y ahora sus días eran agotadores. Nunca se había visto como una mujer demasiado activa, no obstante, eso parecía ser. O más bien, inquieta, como decía Mateo.

Esa mañana se despertó relajada, como cada vez que su novio la invitaba a dormir y le daba una noche de placer. Lo vio acercarse, vestido con ese traje sin corbata que le volvía loca, y estiró los brazos para que se recostara con ella.

—No me voy a poder ir si me abrazas así —dijo Kike, acariciándole el cuello y enredando sus dedos en el sedoso cabello de ella—. ¿Por qué no puedo dejar de acariciarte? —susurró, mientras lo hacía con la palma de la mano abierta y lentamente desde el cuello, pasando por la unión de sus pechos, mimando un seno y el otro con el pulgar. Escuchó un gemido bajito y sonrió. —No hagas esos ruiditos. No puedo quedarme.

Le tocó a Sonya sonreír mientras lo miraba y se perdía en los ojos más lindos que había visto jamás, tan oscuros y sinceros como ningunos otros. Volvió a sentir la palma de la mano recorriendo su cuerpo, le gustaba que Kike la adorara así. Que alguien se tomase el tiempo para mimarla, le encantaba. La caricia llegó a su abdomen y escuchó el murmullo concentrado de Kike:

—Pasaría horas así, me encanta acariciarte. ¿Te gusta?

—Mucho —susurró ella y él cerró los ojos por un momento, sin frenar la mano que siguió por la cadera y el muslo llegando hasta la rodilla para volver por la cara interna y rozar la entrepierna de ella con la misma intención de disfrutar de tocarla, y la muy atrevida abrió las piernas para tentarlo. Sonrió negando con la cabeza y abrió los ojos.

—Debería irme —dijo.

—Sí, creo que se hace tarde para tu reunión.

—¡Maldita reunión! —exclamó, pasando la mano con firmeza otra vez por el abdomen, el centro del pecho y el cuello para terminar en la mejilla derecha.

—Hagamos un trato —pidió ella.

—Si es favorable para mí, acepto.

—Te vas a trabajar, yo hago mis cosas y preparo una rica comida para esperarte.

—¿Desnuda? Si yo lo que quiero es acariciarte, te necesito desnuda.

—Bueno, prometo estar desnuda debajo de una camisa tuya.

—Me gusta. ¿Lo de acariciarte será antes o después de la comida? —Ambos rieron y se dieron un beso. Kike se puso de pie y ella se cubrió el cuerpo con la sábana.

—Puedes hacerlo antes, durante o después.

Kike dejó salir una carcajada, la muy atrevida había impostado la voz como lo hacía en sus películas y era malditamente sensual su ronquera y la lentitud con la que pronunciaba las palabras.

—¡Madre mía! —exclamó—. No hagas eso que soy un simple mortal, mujer.

Ante el intento de una caricia de ella, mientras reía burlándose de lo abultada que tenía la bragueta de los pantalones, él le rogó que no lo tocase y solo le diese un beso corto y seco, bien feo, para no querer cancelar la reunión.

Sonya lo vio salir del dormitorio y su sonrisa no se borraba. Por fin un hombre miraba más allá de su cuerpo, entre caricia y caricia y estando desnuda, Kike había anclado su mirada en la de ella, investigando sensaciones y regalándole placer del bueno, del que se comparte y se da sin pedir nada a cambio. Era maravilloso. Nunca había soñado con un hombre tan hermoso, no sabía siquiera que existiese y lo había descubierto por casualidad. Vivir con la sensación de tener el estómago lleno de mariposas revoloteando, el corazón golpeteando en su pecho a una velocidad vertiginosa y la sonrisa fácil era divino.

Kike volvió sobre sus talones con la propuesta que tenía en veremos, ya lo había decidido. La relación era todo un éxito y el amor era un hecho. Si ella confiaba en él, como estaba seguro que lo hacía, tal vez aceptaba. Suponía que sus miedos cobrarían fuerza y las dudas le impedirían pensar con claridad, entonces él estaría ahí para ahuyentar los nubarrones y mostrarle el cielo más celeste y soleado que pudiese.

Apoyó el hombro en el marco de la puerta y la vio ahí tendida en su cama entre sábanas húmedas y arrugadas, su demonio precioso con cara de ángel, el mismo que lo sumía en la más calurosa pasión y en la ternura más pura.

—¿Me acompañas a hacer un viaje? Tengo que ir a la capital por negocios. No me respondas ahora. Piénsalo y lo hablamos a la noche.

Después de analizarlo durante varios días. Enfrentándose a sus fantasmas y a sus preguntas sin respuesta, Sonya, decidió ponerle voz a sus dudas. Escucharse siempre le resultaba productivo y si obtenía comentarios de la gente que la conocía, mejor aún.

Carlos la apoyaba en su decisión, fuese cual fuese, eso le había dicho. Aunque le había aconsejado aceptar.

«Analicemos: no vienes sola, Kike te cuidará; podrás presentármelo, no es poca cosa, es un buen agregado; y alguna vez tiene que suceder, Sonya, no podrás estar escondiéndote toda la vida», le había dicho.

Sonya supo, tarde, pero lo supo, que Carlos había defendido su honor y le había dado una paliza a Nino. Lo que le originó unos cuantos días de enojo de su esposa que odiaba la violencia. Por eso sabía que Nino no se le acercaría ni tendría el valor de hablar de ella con nadie. Tenía más para perder que para ganar si lo hacía. Además, habían pasado años. Le angustió pensar que, aun así, las sombras de un pasado espantoso seguían perturbándola.

«Ni lo dudes, ya es tiempo», le había dicho Mar, y ante sus inquietudes expresadas con respecto a la prensa, también había obtenido respuesta: «¡A la mierda con la prensa!».

Kike también tenía cosas que agregar:

—Estoy de acuerdo con Mar, Sonya. La prensa no puede manejar tu vida. No tienen derecho sobre ti. Tal vez te reconozca la gente, te increpe un periodista y te haga preguntas incómodas que no tienes por qué responder y nunca estarás sola por la calle. Tienes a tus amigos ahí para cuando yo esté ocupado en mis cosas. Noel ya te dijo que se tomará unos días para estar contigo. Y no dudo de que Mar haga lo mismo. Carlos, Alejo y su bebé... ¡Tienes tantas visitas que hacer! —dijo Kike.

—Estás queriendo convencerme. Eso es muy tramposo.

—¿Lo logré?

—Sí. Sí, lo lograste. De todas formas, serás quien seque mis lágrimas si me derrumbo —respondió acurrucándose contra el pecho de su hombre protector.

—Te abrazaré y te limpiaré las lágrimas, siempre, no lo dudes.

Y habían viajado, y no una, sino muchas veces en los siguientes dos años. Cada vez le resultaba más fácil evadir a los periodistas. Se convertía en una presa cada vez más difícil de cazar y por eso, más la perseguían. Habían tenido que comprar un departamento para evitar los hoteles, no había ninguno que no tuviese chismosos. Y para no faltar a sus valores, había tenido que retomar su costumbre de dialogar con ellos para declarar que no les daría entrevistas ni explicaciones. Y les decía con cortesía y sinceridad que no podían sacarle fotos y publicarlas porque su abogado podía actuar en contra de ellos, entonces, los problemas legales y económicos serían molestos para todos.

Tenía que reconocer que adoraba la capital, el bullicio, las actividades nocturnas, los teatros y cines… pero no quería pensar en eso porque, de un tiempo a esta parte, un bichito de ansiedad le picaba el cerebro con ideas absurdas. Y no se animaba a compartirlas con Kike tampoco, lo último que quería era tener una discusión con él si la malinterpretaba. Volver no era una opción ni siquiera conversable.

—Mi madre te quiere ver, dice que la visites mañana —dijo Mateo mientras comían. Lo habían invitado o, mejor dicho, se había invitado al ver que Kike había preparado el pollo con la salsa que le gustaba.

—Sí, desde que volvimos de viaje no fui. Le traje un regalito.

—¿Y el mío? Ya veo, parece que no soy tan importante. Entiendo. Solo dime que me extrañaste un poquito.

—Ya deja de molestar a mi mujer —pidió Kike entre risas. Si se le aceptaban las bromas podía ponerse molesto de verdad.

—Voy a buscar café —dijo Sonya levantándose, y Mateo cerró los ojos, le gustaba molestar a su amigo.

—¿Ya puedo abrirlos? No quiero que pienses mal de mí si miro a tu novia. ¡Podría ponerse una túnica para recibirme, viejo! No es justo…, que uno no es de piedra.

—Déjate de tonterías. Tengo un problema —dijo Kike, susurrando—. Mi cliente, el tipo millonario ese que te conté, me ofreció la representación exclusiva. Pero… o viajo cada quince días o me mudo. Ya viste la cantidad de viajes que tuvimos que hacer desde que empezamos a trabajar.

—¿Y?

—Sonya. Yo no sé si ella querría mudarse.

—¿Qué cuchichean? —preguntó la nombrada.

Escucharlos no había sido su intención. ¿Qué hacía ahora con esa información? Volver no era una idea tan descabellada, se le había pasado por la cabeza más veces de las que podía reconocer. Si no decía nada era justamente por pensar en Kike y su trabajo.

—Hablábamos de mujeres —respondió Mateo en broma.

Desde esa misma noche, ambos se sumían en el silencio, analizando opciones y decidiendo cuán acertado sería aceptar la propuesta de ese hombre. Para Kike era el equivalente a subir un escalón alto que lo acercaba a sus más anhelados sueños laborales y para Sonya era como volver a retomar la vida en el lugar que le pertenecía y empezar de cero con las riendas bien apretadas, todo un desafío que adoraría enfrentar para ver hasta dónde podía llegar sin miedos, sin recuerdos que entorpecieran sus acciones y sin personas nocivas a su alrededor.

Una mañana cualquiera, Sonya supo que así no podían seguir. Pasaban más noches separados que juntos y le dolía que no se animaran a confiar uno en el otro como estaban acostumbrados a hacer. Tomó el teléfono con la firme idea de conversar sobre el tema, una semana de silencio era su límite.

—Hola, ¿estás ocupado? —preguntó en un tono bastante indeciso que Kike pudo reconocer.

Desde hacía días estaba inquieto y tenía miedo de que su novia pensara que era por ella. No soportaría perderla por problemas de trabajo, no quería tener ni una simple discusión por ese motivo.

—Más o menos. Puedo distraerme un rato. ¿Estás bien?

—Sí, sí, solo... Tengo un problema —Ya la voz se estaba poniendo un poco melosa. Y si la conocía como creía, su problema era que él no estaba ahí con ella. Se puso de pie después de escribir una nota y cerrar su ordenador.

—Ah, ¿sí? ¿Qué tipo de problema? —Al pasar por el escritorio de su secretaria le dio la nota: «Vuelvo en dos horas», decía—. Estoy trabajando, pero si me dices en qué podría ayudarte, lo intento.

—No creo, desde allí... No importa... —susurró Sonya y sin motivo aparente, se sintió seductora. Hacía días que no coqueteaban y jugaban a seducirse. Los problemas estaban ganando la partida esta vez y no los dejaría vencer.

—Qué lástima. No sé, intentemos. Dime. —No podía caminar más rápido porque se agitaría y ella descubriría que estaba en camino. Sonrió y negó con la cabeza. Estaba loco por esa mujer, jamás había dejado el trabajo por ir tras una, no obstante, Sonya lo valía.

—No te preocupes. —La voz de la actriz golpeó duro en el deseo de Kike y se mordió el labio inferior, todavía no se acostumbraba a ese tono sexi con el que ella jugaba.

—Me preocupo.

—No debí llamarte, voy a cortar.

—Claro que debiste, siempre debes hacerlo —dijo, tocando el timbre y tapando la mirilla de la puerta, no sería sorpresa si no lo hacía.

—Espera que tocan el timbre. —Sonya abrió y lo vio, tan elegante con ese traje gris y la camisa blanca que casi se le para el corazón. No lo esperaba. Se había convertido en un tramposo, uno que le gustaba mucho.

—Voy a colgar, vino el señor que me ayuda con las finanzas y las inversiones, cosas que yo no sé.

—Bien, corto entonces. Te veo a la hora de la cena —dijo apretándola en un abrazo fuerte—. ¿Con quién hablabas?

—Nadie importante —dijo ella, mientras le desabotonaba la camisa.

—Tengo dos horas —susurró él, entre beso y beso, quitando cada prenda molesta del escultural cuerpo de su mujer.

—Quiero que nos mudemos, te acompaño hasta el fin del mundo.

—¿Qué…? ¿Cómo…? —Kike quiso frenar toda acción, pero ella no se lo permitió y le metió la mano dentro de su bóxer. Un jadeo propio lo silenció.

—Los escuché conversar la otra noche y ya lo pensé… Vámonos, si es lo que quieres, me voy contigo.

Una hora después, abrazados bajo la ducha analizaban la idea con la cabeza un poco más fría.

—Estuve buscando… Te voy a preguntar algo.

—No dudes tanto que no muerdo —dijo Sonya, mientras se secaba el cabello con la toalla y admiraba a su hombre como Dios lo trajo al mundo, aunque un poco más impresionante.

—A veces lo haces. —Recibió el golpecito en el hombro que se merecía y se puso el bóxer—. La esposa de un cliente mío falleció y este me llamó para pedirme que le encuentre comprador para la perfumería que ella dejó, no quiere manejarla porque no tiene tiempo y le trae recuerdos. Es un negocio fantástico, lo sé porque se los administro. Está en unos de los centros comerciales más importantes y…

—Dilo. Pregunta. No seas cobarde. —Lo abrazó por la cintura y le besó el cuello.

—Quiero que la compres, ¿la quieres?

Ella afirmó, le encantó la propuesta y confiaba plenamente en el consejo de su asesor financiero. Lo besó en los labios y luego le mordió el cuello.

—¡Viste que muerdes!

Parte 6:

El ícono

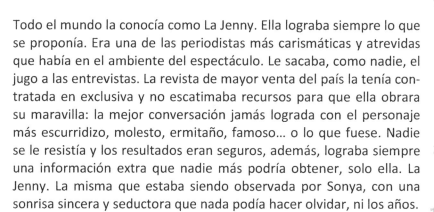

Todo el mundo la conocía como La Jenny. Ella lograba siempre lo que se proponía. Era una de las periodistas más carismáticas y atrevidas que había en el ambiente del espectáculo. Le sacaba, como nadie, el jugo a las entrevistas. La revista de mayor venta del país la tenía contratada en exclusiva y no escatimaba recursos para que ella obrara su maravilla: la mejor conversación jamás lograda con el personaje más escurridizo, molesto, ermitaño, famoso... o lo que fuese. Nadie se le resistía y los resultados eran seguros, además, lograba siempre una información extra que nadie más podría obtener, solo ella. La Jenny. La misma que estaba siendo observada por Sonya, con una sonrisa sincera y seductora que nada podía hacer olvidar, ni los años.

—Parecía una actividad entretenida y me animé a probar suerte. Y la tuve, desde el primer momento —contestó Sonya, en respuesta a la pregunta simple que le habían hecho miles de veces: ¿Por qué te volcaste a la actuación?

Todavía no tenía claro el porqué había aceptado que La Jenny hurgase en su vida pasada. Eso era, después de todo, su profesión de actriz: una vida pasada.

Para la periodista, visitar a Sonya en su propio negocio de venta de cosméticos y perfumes era una cita programada con una antelación inusual. Casi tres semanas tenía su espera y ansiedad. Años buscando una aceptación de la gran actriz, devenida en propietaria de perfumería, para hacerle una entrevista y lo había conseguido por fin. Tenía las preguntas preparadas desde hacía una década o más y no serían las que normalmente le hacían. Aunque comenzaría por esas para romper el hielo.

Sentada en una butaca elegante volvió a repasarlas. Se recogió el cabello oscuro, tan tupido y rizado como el de cualquier mulata, y mordisqueó su lápiz. Era una mujer de piernas eternas, músculos duros de tanta rutina con pesas y entrenamiento aeróbico, mirada curiosa de ojos casi negros, pestañas larguísimas y boca grande con forma de corazón. Conquistaba a cualquiera con su sonrisa, aunque era de pocas palabras, pero de una gran simpatía que robaba suspiros y aceleraba corazones. Pero, su corazón tenía dueña. Volvió a mirar el meneo de cadera de la actriz, ahora vendedora, con una sonrisa maliciosa en los labios. Sabía que su novia estaba en ese instante mordiéndose los dedos, muerta de celos. Estaba frente a su amor platónico, a su ídolo de juventud.

—¿Por qué te retiraste siendo la estrella del momento? Eras demasiado joven y tenías un gran futuro —preguntó con voz suave, por las dudas de que Sonya decidiese acabar con todo.

—Supongo que el futuro que tenía no era el que quería —le respondió, guiñándole un ojo y sonriendo como solo ella podía hacerlo, con una carga de sensualidad natural que no había visto en nadie más. La Jenny tuvo que tomar con fuerza la taza de café para no evidenciar sus manos temblorosas—. Déjame girar la llave, ya es hora de cerrar.

Sonya tenía la voz más ronca y perjudicada de tanto fumar y ese detalle mal visto en otras mujeres, en ella, sumaba *sex-appeal*. El traje de falda y chaqueta entallada con blusa de seda debajo, era casi un uniforme, aun así, a ella le quedaba como pintado sobre la piel y sumando esos tacones de varios centímetros... La Jenny suspiró bajito. ¡Era preciosa! Con ojos color chocolate, nariz perfecta, labios llenos y siempre pintados de rojo intenso, piel de porcelana (producto de un buen tratamiento y tal vez algún cirujano, pensó), cuerpo armonioso... nada faltaba en sus curvas, parecía una escultura. A pesar de sus casi cincuenta, se la veía de un poco más de treinta. Tal vez eso también era producto de tratamientos o cirujanos, pensó con envidia sana. La periodista creyó innecesario investigar sobre eso; no era relevante saber el motivo de su permanente belleza, lo relevante era la belleza misma. Una que, seguramente, había sido necesaria para mantener vigente por años una de las perfumerías más renombradas del país y ubicada, justamente, en el centro comercial más exclusivo de la ciudad. Suponía que ser quien era había colaborado en su éxito, por supuesto. El local estaba en boca de todas las personas de la gran sociedad y también de las estrellas de cine y televisión. Y era de por sí una atracción turística con venta asegurada, donde muchas veces se la podía encontrar a ella detrás del mostrador: A la hermosa Sonya Paz.

—No te hagas rogar, Sonya, me debes una respuesta —dijo La Jenny clavando sus ojos en los de la mujer que la ponía nerviosa.

Para dar suspenso, la exactriz se llevó un cigarrillo a la boca y lo encendió dando una calada profunda. Al separarlo de sus labios ya estaba marcado de rouge. La joven periodista estaba a punto de perder la cordura.

—Dejé todo porque yo quería ser actriz, no puta. —De pronto, la sensualidad de su sonrisa se transformó en tristeza con una carga de melancolía y recuerdos, pero de los feos—. Vengo de una familia pobre, con un padre inútil y una madre trabajadora, pero ignorante y manipulada. Te imaginarás que el dinero no sobraba. Un día alguien me vio y me dijo que debía modelar. Sin falsa modestia, mi belleza llamaba la atención, y mucho. Más en un barrio de gente marginada y sin recursos, podrás imaginarlo. Estaba cansada de ser linda, te lo juro. Destacaba demasiado y no me gustaba para nada. Por esa razón no quise ser modelo, entonces, me hablaron de una empresa productora que buscaba nuevos talentos para una telenovela y ahí sí me presenté. Necesitábamos el dinero. La primera reunión fue con el productor general. No te voy a dar ningún nombre, Jenny. ¡Dios mío, ese hombre! —dijo cerrando los ojos y suspirando ante el recuerdo. Jenny sonrió—. En mi barrio, y entre mis conocidos o familiares, no había trajes tan elegantes ni hombres tan atractivos ni perfumados. Me temblaron los tobillos al caminar esos pocos pasos hasta su escritorio.

—No escatimes en detalles, Sonya —pidió la periodista, estaba en su salsa y los detalles contaban.

Sonya no lo hizo, al menos no en su mente. Recordaba tan vívidamente las sensaciones que tuvo al ver a Romero, que hasta se le perlaba la frente con sudor. ¿Que era atractivo le había dicho a La Jenny?, ja. Atractivo no era justo, era insuficiente incluso. Aquel macho con olor a fiera era un depredador avezado y ella no lo pudo ver por su inexperiencia y enamoramiento instantáneo. Ya no se culpaba, no había podido hacer otra cosa.

—Esa primera entrevista fue maravillosa. Me endulzó los oídos, me agrandó el ego, me ilusionó como nadie. «Eres preciosa…, justo lo que buscamos para el rol…, la cámara adorará ese rostro…, sonríe, así, esa sonrisa tendrá un valor de varias cifras…, bla, bla, bla». Un día, entre audiciones, me lo crucé de paso y pidió tener conmigo unas palabras, no sin antes darme una miradita de esas que dan los hombres.

—De pies a cabeza.

—Esa misma. En su oficina nos sentamos muy cerca, en realidad, él se sentó cerca de mí. Yo temblaba, era una chiquilla. Con una mano acarició la mía, que tenía sobre mi falda, y un par de dedos perdieron su equilibrio y rozaron mi pierna. Puso una cara de pícaro tan bonita que quise besarlo. No hizo falta que me moviese, él lo hizo y sus labios tocaron los míos. Los tocaron, los succionaron…, me mordió con firmeza, pero sin dolor. No tenía ni veinte años, mi experiencia era escasa y que un hombre, así como él, hiciese un movimiento tan sensual y distinto, me erizó la piel. Me dejé besar, me metió la lengua tan profundamente que creí que me ahogaría.

—¡Exagerada! —sonrió La Jenny. No podía creer la conversación que estaban teniendo. La información no era la buscada, era mejor aún. Ya calcularía fechas para adivinar el nombre del productor.

Sonya sonrió sin negar y no lo haría, porque no estaba exagerando. Nunca nadie había asaltado su boca con tanta pasión, desesperación y destreza. No le contaría que ese día la mano de sus piernas había subido hasta sus senos y había apretado con la misma pasión, desesperación y destreza, haciéndola sentir deseada, aunque aventajada en su inocencia.

—Me invitó a celebrar mi contrato con una cena. Fuimos, por supuesto. Yo creí que seríamos varios, tal vez con alguien del elenco, pero no. Estábamos solos. Después de una comida bastante rápida con más adulación y piropos, algo de conversación de la necesaria para simular que era por trabajo y algunas miradas a mi escote, que no era demasiado osado porque yo no lo era, nos fuimos. Me acercó a casa, tuve tanta vergüenza de llevarlo a ese barrio y que viese donde vivía que lo hice parar dos calles antes, frente a la mejor casita del barrio. Y no era gran cosa tampoco.

Sonya bajó la vista y respiró hondo, jamás había contado nada de lo que estaba por contar. La Jenny era la única periodista en quien confiaba que escribiría sin adornos ni agregados. Además, le había declarado su amor inocente de adolescente y eso merecía el regalo. No solo porque fuese la mejor.

—Tomó mi nuca, así como los actores de novela, y me llevó hasta sus labios. Otro beso aniquilador, esta vez con frases armadas: «Me gustaste desde que te vi…, no puedo resistirme a besarte…, eres preciosa más allá de los contratos o cámaras…, vamos a hacer muchas cosas juntos…, me vuelves loco…»

—Caíste rendida a sus pies.

—Definitivamente. Tanto que cuando llevó mi mano a su entrepierna para que lo tocase, no me resistí. «Mira cómo me pones», dijo. Todas frases de enciclopedia, pero yo no había oído ninguna todavía. Me las creí todas. Mientras acariciaba su bulto escondido, él se desprendía la ropa para liberarlo y lo hizo frente a mis ojos. Me sonrió y lentamente inclinó mi cabeza para que…

—¡Cerdo!

—Me apretó contra él y se refregó en mi cara gruñendo, yo estaba encendida, no te lo voy a negar. Me gustaba mucho. Metió su dedo pulgar en mi boca pidiendo que lo mirara y lo movió acariciando mi lengua, entonces gemí yo. —La Jenny también lo hizo, era una imagen algo caliente si recordaba la belleza de juventud de esa mujer. Sonya sonrió—. No tardó demasiado en reemplazar su dedo por su sexo y lo hizo con furia, hasta mi garganta. Me asusté, pero otra vez, ¿que sabía yo? Me tomó la cabeza con ambas manos y la guio a su antojo. Mis arcadas eran asquerosas y sonoras, no le importaba. «Mírame, preciosa», y yo lo miré. «Muéstrame la lengua», y yo se la mostré. Acarició mis pechos y creí que moría de placer, solo deseaba que me tomara ahí o que me tocara por dentro de mi ropa interior. «Ya estoy listo, ya casi», gritó jadeando y quise alejarme. Nunca había... ya sabes.

—Dime que te apartaste.

—No me lo permitió, me hundió la cabeza. Me ahogué, mis lágrimas salieron solas. Otra arcada mía y otro gemido de él, una palabrota, y repitió la acción. Casi vomito sobre sus pantalones. Se liberó conmigo atrapada entre sus piernas. Cerré los ojos y lo hice. Fue asqueroso, yo estaba mitad obnubilada y mitad asqueada y creyendo que era normal y hasta lógico. Se limpió con un pañuelo y luego me lo dio. Mientras él se prendía los pantalones y se acomodaba la ropa me decía que al otro día comenzaba las grabaciones, que no tuviese nervios, que habría mucha gente para ayudarme y... Yo tenía todas mis lágrimas retenidas. Era un hombre mayor y yo no podía hacer una escena de adolescente insatisfecha, por eso me fui a casa.

—¡Lo odio! Y cuando tenga el nombre lo odiaré más —dijo La Jenny, y Sonya rio con ganas. Sí, lo odiaría, su historial de jovencitas abusadas de la misma manera llevaba a eso a la gente. Era un asqueroso y pedante personaje. Todavía era odioso, antipático (que se hacía pasar por agradable), seductor y atractivo; aun a su edad, aunque, de cualquier forma, un idiota—. Sigue, sigue.

—Lo vi una semana después cuando salía de filmar un par de escenas. Yo ya había llamado la atención, la gente hablaba de mí en las revistas y en la calle me reconocían. En el barrio me miraban todos y mi padre me aborrecía, le daba vergüenza. El caso es que el productor me vino a buscar al set, habíamos hablado por teléfono un par de veces y me había prometido otra salida y mi corazón me había engañado creyendo que eso era parte del comienzo de una relación que podía terminar en noviazgo. ¿Vas imaginando mi inocencia? Mi cuerpo no reflejaba mi personalidad, por eso lo odiaba. Me llevó a su oficina, ese día que nos volvimos a ver, y otra vez nos sentamos muy juntos. Me sonreía con esa boca tan bella y me miraba a los ojos. Me derretía. Una promesa trajo como consecuencia mi arrebato y lo besé. Un beso casto y seco, solo en agradecimiento, yo creí que se estaba proponiendo. No recuerdo las palabras porque fueron muchas y me las creí todas otra vez. Me quitó la ropa interior entre besos, y yo le necesitaba tanto que me dejé hacer. Levantó mi camiseta y corrió a un lado las copas de mi sostén para devorarme los senos. Yo estaba de pie, el sentado. —Jenny se acomodó algo nerviosa, tenía una imaginación fantástica—. Después de hacerme gemir sonoramente con sus labios, me pasó un dedo por mi sexo, uno solo, una vez, de punta a punta y creí que estallaba. ¡El maldito era tan hábil!

—Y tú tan inexperta.

—Y yo tan inexperta… La cosa es que ya estaba lista para que me pidiese lo que fuese. Y lo hizo, me pidió que le bajara los pantalones y lo hice. Me sentó sobre él sin miramientos. Otro gritito mío, mezcla de dolor y placer lo hizo sonreír con pedantería. Me tapó la boca con una mano y negó con la cabeza «No grites, hay gente fuera». Me dio duro con su cadera. Yo gemía como loca. Estaba casi a punto de lograrlo, casi tocaba el cielo con las manos, necesitaba liberarme. Miraba su rostro tenso, sus ojos brillosos, su lengua cada tanto me recorría la boca; yo estaba en éxtasis total, y entonces gruñó con un último golpe y se ancló en mí. Se vació con un par de gruñidos y movimientos cortos y se alejó, otra vez limpiándose con un pañuelo.

—¿No llegaste a terminar?

—No. Tampoco me lo preguntó. Me sonrió con soberbia, como quien se sabe poderoso, y pidió que me acomodara la ropa. Tenía una reunión. Prometió llamarme en unos días para llevarme a esa cena prometida y yo asentí con la cabeza, sonreía como tonta, porque me gustaba. Aunque me doliese el cuerpo y el corazón. No volví a verlo, a las pocas semanas se casó y todos fuimos invitados a la ceremonia.

—Asqueroso. ¿Te rompió el corazón?

—No, la verdad es que no. Me había ilusionado, sí, y me gustaba, no obstante, creo que en verdad me había deslumbrado. Era mayor que yo y muy lindo, llamémoslo mi primera seducción sin amor.

Jenny sonrió ante las palabras. Las usaría al transcibir la entrevista, estaba segura de que esas palabras impresas quedarían

253

bien. La hermosísima Sonya había caído seducida por un hombre sin escrúpulos y ante una promesa vacía. ¿Quién diría? Ella que parecía una comehombres y una calientabraguetas.

—Ese fue el comienzo de tu carrera, luego hiciste otra telenovela corta como protagonista y dos películas. Sigo sin saber por qué lo dejaste.

—Es que no terminé, mi linda Jenny. Seguro que piensas que esa experiencia me enseñó a no confiar en los hombres. Pues, no fue así. Uno de los actores de reparto, un jovencito carismático y muy lindo, un modelo muy cotizado por entonces, me invitó a salir y lo hicimos un par de veces. Los periodistas nos seguían a todos lados y su presencia creció por andar conmigo, estaba en todas las revistas siempre mostrando su físico, que no era para ocultar precisamente. Nos propusieron una producción fotográfica a los dos, con poca ropa, una de las primeras veces que accedí a ponerme un traje de baño. Este modelo me sedujo y nos acostamos. Todos decían que éramos la pareja ideal.

—Creo saber de quién hablas. Era un hombre muy apuesto que ya no está en el país.

—Sí, es ese. Me enamoré como una tonta a sabiendas de que él solo gustaba de mí y la publicidad que teníamos juntos. Él tenía mujeres para elegir, una en cada esquina. Lo veía coquetear con ellas y yo no podía decirle nada, no éramos más que amantes de ocasión con un contrato para mantener una relación mentirosa. Yo lo amaba y sufría por él. Por eso cuando me desnudaba entre besos y caricias, con palabras bonitas, yo me rendía otra vez.

—Esta vez sí terminaste con el corazón roto.

—Uf, en mil pedazos. ¡Era tan mujeriego!, cada vez que salía en las noticias con alguien yo no podía dejar de llorar. Y lo peor de todo era que tenía ganas de perdonarlo y volver con él. Me duró muchos meses ese dolor. Hoy lo quiero mucho, es un buen hombre que me cuidó a su modo.

—Por suerte no volvió.

—Es cierto, otra sería mi historia. Sigo... Entre los organizadores de la película había un personaje fabuloso, un hombre excéntrico y sociable que me cobijó bajo su ala el mismo día que me conoció, trabajaba en vestuario. Era gay, por eso me sentía segura a su lado. Es gay, no está muerto el puerco.

—¿Mala junta?

—La peor de toda mi vida. Él me destruyó, no volví a ser la misma desde que lo conocí.

—Soy toda oídos. —Sonya le acarició la mano con ternura, le caía bien esa jovencita. Jenny estaba cambiando su idea de la mujer que tenía delante, no era solo el *sex-symbol* de una época, era una mujer con una historia rica que contar, una con una carga de sufrimiento que desconocía. Antes le gustaba, ahora la admiraba o eso comenzaba a hacer—. No te guardes nada, Sonya. Prometo no publicar lo que no apruebes.

—Lo sé. Nunca hablé de esto. Solo mi esposo lo sabe y a partir de hoy, lo sabrás tú también. Este muñeco, eso parecía con su vestimenta loca y original, y su cabello de varios colores, me caía muy bien. Nos divertíamos muchísimo juntos. Cuando salíamos a bailar a los lugares más exclusivos, claro está, yo era ya una estrella y todos nos admiraban y nos invitaban. Tomábamos de todo y hasta alguna cosita extra para aislarnos de la gente que nos molestaba. No te confundas, no llegue a ser adicta. Solo era vivir la aventura del momento, una idea estúpida, lo sé ahora. Pero todos lo hacían a mi alrededor y me hicieron creer que lo necesitaba para divertirme.

—¡Tonta!

—Te perdono el insulto porque tienes razón. No me di cuenta hasta que fue tarde, que me estaba preparando. Te cuento solo algunas de mis aventuras: Una noche, me enredé con un amigote suyo… Besos y caricias atrevidas en la disco y terminamos en el baño teniendo sexo loco. Estábamos drogados. Nos desnudamos a cuatro manos, me inclinó sobre el lavamanos y me embistió con fuerza, yo gritaba como posesa. Era muy bueno el desgraciado…, me besaba el cuello y me apretaba los pechos…

—Sonya, si detallas tanto voy a tener que llamar a mi mujer para liberar tensiones —dijo entre risas La Jenny.

—No seas atrevida ni me interrumpas —respondió ella con la vista perdida y sonriendo. Sus recuerdos estaban tan claros como nunca y no los quería perder. Eran calientes y así de calientes los compartiría. Sabía que no la estaba asustando con su historia. Le guiñó un ojo para demostrarle que estaba bromeando con su mentiroso enojo—. Sigo…, era sexi, moreno, de labios gruesos y boca muy sucia. Todas las groserías salían por ahí mientras lo hacíamos y yo me reía con ganas. Sus dedos se metieron en todos lados mientras su cadera golpeaba y golpeaba y yo me rendía otra vez a su lujuria y a la mía, para qué negarlo. Terminamos tendidos en el piso del baño sucio y un hombre aplaudiendo nuestra *performance.* No nos importó mucho. Nos levantamos y nos fuimos dejando a ese señor masturbándose dentro.

—Mentira.

—Te lo juro. Yo me asusté al principio, pero al ver que mi compañero no lo hacía y me ayudaba con mi ropa, me relajé. Mi estado colaboraba, estaba perdida. Al otro día, cuando tomé conciencia, me dije que estaba loca, que nunca más tomaría toda esa porquería. Pero llegaba el viernes o el sábado y me convencían otra vez. En una fiesta privada donde todo valía, un hombre, poco agraciado pero muy simpático, quería que yo le hiciese sexo oral y mi amigo, «mi amigo», entre risas apostó que no lo haría, perdí. Me negué apartándome mareada y nauseosa. Detrás de la casa, el desconocido tuvo su alegría, en mi boca y contra mi voluntad, estaba drogada. Al volver le dio dinero a mi amigo y le guiñó el ojo. Yo creí que era parte de la apuesta, me tuve que callar la boca, yo había participado en esa tontería. Por más que estuviese arrepentida. Nunca imaginé que el motivo del pago era otro.

—¿Te vendía? —Los ojos de La Jenny se abrieron tanto que casi se le salen de las órbitas.

—Sí, me enteré bastante tiempo y varios hombres después. Hasta los del baño de la disco habían sido pagados, los dos. El que me daba y el que miraba. ¡Tonta de mí! Al menos, lo disfruté —dijo, con una sonrisa triste.

Recordar todo junto no era grato, a pesar de que era su historia y había hecho todo eso sin ser obligada. Tal vez siendo ignorante y confiada, un poco ilusa e inocente, pero nada más. El resto era su responsabilidad, por no negarse, por no ver más allá de las palabras de los demás, por no reprimirse o hacerse respetar, por tomar malas decisiones y querer jugar en las grandes ligas sin saber hacerlo.

—Un día, estaba en el despacho de un importante director de cine para firmar el contrato de la tercera película, la segunda que haría con él y, dicho sea de paso, mi amigo también había firmado contrato para estar en vestuario, aparentemente ese era su pago. Estábamos inclinados a punto de firmar, no sabía lo que se traía entre manos, al principio. Yo estaba enamoradísima del proyecto, lo quería hacer sí o sí y me querían a mí para el papel, mi personaje era la continuación del de la primera. Habíamos armado un contrato a mi medida. Puse la firma estando de pie, inclinada hacia adelante y mientras ponía el punto, las manos de este director me levantaron la falda para mirarme con cara de degenerado. Me di vuelta y el rompió mi ropa. Era un vestido precioso, que cayó a mis pies en dos segundos, y mi cuerpo quedó casi desnudo, solo con la ropa interior de encaje que adoraba usar, y mis zapatos.

—No sigas, esta parte no me gusta —le pidió la periodista negando con la mano y cerrando los ojos.

—A mí tampoco me gustó. Forcejeamos, me manoseó hasta que pude reaccionar y empujarlo. No podía irme desnuda y el contrato millonario estaba firmado. Estaba acorralada. ¿Sabes que era lo más loco de todo? Una de las cláusulas especificaba que no hablaríamos mal de ningún compañero de trabajo y se estipulaba una indemnización exagerada, impagable.

—No lo puedo creer. Te callaste. —Como toda respuesta, La Jenny recibió una elevación de hombros y una mirada con lágrimas retenidas. Recordar dolía todavía.

—Salí de esa casa por la puerta de servicio, vestida con un conjunto deportivo enorme y feo, de hombre. Cuando volvía a trabajar, porque debía hacerlo, llegué justo para escuchar a «mi vendedor» y a este pervertido enfrascados en una discusión. Ahí me enteré de que el hombre había pagado por mí y como yo no estaba drogada, no pudo recibir su mercancía. Fue el día que grité lo que te dije al principio: «yo quería ser actriz, no puta» y me fui de ahí dando un portazo.

—Esa última película fue tu mejor actuación, Sonya. La crítica te adoró, el público te amó…

—Justo en el mismo momento que yo llegué a odiarme.

—¿Qué hiciste mientras la gente te buscaba? Desapareciste durante dos años.

—Me mudé a una ciudad pequeña, luego a otra, huyendo. Hice terapia con una psicóloga divina que me ayudó a salir del pozo en el que me hundí. Quería recuperar mi autoestima, reconciliarme conmigo y mi cuerpo. Tenía mucha vergüenza y me aborrecía; había sido una puta, barata, además, porque no había visto ni un peso. No me importa si alguien lo es y le da orgullo o lo que sea. No pongo en tela de juicio el trabajo de prostituta, allá ellas con eso, no las juzgo. El tema es que yo no quería serlo, no era mi elección. Toqué fondo, uno muy peligroso. Me di cuenta de que tomé malas decisiones y quise jugar a lo grande sin saber hacerlo, fue duro reconocerlo. El caso es que cuando curé mi corazón y mi mente, me di cuenta de que tenía mucho dinero ahorrado y me asesoré con un inversionista para ver qué podía hacer con él. Aquel inversionista, hoy es mi marido —dijo riendo a carcajadas, y volviendo a ser la Sonya de siempre.

—Ahora sí que no entiendo nada, ¿de qué te ríes?

—De la cara de Kike, mi esposo, cuando me presenté en su oficina. Al verme, se le cayeron los papeles que tenía en la mano, al querer levantarlos volcó un vaso con agua que tenía a un costado y queriendo disculparse, tartamudeó.

—Eras un monumento de mujer, pobre hombre, puedo entenderlo. Sigues siendo hermosa.

—Gracias. Lo entendí, yo no era ajena a lo que mi presencia producía, además, era una estrella, una personalidad importante que salía en revistas, alguien que jamás creyó ver en su oficina. Me lo dijo después. Le costó un mes mirarme a los ojos y dolores de cabeza por los nervios, hasta que se animó a invitarme a salir y, la verdad, el primer beso se lo di yo, cansada de esperar. Yo ya estaba babeando por él, creo que enamorada hasta las pestañas y sabía que él también estaba loquito por mí. Leí todas sus señales, que no eran ni pocas ni disimuladas. Un día, mientras le besaba los labios, le desprendí un botón de la camisa y metí la mano para acariciar su pecho. Me miró a los ojos, maravillosos ojos, simples y muy sinceros, y me dijo algo parecido a: primero quiero conocerte. Y me arrodillé a sus pies llorando como una niña, literalmente, caí rendida a sus pies. No quería mi belleza, Jenny, él me quería a mí.

—Adoro a ese hombre, quiero conocerlo. Por él puedo cambiar y volverme hetero.

—Exagerada. Y es mío, ya no tienes chance. —Por fin, Sonya reía otra vez con esa sonrisa que derretía glaciares y La Jenny se felicitó en silencio por lograrlo.

—Tengo hambre y quiero invitarte a cenar, presentarte a mi novia y conocer a tu marido. Hoy, ahora, ¿qué me dices? Quiero ser tu amiga, me declaro tu fiel admiradora. No soy de las buenas, como tu hombre; adoro tu belleza también, lo siento, no puedo dejar de verla mientras te miro.

—Acepto. Ya no le tengo miedo a mi belleza y no me interesa que me mires. Tengo que reconocer que ser linda me abrió puertas; aunque también braguetas, piernas, bocas y tantas otras cosas que no hubiese querido abrir... Perdí en el camino otra belleza: la interior. Pese a eso, no puedo quejarme demasiado, porque ser linda me ayudó a poner nervioso al hombre de mi vida, y él fue quien me devolvió esa parte de mí perdida, la que me habían robado sin yo darme cuenta.

—¿Alguna vez pensaste en contar tu historia en una película autobiográfica?

Dos años después, el día que Sonya Paz cumplía sus cincuenta años, caminó por la alfombra roja para ver el estreno de una película dirigida y producida por ella misma, incluso actuada en los últimos minutos.

La historia de la actriz era contada como debía serlo: con una fabulosa producción y récord de taquilla incluido.

Todos sus afectos estaban allí, ya conociendo su verdad, esa que había callado por años.

Había hecho nuevas amistades y perdido otras por el camino. La distancia no ayudaba demasiado para estar al día, aunque lo intentaban, era el caso de Noel, Mar y Alejo que habían andado caminos diferentes y lejanos. Los extrañaba, los quería y nunca dejaría de agradecerles su amistad. Aprovechaban cada visita como si fuese la última, por las dudas.

Su fiel compañero Carlos tenía problemas de salud y cada vez que podía la iba a ver, eran pocas esas veces y Sonya lo lamentaba, pero la vida, ella bien lo sabía, no siempre sonreía.

Allí, de pie y en primera fila, estaba su amiga Mónica, con el maquillaje perfecto y su postura de dama de alta sociedad, elegante, bella... triste, sola... Había asumido, por fin, que su esposo tenía demasiadas «reuniones con clientes», «cenas de trabajo», «compromisos laborales ineludibles»[1] y lo estaba llevando con una entereza que a Sonya preocupaba. Luna, la rebelde y llamativa mujer tatuada de cabello azul y sonrisa permanente, estaba a su lado, destilando sensualidad e indiferencia a quien no conocía[2]. Desde hacía algunos años, se habían convertido en las hermanas que no había tenido, con lo bueno y malo que eso significaba. Su relación era franca y directa, sin secretos ni condescendencia. Ambas le susurraron palabras bonitas a su paso, que le dieron fuerzas para seguir caminando por esa alfombra roja colocada allí para ella, para la gran Sonya Paz.

Un flash, un grito, una felicitación, palabras de admiración, otro flash y muchos más...

Kike la esperaba en la escalinata del cine para ingresar a la sala mientras ella, entregada a su público, se dejaba fotografiar y firmaba autógrafos. Como era su costumbre, negó con la cabeza y sonrió de lado sintiéndose afortunado. La bella mujer de sonrisa sensual y mirada franca le guiñó un ojo y siguió caminando con su meneo tan femenino, enamorando a todos con su aura de refinada seducción. En silencio se preguntó si habría un hombre más orgulloso que él. Lo dudaba, el orgullo que sentía por su mujer era inmenso, tanto que apenas si podía concentrarse en toda la hermosura que ella poseía. Él solo veía la fortaleza de Sonya brillando en sus pupilas y la valentía con la que dibujaba la sonrisa, recuperada con una lucha constante y opresora por momentos.

Una vez que la tuvo en sus brazos le besó los labios pintados de rojo y le susurró su amor al oído.

---

[1] Si quieres conocer la historia de Mónica, lee Mónica. Sin adornos ni maquillaje.
[2] Si quieres conocer la historia de Luna, lee Luna. Fiel a sí misma.

Entre aplausos, y en letras grandes, se pudo leer en la gran pantalla: Presa de su hermosura.

Entonces, una lágrima, originada por la más íntima y reivindicadora revancha, rodó por la mejilla de Sonya Paz.

Fin

Este libro es el primero de una serie llamada MUJERES FUERTES.
Cada libro es independiente y autoconclusivo, pero si quieres saber más o entender mejor las historias de algunos personajes deberías leerlos en orden.

Sobre el autor

Escribe con un seudónimo. Ivonne Vivier, no es su nombre real.

Es argentina, nació en 1971 en una ciudad al noroeste de la provincia de Buenos Aires, aunque actualmente reside en Estados Unidos. Está casada y tiene tres hijos adolescentes.

Como madre y esposa un día se encontró atrapada en la rutina diaria y se animó a volcar su tiempo a la escritura.

Desde entonces disfruta y aprende dándole vida y sentimientos a sus personajes a través de un lenguaje simple y cotidiano y lo que comenzó como una aventura, tal vez un atrevimiento, hoy se ha convertido en una pasión y una necesidad.

Nota de la autora:

Si te ha gustado la novela / libro me gustaría pedirte que escribieras una breve reseña en la librería online donde la hayas adquirido (Smashwords, iBooks, Amazon, etc.) o en cualquiera de mis redes sociales. No te llevará más de dos minutos y así ayudarás a otros lectores potenciales a saber qué pueden esperar de ella.

¡Muchas gracias!

Facebook	Instagram	TikTok

Los libros de Ivonne Vivier:

Helena la princesa de hielo - Aceptando el presente (libro 1) - Aceptando el presente (libro 2) - Aceptando el presente (Bilogía completa) Solo en papel - Un inesperado segundo amor - Ven… te cuento. - Protegiendo tu sonrisa. - Sonya. Perdiendo la inocencia - Besos de café y cerveza. - Amor dañino – Un antojo del destino – Mónica. Sin adornos ni maquillaje – Deseo compartido – Luna. Fiel a sí misma — Mauro. De regreso a casa — Bóxer. Un lobo solitario.

Su página de autor

Made in the USA
Monee, IL
14 May 2025

17309271R00148